KB003434

신외숙 14번째 소설 창작집

리허설

도서출판 한글

목 차

옛 꿈

팔당을 지나 양수리로 가다 보면 능내라는 작은 동네가 보인다.

이전에는 능내역이라는 간이역이 있어 꽤 많은 승객이 타고 내렸던 곳이기도 하다. 주변에 음식점들이 있고 별장 같은 집과 가지각색 들꽃이 흐드러지게 피어 있는 모습이 보인다.

밭과 산자락이 맞닿은 곳에선 군불을 지피는 모습도 보인다. 호박밭 채마밭, 역사(驛舍) 주변엔 빨강 주홍 노랑꽃들이 무더기로 피어 있다.

역사 뒤편으로 울창한 수풀과 청남색 기와지붕이 보인다. 바로 그 앞에 철로를 밝히는 가로등불이 이색적인 풍경을 더하고 있다. 이제 열차는 그곳을 정차하지 않고 그냥 지나친다. 굳게 닫힌 역사는 이제 더 이상 열차가 정차하지 않으며 표를 팔지 않는다는 안내문으로 대신하고 있다.

그러함에도 철로 주변엔 여전히 시골 역사의 낭만이 흐르고 있다. 이젠 열차 건널목을 지키는 지킴이도 없다. 청남색 기와집은 고고한 표정으로 역사를 바라보고 부지런한 아낙네의 발길이 마당을 왔다 갔다 하고 있다.

청남색 기와지붕 옆으로 벽돌색 건물이 보인다. 키가 큰 노오란

풀꽃이 그 앞을 지키고 있다. 느티나무는 하늘을 찌를 듯이 곧게 서 있고 불 꺼진 역사(驛舍)는 지나간 역사(歷史)를 떠오르게 한다.

누가 저 역사(驛舍)를 거쳐 갔을까.

토박이들 말고 외지인들은 무슨 목적으로 저 역사를 출입했을까. 주말임에도 인적이 드문 능내는 세월의 격차는 물론 경제 한파마저 느끼게 한다. 조용하다 못해 적막한 주변 풍경은 시계바늘을 거꾸로 되돌려놓은 듯한 착각마저 일게 한다. 이상하리만치 차량이 뜸한 국도도 외로움을 불같이 일으킨다.

능내에는 낯섦이 두려움으로 다가온다. 쾌락이 아닌 두려움으로 마음을 끌어당기는 것은 적막감 때문일까. 이따금씩 지나는 시외버스는 지난날에 대한 후회와 슬픔을 상기시킨다. 이전에 시인(詩人)이 그곳을 처음 찾았을 때는 무한정의 자유와 낭만이 있었다. 살갗을 에는 추위와 외로움, 꿈이 있었다.

시외버스를 타고 그곳을 지나면 언젠가 꼭 내려서 쉬어 가고 싶은 곳.

정신이 먼저 술에 취한 듯 취하는 곳.

오래 전 시인은 그곳에 들러 슬픔으로 술을 마시고 떠났다. 철로변에 자신의 꿈을 묻어 두고서. 내 이 꿈을 찾아 다시 오리라. 그때 그는 가슴의 통증을 호소하며 잠시뿐이라는 단어를 남긴 채 버스를 타고 떠났다.

죽기 위해 산다.

팔당 강가를 내다보며 그는 자신에게 말했다. 버스가 덕소를 지나 교문리를 지났고 상봉 버스터미널을 지날 때까지 그는 자신이 누구인지 몰랐다. 휘경동의 큰 웨딩 타운을 지나 청량리에 이르자 비로소 자신의 모습이 생각났다. 밤거리 풍경이 그의 의식을 확 휘어잡았다. 버스에서 내려 거리를 걷는데 누군가 그의 옆구리를 툭 치고 지나며 말했다.

"아! 개떡 같은 세상이여, 안 되는 놈은 뒤로 자빠져도 코가 깨지고 나쁜 놈덜은 허는 일마다 잘 되니 이게 워떻게 된 노릇이냐 말여!"

그는 주먹을 허공에 휘두르며 탄식했다. 아! 오늘도 세상은 패자들의 슬픔으로 가득하구나. 그러자 그 옆에 가던 친구가 말했다.

"사는 것보다 죽는 게 더 걱정이여. 죽을 땐 고생을 안 해야 하는데, 나는 그게 젤로 걱정이여."

아! 또 세상은 근심 걱정으로 뒤덮이는구나. 시인(詩人)은 발걸음을 아무데나 옮겼다. 하늘은 매연에 찌들어 건물에서 뿜어대는 네온과 결투를 벌이고 있었다. 사람들이 수많은 말을 쏟아놓으며 거리를 지날 때마다 욕설과 함성, 웃음소리와 허튼 소리가 묻어났다.

정치인을 꾸짖는 소리와 최고 권력자를 향한 원성도 서려 있었다. 사업이 결딴나게 되었다고, 장사가 안 돼 개판 오 분 전이라고, 자식놈들이 속을 썩여 죽을 지경이라고 사람들은 징징댄다. 그러나 대답은 언제나 한 가지다.

무관심.

시인은 청량리 로터리를 지나고 답십리 굴다리를 지난다. 청과물시장이 옆으로 보인다. 천사 병원도 보인다. 그 앞을 54번 시내버스가 매연을 내뿜으며 지난다.

그는 상가 이름을 읽으며 지난다. 기계 공구를 취급하는 가게가 이곳에는 유난히 많다. 고장 난 재봉틀을 고치는 곳과 여자들의 속옷 전문점, 간이음식점과 약국도 보인다. 길거리에 쓰러져 잠든 걸인도 보인다. 한 떼의 여자들과 싸우는 남자도 보인다. 열심히 상호를 읽으며 걷던 그의 발걸음이 굴다리 밑으로 들어가자 다시 모습을 드러내지 않는다.

죽음이 어느 날 당신을 찾아온다면 어떤 자세로 맞을 것인가?

? 마크를 찍어 놓고 그는 잠시 고뇌한다. 머릿속에서 재빨리 의미라는 단어를 찾았다. 무엇을 족적으로 남길 것인가. 그는 또다시 단어를 찾았다. 그는 늘 죽음을 염두에 두느라 정신이 없었다. 그는 늘 상상했다. 나는 인생이라는 긴 터널을 지나는 동안 이 세상에 왔다 간 흔적을 어떻게 남길 것인가.

그러면서 한 철학자의 말을 떠올렸다.

'인생은 고난이라는 열차를 타고 절망의 계곡을 지나 죽음의 종착역에 이르는 것이다.'

그는 내심으로 말했다. 고난 위에 슬픔을 추가해야 한다. 인생은 온통 슬픔과 수고뿐이다.

'청량리엔 밤이 없다.'

언젠가 썼던 문장이다. 그 옛날, 청량리 길을 걷다 보면 정말 청량리엔 밤이 없다는 생각이 들었다. 아니 청량리는 낮보다 밤이 제격이다. 신학교 다닐 무렵 그는 신학생들과 더불어 답십리 굴다리에서 노방 전도를 한 적이 있었다. '예수 천당 불신 지옥'이라는 어깨띠를 두르고 전단지를 나누어 주자 갑자기 여기저기서 돌팔매질이 날아들었다. 그래도 그들은 젊은 혈기를 믿고 용감하게 복음을 전했다.

"젊은것들이 미치려거든 올바르게나 미칠 것이지."

그에게 구정물을 퍼부으며 눈에 독기가 잔뜩 서린 여자가 말했다. 그녀는 얼굴에 악마 형상을 열 개쯤 달고 있는 것 같았다. 얇은 입술이 파르르 떨리며 험한 말이 쏟아져 나왔다.

"예수가 밥 먹여 주냐 이 씨펄 것들아!"

그녀의 눈에 파란불이 일었다. 누구나 한눈에 그녀의 직업을 알아보리라. 여자의 성기를 도구로 장사하는 직업임을. 저 여자는 어쩌다 하고 많은 직업 중에 저런 직업을 갖게 되었을까. 사람들은 공포에 질려 멀리 돌아갔다. 그는 그녀에게 다가가 전도지를 건네며 말했다.

"예수 믿으세요, 복 받습니다."

"엣다! 그 복 너나 많이 받아라."

여자는 그의 얼굴에다 대고 침을 퉤 뱉었다. 정말 생긴 모습 그대로 재수 없는 여자였다. 지옥 형상 같은 얼굴이 행동으로 재연되는 느낌이었다. 그는 속에서 불길이 치솟았지만 애써 눌러 참았다. 혈기 부리는 것은 마귀의 책동에 넘어가는 것이다. 나는 그리스도의 신부(新婦)요 미쳤어도 그리스도를 위한 것이면 감사하리라.

사도바울의 말을 떠올리며 그는 바닥에 떨어진 전도지를 줍기 위해 허리를 굽혔다. 그러자 이번에는 난데없이 발길질이 날아들었다. 이어 주먹질이 우박같이 쏟아졌다. 피하려고 몸을 움직였지만 소용없었다. 뒤통수가 멍해지면서 그는 정신을 잃었다. 눈을 떠보니 사방이 적막했다. 멀리서 차량이 지나는 소리가 들려왔다. 손을 뻗어 바닥을 만져보니 차가운 인도 블록이었다.

조금 있으려니 빗방울이 듣기 시작했다. 몸을 움직여 보았다. 엉치 뼈가 심하게 욱신거렸다. 누군가 뒤에서 그의 엉덩이를 힘껏 내리친 모양이다. 그는 간신히 기어 가로수를 붙잡고 일어섰다. 이튿날 멍이 시퍼렇게 든 모습으로 나타났을 때 동료들은 말했다.

"그 포주는 그 일대에서도 포악하기로 소문난 여자라네, 그런데 자네가 용감하게 그녀에게 대시를 했구먼."

그러자 또 다른 동료가 말했다.

"어쨌든 자네처럼 용기 있는 친구가 부러울 따름일세."

그의 애인이자 신실한 복음의 역군인 신해수가 말했다.

"그리스도의 영광을 나타내는 표징이라 생각해요, 감내하세요."

그러자 그 옆에 서 있던 체격이 건장하고 잘생긴 주영식이 말했다. 그는 신학생들 사이에 영화배우로 통하고 있었다. 얼굴과 체격이 홍콩 영화배우 주윤발을 뺨칠 정도로 잘생겼다 해서 붙여진 별명이었다. 사람들은 그가 목회하게 되면 너무 잘생긴 외모 때문에 어려운 일들이 많이 생길 거라고 미리 앞당겨 걱정했다.

"누가 보면 밤새 술 마시고 쌈박질한 줄 알겠소. 몸도 사려가며 하세요."

"그런 거 저런 거 다 따지면 언제 전도합니까?"

"그래도 말이죠……. 거울 좀 보쇼, 폭력배들이 봤다면 형님! 하고 인사하겠소."

들을수록 화가 났다. 동료들은 모두 나서서 한 영혼이라도 구원해 보겠다고 온갖 수모를 다 견뎌가며 복음을 전하는데 정작 그 자리에서 빠진 그가 같잖은 충고를 하는 것이다.

"그러는 형씨는 왜 어제 도망친 거요?"

그는 일부러 형씨라는 표현까지 써가며 기분 나쁜 투로 말했다. 어젯밤 폭력배들에게 두들겨 맞은 엉치뼈가 아직도 얼얼했다. 얼굴도 화끈거리고 아팠다. 거울을 들여다보니 과연 얼굴이 말이 아니었다. 멍 자국에 눈알이 새빨간 게 꼭 토끼 눈알 같았다.

"나? 난 말요. 그 그러니까……."

그는 망설이다 간신히 말했다.

"그냥, 용기가 없으니까 아예 내빼버린 거지 뭐."

그 말에 동료들은 모두 배를 쥐고 웃었다. 솔직하게 말하니까 오히려 그 말이 위로가 됐다. 주영식은 그때뿐만 아니고 공식적인 행사에도 자주 빠졌다. 처음부터 그에게는 신학이 맞지 않았다. 목사인 아버지의 강요에 못 이겨 들어왔다가 끝내 견디지 못하고 도로 뛰쳐나가고 만 케이스였다.

아니 너무도 잘생긴 그는 매번 여러 여자들의 표적이 되는 바람에 풍기문란의 원조가 되기도 했다. 여자 신학생들이 그만 보면 달려가 프러포즈를 하는 통에 다른 남자 신학생들은 저절로 기가 죽었다. 특히 못생긴 외모를 지닌 남자들은 그만 보면 슬슬 피해 다닐 정도였다.

"너는 아무래도 목회 스타일이 아닌 것 같다. 일찌감치 영화계로 진출해라."

주영식 아버지의 친구이자 담당 교수인 오일환은 그에게 아예 대놓고 말했다.

"너 때문에 신학교 그만 둔 여학생이 한둘이 아니란 소문이다. 설마 부인하진 않겠지? 그러니 장래 유망한 여자 목회자를 위해서라도 넌 신학 포기하는 게 좋겠다."

교수가 그렇게 말하는 걸 보면 보통 심각한 문제가 아니었다. 그는 광나루에서 집이 있는 왕십리까지 걸으며 자신의 진로를 놓고 심각하게 고민했다. 그건 다름 아닌 아버지와 한 약속 때문이었다. 하나뿐인 아들을 주의 종으로 바치겠다는 아버지 목사의 서원기도가 그의 발목을 붙잡고 있었다.

만일 신학교를 그만 두고 세상길로 나선다면 그의 아버지는 실망하다 못해 무한정 금식기도에 돌입할지도 모를 일이었다. 시인은 그러한 그의 처지를 은근히 부러워하고 있었다. 그의 넉넉한 처지가 언제고 부러웠다. 교계에서 이미 정평이 나 있는 주목사는 털어도 먼지 하나 안 날만큼 청렴결백한 인물이었다.

명 설교가로도 유명한 그는 무녀 독남인 아들을 주의 종으로 드리기로 서원한 다음부터 더 신실하고 후덕한 인품으로 변했다. 양을 위해 자신을 철저히 죽이는 목자로 변한 것이다.

살신성인.

그의 또 다른 별호였다. 그러나…….

부모가 자식을 낳을 때는 겉모습만 낳지 속은 못 낳는다는 말이 있다. 부모가 훌륭하다 해서 자식까지 꼭 그렇게 되란 법은 없다. 주영식은 그런 면에서 볼 때 이단아 같은 존재였다. 그에 비하면 시인은 여러 모로 처지가 빈약했다. 그에게는 하루하루가 넘지 못할 태산 같은 일로 가득했다.

학기 때마다 등록금 마련을 못해 애를 태우고 학과 공부 따라 가기에도 힘이 벅찼다. 특히 히브리어와 헬라어는 그가 넘지 못할 산이었다. 그는 고등학교 다닐 때도 영어가 가장 약했다. 이상하게 어학에는 자신이 없었다. 시험 때마다 밤을 새고 코피를 쏟아가며 공부해도 겨우 낙제를 면할 정도였다.

그러나 그는 누구보다 복음에 대한 열정이 강했다. 남들이 꺼리는 노방 전도도 자청해서 나갔고 설교문도 그 누구보다 잘 작성해 냈다. 대부분의 신학생들이 대형교회에서 행정이나 설교에 주력하는 것을 성공의 타깃으로 삼는 것에 반해 그는 낮고 소외된 자에게 복음을 전하는 것을 타깃으로 삼았다.

주영식에 비하면 그의 외모는 너무 형편없었다. 165센티에도 못 미치는 작은 키에다 얼굴도 조막만 하고 못생겼다. 목소리도 컬컬하여 도무지 목회자 스타일이 아니었다. 못 생기기로 말하자면 그는 신학교에서 으뜸이었다. 그에 비하면 그가 사랑하는 신해수는 미인이었다. 다른 여자 신학생에 비해 그녀는 성격도 활달하고 늘씬한 체격에다 얼굴도 예쁜 편에 속했다.

게다가 복음에 대한 열정은 그 누구 못지않게 강했다. 철저한 불교 골수 집안에서 온갖 핍박 견뎌가며 믿느라 복음에 대한 의지가 남달랐던 것이다. 그녀 신해수에게는 오직 복음만이 친구요 애인이었다. 그러다 어느 날 그녀의 눈에 시인이 포착된 것이다. 시인은 설교문 작성뿐 아니라 찬양시도 잘 써 화제가 됐다.

부활절 추수 감사절 때마다 그가 쓴 시가 채택되어 널리 암송되기도 했다. 그래서 붙여진 그의 또 다른 이름이 시인이었다. 신해수는 그의 시를 누구보다 좋아했다. 그가 원하면 언제든지 노방전도도 따라 나설 만큼 둘은 영적인 유대관계도 끈끈했다. 신해수는 오직 복음만을 위해 태어난 여자 같았다.

노방전도 할 때면 어디서 그런 힘이 솟는지 거침없이 다가가 복음을 전했다. 길거리를 오가는 행인은 물론 시장에서 장사하는 상인들, 보험 외판원과 사창가의 여자들에게도 전했다. 그에 따르는 불이익과 수모도 잘 견뎠다. 십자가 보혈의 은혜만 생각하면 못 견딜 이유가 없다는 게 그녀의 답변이었다.

그러나 그러한 그녀를 바라보는 신학생들의 눈길은 이상하게도 곱지가 않았다. 뿐만 아니라 은근히 그녀를 멀리하기까지 했다. 당시에는 그 이유를 몰랐다. 나중에야 알았다. 그때나 지금이나 답십리 거리는 별로 달라지지 않았다. 매연과 상가에서 내뿜는 불빛과 청량리 특유의 음습한 기운이 옛날과 똑같았다.

시인은 그 거리를 걸으며 신해수를 떠올렸다. 그녀는 그보다 한 발 앞서 창녀들에게 복음을 전했다. 포주에게 머리를 쥐어뜯기고 펨프한테 얻어맞으며 피투성이가 되어도 그녀는 멈추지 않았다. 그런 다음날이면 얼굴에 피멍이 들어 나타났지만 누구 하나 그녀에게 다가가 위로의 말을 건네는 사람이 없었다.

그것이 바로 그와 다른 점이었다. 그녀에게는 동료라는 의식이 전해지지 않는 모양이었다. 그녀와 시인이 가깝게 지낸다는 소문이 교내에 돌기 시작했다. 그리고 곧이어 그녀에 대한 악의에 찬 소문도 돌기 시작했다. 그러나 시인은 그 소문을 믿지 않았다. 사탄의 공작쯤으로 취급했다.

어느 비가 오는 가을날이었다. 시인은 우산도 없이 영등포 거리를 걷고 있었다. 비오는 날의 거리는 이상하게 처량 맞았다. 좌판을 벌여놓은 노점상들도 하나 둘 자리를 뜨고 외로움만 거리에 남았다. 사람들은 마치 쫓기는 듯한 심정으로 거리를 바삐 걸어갔다. 빗소리를 타고 유행가 가락이 들려왔다.

슬픔이 낙엽 되어 흐른다는 흔해빠진 가사가 무도장 불빛과 함께 들려왔다. 문민정부가 들어서고 난 뒤 활기가 흐르던 시절이었다. 영등포 역사 옆에는 대형 백화점을 짓기 위한 공사가 한창이었다.

철골 구조물이 비를 맞고 서서 사람들을 내려다보고 있었다. 그 밑을 수많은 발길이 지나고 있었다. 발걸음은 시인의 마음에 의문을 갖게 했다.

저들의 발걸음은 어디를 향해 가고 있는 걸까. 저들의 발걸음이 끝나는 곳은 어디일까. 저들은 인생의 의미를 어디에서 찾을까. 무엇을 위해 저리도 바삐 움직이며 사는 걸까. 무엇을 위해서 삶을 결단하며 어디에서 참 만족을 구하며 살아가는 걸까. 발걸음은 길을 찾아 헤맨다.

그중 많은 발걸음은 미로를 헤매고, 길을 찾지 못한 발걸음은 가던 길을 되돌아 나온다. 아예 길거리에 우두커니 서서 발걸음을 옮기지 못하는 경우도 있다. 그러나 대부분의 사람들은 서둘러 발걸음을 옮긴다. 먹고살기 위해서라고, 사랑하는 가족들을 위해서라고 발걸음은 암암리에 말한다.

시인은 그중 한 발걸음을 따라 걷기 시작했다. 또각또각 구두 발소리로 보아 그건 여자임이 틀림없었다. 그는 홀린 듯이 여자 구둣발만 쳐다보며 따라갔다. 여자는 잘록한 허리를 흔들며 지하도 계단을 지나 음식점 골목으로 들어섰다. 그러더니 의류 상가를 지나 호프집 뒷골목으로 사라졌다.

그곳에서 이상한 빛이 비쳐왔다. 가까이 가 보니 유리 케이스에 흰 나신(裸身)이 앉아 있는 게 아닌가. 그가 놀란 눈빛으로 바라보자 여자는 보란 듯이 가슴을 확 열어 제꼈다. 난생 처음 보는 여자의 나신이었다. 희고 풍만한 가슴과 탄력 있는 다리가 그의 시야를 덮쳐 왔다. 그는 꿈을 꾸는 듯 잠시 정신이 몽롱해졌다.

때마침 나타난 여자의 손길에 의해 그는 작은 방으로 안내되었다.

화장대와 침대가 놓인 아주 조그만 방이었다. 방에 들어서자마자 그의 이성(理性)은 순식간에 마비되었다. 이성뿐만이 아니었다. 석고처럼 몸이 그대로 굳어버린 것이다. 다음 순간 정신을 차렸을 때 그는 기절할 듯이 놀랐다.

여자의 얼굴이 악마의 화신으로 변해 자신을 내려다보는데……. 처음에는 자신의 눈을 의심했었다. 짙은 화장을 떡칠해서 긴가민가 했는데 자세히 보니 신해수가 아닌가.

세상에……!

그는 온몸이 경직되는 듯한 충격에 휩싸였다. 그제야 동료들 사이에 떠돌던 소문의 진실이 밝혀지는 것 같았다. 그는 자리에서 벌떡 일어났다. 그리고는 당장이라도 신해수의 뺨을 후려칠 것처럼 노려보았다.

"어떻게 니가 니가……."

신해수 역시 당황한 모양이었다.

"왜, 왜 그러세요? 제가 마음에 안 드세요? 그럼 다른 아가씰 불러 드릴까요?"

그는 너무 기가 막혀 기절할 지경이었다. 그는 뒤도 안 돌아보고 그 자리를 뛰쳐나오고 말았다. 신해수의 태도가 너무도 뻔뻔스러웠다. 어떻게 저렇게 두 얼굴을 하고 자신을 감쪽같이 속일 수 있단 말인가. 사탄의 자식 같으니……. 입에서 저절로 욕이 흘러나왔다. 생각해 보니 그동안 그녀의 모든 행동이 위선으로 보였다.

왜 신학생 동료들이 그녀를 그토록 경원시했으며 냉철하게 대했는지 알 것 같았다. 그러면서 그는 자신에게 자꾸만 설득하고 있었다. 아닐 거야. 분명 잘못 보았을 거야. 내가 뭔가 착각한 게 틀림없어. 내일 만나면 이게 어떻게 된 일인가고 물어 보아야지. 그래 틀림없이 무슨 착오가 있을 거야. 비슷한 얼굴은 얼마든지 있으니까.

그러나 아무리 생각해도 그녀는 신해수가 틀림없었다. 그녀 역시 당황해서 어쩔 줄을 몰라 하지 않았던가. 내가 너무 놀라니까 다른 아가씨를 불러주겠다고 하지 않던가. 그러나 그 모든 걸 따지기에 앞서 그는 너무 충격이 컸다. 신해수가 사창굴에 있다는 사실과 자신이 그곳에 발걸음을 들이밀었다는 사실이 너무도 부끄러워 견딜 수가 없었다.

두려웠다. 그 광경을 보았을 신(神)의 눈이 두려웠다. 또 신의 의지를 배반한 자신의 행동과 신해수의 태도가 너무도 파렴치하다는 생각이 들었다. 자신과 신해수는 신의 이름을 부끄럽게 한 장본인이었다. 그런 참담한 부끄러움은 살다 살다 처음이었다. 그는 그 치욕스런 감정 앞에 무릎을 꿇고 목 놓아 울었다.

비록 남들보다 힘들고 어려운 환경 속에 살았을망정 한 점 부끄러움 없이 살아온 자신이 아니었던가. 성경에 나오는 율법에 비추어 볼 때 그래도 양심에 심한 가책 받을 일은 안 하고 산 그였다. 그런데 어쩌다 내가 사창굴에 발을 들여놓았단 말인가.

그나저나 이제 신해수의 얼굴을 어떻게 본단 말인가. 그래도 오랫동안 교분을 나누던 사이가 아니었던가. 그녀는 믿음의 동역자자 그가 최초로 사랑한 여자였다. 그러니까 그녀는 신을 향한 믿음 이외의 또 하나의 믿음이었던 것이다. 그런데 그 믿음이 깨지고 나자 그는 너무 절망스러워 숨이 막힐 지경이었다.

"남자들은 사창굴에 가 온갖 죄를 다 지으면서 그런 여자들을 또한 경멸하고 죄악시하죠. 얼마나 파렴치하고 이율배반적인 행동인가요?"

언젠가 신해수가 말하던 기억이 떠오른다. 그때 그는 그 말에 전적으로 동감하면서 그녀의 신앙의지에 탄복했다. 누구나 높아지기 원한다. 낮아지기를 원하는 사람은 한 사람도 없다. 사람들은 서로 겸손하라고 말하지만 실제로 겸손해지려고 노력하는 사람은 없다. 겸손을 가장한 위선만 부릴 뿐이다.

그런 면에서 볼 때 신해수의 신앙 인격은 얼마나 고결한 것이었나. 시인은 신해수의 얼굴을 다시 대한다는 게 너무 두려웠다. 자신이 사창굴에 찾아들었다는 사실을 신해수가 알았으니 서로 서로 부끄럽게 되었다. 이튿날 신해수는 나타나지 않았다. 그 다음날도 나타나지 않았다. 일주일이 지났다.

그는 불길한 예감이 연상되면서 속이 바작바작 타는 것 같았다. 도대체 무슨 일이 발생했기에 나타나지 않는 걸까. 그가 알기에 신해수는 단 한 번도 결석한 일이 없었다. 강의 시간에도 제일 먼저 나타나 앞자리를 차지하던 그녀가 아니던가. 그런데 이상한 건 그녀의 부재에 대해 궁금증을 나타내는 사람이 단 한 사람도 없다는 사실이었다.

이상한 일이었다. 그는 신해수의 부재가 꼭 자신과 연관된 것 같아 더 조바심이 났다. 혹시 나 때문에? 불길한 예감은 그의 뇌리를 붙잡고 늘어졌다. 불길하면 불길할수록 그녀에 대한 궁금증은 커져만 갔다. 그리고 그날 있었던 일들이 꼭 꿈속처럼 여겨졌다. 그래 우리 둘이만 입 다물고 있으면 되는 거야.

다시 그런 일이 없다면 괜찮은 거야. 세상 사람들은 얼마나 범죄하고 타락한 삶을 살아가는가. 뭐 내가 그녀와 관계한 것도 아니고,

또 나는 아직까지 동정(童貞)을 간직하고 있으니 그다지 죄책감에 시달릴 이유는 없지 않은가. 그런데 바로 그 순간이었다. 신해수가 교통사고로 죽었다는 소식이 전해졌다.

그녀가 죽다니…….

그는 한동안 정신이 멍해서 견딜 수가 없었다. 안 그래도 그녀 때문에 정신이 혼미한 지경인데 그녀가 죽다니……. 이게 도대체 어찌된 영문이란 말인가. 도대체 나의 하나님은 어쩌자고……. 그는 어처구니없게도 신을 원망하고 말았다. 당혹스럽고 복잡한 감정이 끊임없이 일어났다.

거기에는 배반과 모순. 위선과 가식, 감당할 수 없는 수치심까지 포함돼 있었다. 그것은 슬픔과는 전혀 별개인 이제까지 그가 느껴보지 못한 미묘한 감정이었다. 그 미묘함 속에 안도감이 고개를 내밀고 있었다. 타인의 죽음 앞에 안도감을 느끼다니. 세상에 이런 악마적인 기운이 내 안에 있다니…….

그는 스스로 아연실색했다. 신해수, 그녀는 한때 자신과 뜻을 같이 했던 영적 동반자가 아니었던가. 그런데 막상 위기의 절정에 이르자 자신 안의 악한 실체가 스스로 고개를 내밀고 있었던 것이다. 그녀와 어깨를 같이 하고 걸으면 얼마나 자랑스러웠던가. 외모로만 본다면 넘칠 만큼 과분한 상대가 아니었던가.

그런데 그 비오는 날 사창굴에서 그녀를 만난 다음부터 감정이 백팔십도 돌아서 버린 것이다. 교리의 기본정신인 용서와 긍휼을 잃어버린 이율배반적인 행동이었다. 그런데 더 놀라운 건 신(神)을 향한 배반 심리가 고개를 내밀고 있었다. 그건 엄청난 불신앙이었다. 동료들은 신해수의 시체가 안치돼 있는 대학병원 영안실로 떠나면서 그에게도 동행할 것을 요구했다. 그러나 그는 끝끝내 그 요구를 거부했다.

"왜 그래? 살았을 때는 단짝처럼 붙어 다니며 온갖 우애를 다 과시하더니."

그는 고개를 흔들며 간신히 말했다.

"난, 난 도저히 인정할 수가 없어, 그녀가 죽었다는 걸."

그는 말해 놓고 나서 자신을 향해 철퇴를 가했다. 이 위선자. 파렴치범아 뭐? 죽음을 인정할 수가 없다고? 가슴에 손을 대고 말해 봐라. 그게 어디 네 진실인가고. 그는 심각한 자기모순에 휩싸이면서도 끝끝내 아니라고 자신에게 우겼다.

언제 나타났는지 주영식도 말했다.

"뭐 충격이 큰 것까진 이해가 가는데 그래도 가봐야 될 것 아냐, 이담에 천국에서 만나면 뭐라고 할 건데. 해수가 서운해 하지 않을까."

"그래, 그건 영식이 말이 맞아, 가서 실제로 죽음을 확인하고 나면 마음이 달라질 거야."

그러나 그의 귓가엔 아무 소리도 들려오지 않았다. 영안실에 가서 그녀의 죽음을 확인하고 나면 더 큰 혼란이 올 것 같았다. 그는 입관예배는 물론 발인예배 때도 가지 않았다. 전해 오는 말로는 고인의 가족으로 참석한 사람은 부모와 여동생뿐이라는 소식이었다. 그 삼사 일 동안 그는 극심한 내부의 갈등을 겪었다.

두려웠다. 비록 유명을 달리하긴 했어도 그녀는 생각할 때마다 두려움을 몰고 왔다. 신해수가 사라져 버린 교정은 더 쓸쓸하고 휑뎅그레했다. 그녀의 부재는 곧 역동성이 사라진 거나 마찬가지였다.

누구 하나 나서서 노방전도하자는 사람이 없었다. 매일 밤 열리는 기도회에도 참석자가 눈에 띄게 줄었다.

표면적인 분위기가 바뀌었는데도 그 이유를 말하는 사람은 아무도 없었다. 모두 침묵으로 일관하면서 가끔씩 시인의 반응을 살폈다. 표리부동. 외식하는 바리새인. 겉으로 말은 안 해도 그들은 속으로 힐문할 것이다. 위선자, 파렴치범. 애인이라고 좋아라 따라 다닐 때는 언제고— 그 애인이 죽었는데도 어쩌면 저리도 멀쩡할까.

나쁜 놈. 그들은 시인의 감정 상태를 체크하며 돌아서면 야유하고 경멸할 것이다. 어느 날인가부터 그는 술을 입에 대기 시작했다. 신학교에서 멀리 떨어진 인적 드문 주택가 골목 포장마차에서 인사불성이 되도록 술에 취했다. 부끄러웠다. 도저히 부끄러워 숨을 쉴 수가 없었다. 너무도 부끄러워 쥐구멍이라도 있으면 숨고 싶은 심정이었다.

안도감과 부끄러움은 숨바꼭질하듯 그의 감정을 조정했다. 그는 그 숨 막히는 감정의 이중구조 앞에 도저히 맨 정신으로 버틸 힘이 없었다. 마음을 술에 의지하면서 그는 점점 시들시들 야위어 갔다. 일부러 학교 강의를 빼먹은 날, 그는 술에 떡이 되도록 취한 채 영등포 거리를 걷고 있었다.

겨울비가 차갑게 거리를 적시고 있었다. 추위가 온몸으로 다가왔다. 비는 곧 진눈깨비로 변했다. 바닥이 빙판을 이루고 있었다. 그러나 술에 억병으로 취한 그는 조금도 무서울 게 없었다. 왜 사람들이 술을 마시는지 알 듯했다. 세상에 무서운 게 없어 보이니 그래서 술을 마시는 모양이라고 생각하며 그는 발걸음을 의류상가가 보이는 호프집으로 옮겼다.

무의식중에 그는 발걸음을 멈추고 가로등을 바라보았다. 진눈깨비가 미끄럼을 타듯 흘러내리고 있었다. 싸한 그리움이 가슴속으로 몰려왔다. 고개를 오른쪽으로 돌리는데 골목길에서 불빛이 새어 나오고 있었다. 저절로 발걸음이 그곳으로 향하는데 하얀 유리 케이스가 보였다. 여자의 흰 나신이…….

아아악!

그는 외마디 소리를 지르며 돌아서다 그만 길바닥에 엉덩방아를 찧고 말았다. 그 모양을 보던 행인들이 웃다가 자신도 넘어지고 말았다. 그때서야 술이 확 깨면서 정신이 들었다. 그만 두자. 그는 자리를 털고 일어서면서 자신에게 말했다. 거리는 진눈깨비가 쌓여 지저분했다. 바닥이 유리알을 깔아 놓은 것처럼 미끄러웠다.

어릴 때 빙판길을 썰매를 타고 달리던 기억이 났다. 그때를 생각하며 미끄럼을 타며 걸어가는데 마주 오는 남자와 정면으로 부딪치고 말았다. 남자는 기골이 장대하고 한눈에 보기에도 미남자였다.

"뭐야 이거?"

그는 일부러 위악스런 표정을 지으며 눈을 부라렸다.

"아니, 시인 아냐?"

"어! 당신 주윤발?"

그는 엉겁결에 주영식의 애칭을 부르고 말았다. 그 역시 술에 잔뜩 취해 있었다. 그럴지라도 건장한 체격에 잘생긴 외모가 당장 눈에 띄었다. 영화배우란 별명이 전혀 어색하지 않았다. 기막힌 해후였다. 진눈깨비 내리는 겨울날 두 신학생이 술에 잔뜩 취한 채 영등포 거리에서 만나다니. 그들은 모두 낄낄대고 웃었다.

둘은 어깨동무를 하고 영등포 네거리를 걸었다. 로터리에 이르자 주영식은 쌍두마차 무도장이 보이는 쪽으로 취한 걸음으로 마구 달려갔다. 시인은 오던 길을 돌이켜 영등포 역사 쪽으로 걸어갔다. 한 달 뒤 휴학계를 내기 위해 학교에 들른 시인은 주영식이 자퇴했다는 사실을 알았다.

신학생 동료들은 그 사실을 자연스럽게 전하면서 너도 할 거냐고 물었다. 신학교에서 자퇴하는 일은 그리 드문 일은 아니다. 굳은 결단으로 신학교에 들어왔다가 스스로 회의감에 사로잡혀 그만 두는 일은 종종 있는 일이다. 신학교를 졸업했다 해서 모두 목회를 하는 것은 아닌 것처럼 신앙과 현실 사이에서 우왕좌왕하는 일은 흔한 일이다.

시인과 주영식. 그들도 그중의 일부가 되어 신학교를 도중하차했다. 신학교 교문을 나서는 순간 시인은 엄청난 방종의 물결에 휩싸였다. 동시에 불안과 두려움이 그의 뇌리를 파도처럼 엄습했다. 그는 당장 청량리로 달려가 대낮부터 추위와 함께 낮술에 취했다. 언젠가 신해수와 함께 답십리 굴다리에서 노방전도 하던 생각이 떠올랐다.

똑같이 노방전도를 해도 시인에게는 적대적인 반면 신해수에게는 관대한 편이었다. 어쩌다 악질적인 포주를 만나 곤욕을 치르는 것 외에는 신해수는 대체로 복음을 잘 증거했다. 사람들은 그녀가 내미는 전도지를 받아 들고는 읽으며 길을 갔고 그녀의 얼굴을 힐끔 쳐다보며 미소 짓는 행인도 있었다.

외모가 그만큼 중요했다. 그 신해수의 모습이 술잔에 어른거렸다. 젠장 할. 그는 자신도 모르게 푸념하듯 말했다. 마지막 술잔을 입에 털어 넣은 그는 청량리 시장을 빠져나와 답십리 굴다리를 향해 걸어갔다. 사람들의 야유하는 소리가 귀에 왁자하니 들려왔다. 어디선가 또다시 싸움판이 벌어진 모양이다.

노점상들을 지나 횡단보도를 건너고 굴다리에 이르자 어느새 눈물이 흐르고 있었다. 그리움이 속에서 꾸역꾸역 치밀어 올랐다. 슬픔도 똬리를 틀고 일어났다. 그는 길 한복판에 서서 큰소리로 울었다.

해수야. 해수야!

사람들은 길을 지나다가 머뭇거리며 그를 바라보았다. 그는 더욱 소리 높여 울었다. 미안하다. 미안하다. 내가 그러는 게 아니었는데. 정말 미안하다. 겨울바람이 얼굴을 칼처럼 스치고 지나갔다. 후회와 연민의 감정도 가슴을 후벼 파고 지나갔다. 그녀의 체취가 바람결에 느껴지는 것 같았다. 한때는 그녀가 너무도 자랑스러웠었다.

미인인데다 당당하고 용기 있고 지혜로운 여자가 그녀였다. 목회자로도 사모로도 조금도 부족함이 없을 그녀였다.

그런데 어쩌다가…….

그래 무슨 사정이 있었겠지. 혹 내가 그 순간 눈이 잘못돼서 착각한 것일 수도 있어. 그런 건 둘째 치고라도 이젠 너를 이 세상에서 영원히 볼 수 없다니 이게 도대체 어떻게 된 영문이란 말이냐. 가슴이 텅 비다 못해 뻥 뚫려버린 느낌이었다. 거리는 온통 얼어붙어 가슴마저 얼어붙는 듯했다.

무릎이 덜덜 떨렸다. 취기가 조금도 느껴지지 않았다. 그럴수록 그는 자신 안에 있는 악한 정체를 깨달았다. 사도바울의 말이 떠올랐다.

“오호라 나는 곤고한 사람이로라. 이 사망의 몸에서 누가 나를 건

져내리요. 나는 죄인 중의 괴수로라."

생각할수록 자신이 괘씸했다. 너무 가증스러웠다. 그래, 신학교를 그만 둔 건 잘한 일이야, 아암. 나 같은 위선자가 신의 의지를 담당하다니 그건 말도 안 돼. 잘 내린 처사였어.

그는 돌아서서 뛰기 시작했다. 한참 뛰다 보니 어느새 버스정류장이었다. 마주 달려오는 버스를 향해 무조건 올라탔다. 눈물 범벅이 되어 앞이 잘 보이지 않았다. 주먹으로 눈물을 훔치며 차창 밖을 내다보았다. 버스가 중랑교를 지나고 있었다. 추위에 옷깃을 여민 시민들이 밤거리를 종종걸음 치며 지나고 있었다.

상봉동 시외버스터미널에 이르러 버스는 많은 승객을 토해 놓고 망우리를 향해 기치를 올렸다. 건물마다 내뿜는 불빛이 스산한 가슴을 더욱 외롭게 했다. 겨울 밤바람은 가슴마저 시리게 하는지 사람들은 서로의 마음을 움켜쥐고 바삐 걸어갔다. 혼자라는 사실이 가슴 저리도록 느껴졌다.

이제부터 난 무위야.

하릴없는 백수가 된 거라구.

그는 혼자 탄식하다 깜빡 잠이 들었다. 한참 후 일어나니 버스가 팔당 근처를 달리고 있었다. 검은 강물이 가슴속으로 와락 달려들었다. 버스가 S자로 휘어진 도로를 지나 내리막길로 내달았다. 불빛이 비쳐왔다. 음식점에서 내뿜는 불빛이었다. 왼쪽으로 천주교 공원묘지가 보였다. 사람들이 손전등을 들고 길을 내려오고 있었다. 다음 정류장에서 승객 두 명이 하차했다. 그는 엉겁결에 따라 내렸다.

버스에서 내려 사람들 뒤를 따라 걷는데 오른쪽에 역사(驛舍)가 보였다. 능내역이었다. 소규모의 간이역이었다. 주변에 앙상한 겨울

수풀이 눈에 쌓인 채 시야에 들어왔다. 빈 들판에서 눈바람이 불었다. 그것은 어둠속에서 쾌감으로 전해져 왔다. 음식점 건물들 사이로 모텔이 보였다.

모텔에서 뿜어져 내리는 불빛이 당장 음욕을 부추겼다. 그는 무심코 그 쪽으로 발걸음을 옮기다 말고 깜짝 놀랐다. 모텔 건물로 들어가는 젊은 두 남녀 때문이었다. 건장한 체격에 수려한 얼굴이…… 아무리 봐도 그는 주영식이 틀림없었다. 여자는 아예 그의 가슴에 폭 파묻힌 채 안겨 있었다.

주영식은 여자의 가는 허리를 한손으로 껴안더니 모텔 안으로 들어섰다. 로비에서 열쇠를 받아 쥔 주영식이 고개를 돌려 여자를 안았다. 여자가 남자의 목을 껴안고 늘어졌다. 남자가 그녀의 가슴에 손을 집어넣는데 이쪽으로 여자의 옆얼굴이 보였다.

순간 시인의 숨은 일시에 멈추는 듯했다. 여자의 얼굴이 신해수와 흡사했다. 갸름하고 오뚝한 콧날이 그녀임에 틀림없었다. 다시 고개를 들어 확인하려는 순간 그들은 객실로 사라진 뒤였다. 그건 흡사 무슨 환상을 보는 것 같은 느낌이었다. 몽롱하면서도 마치 영화의 한 장면을 보는 듯, 착시현상인지도 몰랐다.

내가 헛것을 본 모양이야.

해수가 내 마음속에 이렇게 깊게 자리 잡고 있을 줄이야. 돌아서면서 그는 깊게 탄식했다. 그날 밤 그는 역사(驛舍)에 엎드려 잠을 잤다. 새벽 일찍 기차를 타고 떠나기 위해서였다. 날은 춥고 배도 고팠다. 그러나 입맛은 당기지 않았다. 긴 나무 의자에 누워 토끼잠을 자고 일어나니 사람들이 역사 안으로 하나 둘 들어오기 시작했다.

기차를 타고 서울로 출근하려는 직장인들이었다. 순간 심한 자괴감이 들면서 백수라는 사실이 뼈저리게 느껴졌다. 자리에서 일어나 밖으로 나왔다. 아직 일곱 시도 채 안 된 이른 시각이었다. 사람들이 기차를 타기 위해 계속 몰려오고 있었다. 주변에 인가도 별로 없는 것 같은데 이 사람들은 어디에 있다 나타난 것일까. 그들은 분명 외지인들 같았다.

아무리 봐도 현지인들 같지 않았다. 세련된 옷차림과 긴장된 표정이 그것도 그들은 모두 쌍쌍이었다. 그렇다면 저들은 어디에 있다 나온 걸까. 그러고 보니 그들은 모두 사련(邪戀)의 주인공들 같았다. 누구에게 들킬 새라 그들은 발걸음을 서둘러 역사 안으로 옮겼다. 두 손을 꼭 그러쥔 채로.

능내에서 서울까지는 채 삼십 분도 안 걸리는 거리다. 기차가 아닌 자동차로 가도 러시아워만 아니면 삼사십 분이면 간다. 그러나 출근시간 때는 다르다. 그래서 저들은 출근 시간 때에 맞추기 위해 서두르는 것이다. 그는 나름대로 결론을 내리고 국도가 있는 쪽으로 걸어 나왔다.

간밤엔 몰랐는데 사방이 눈 천지였다. 겨우내 내린 눈이 녹지 않아 산과 들이 온통 눈 천지를 이루면서 장관을 연출하고 있었다. 눈부시다는 말이 꼭 이 경우에 해당하는 것 같았다. 시외버스가 지나면서 매연을 내뿜었다. 긴 자동차의 행렬 속에 끼어들기를 시도하는 승용차가 보였다.

검은색 그랜저였다. 선팅을 해서 잘 안 보여서 그렇지 그 안에는 분명 젊은 남녀가 타고 있을 것이다. 그들은 무리하게 끼어들기를 시도하면서 자꾸만 클랙슨을 눌러대고 있었다. 좀처럼 틈이 안 나자 승용차 운전자가 창밖으로 얼굴을 내밀더니 손짓을 했다. 좀 양보해 달라는 표시였다. 그 광경을 무심코 바라보던 시인은 또다시 숨이 막히는 것 같았다.

주영식이었다. 그런데 더 놀라운 건 그 옆에 앉아 있는 화려한 미인이었다. 갸름한 얼굴에 오뚝한 콧날, 상기된 표정이…… 그녀는 신해수였다. 숨이 멈추는 것 같았다. 이게 도대체 어떻게 된 일인가. 죽었다던 신해수가 어떻게 주영식과 한 차에 타고 있단 말인가. 그렇다면 내가 어젯밤 본 그 장면은 정녕 현실이었단 말인가.

모텔을 올라가던 그 젊은 두 남녀가 바로 저들?

그는 갑자기 의식에 큰 혼란이 왔다. 현실감각에 큰 이상이 발생한 것 같았다. 도대체 이미 이 세상 사람이 아닌 신해수가 어떻게 주영식과 함께 있는가 말이다. 교통사고로 죽었다던 그녀가 무덤 속에서 부활하기라도 했단 말인가. 그렇다면 그녀는 제2의 예수? 이건 분명 꿈일 거야. 아님 내가 잘못 보았거나.

그의 발걸음은 그들이 탄 승용차로 점차 가까이 다가가고 있었다. 그 순간 교통 체증이 풀리면서 차량이 움직이기 시작했다. 주영식이 엑셀을 힘껏 밟으면서 고개를 왼쪽으로 돌리는데 짧게 아주 짧게 그와 시선이 마주쳤던 것 같다. 주영식의 표정이 일순간에 굳어지는 것이었다.

그렇다면 더더욱 그 안에 탄 여자는 신해수일 것이다. 그는 동기들에게 전화를 걸어 주영식의 안부를 확인하고 싶었지만 참았다. 들어봐야 뻔했다. 탕자가 되어 거리를 헤매고 있을 것을.

그는 그곳에서 삼 년 하고도 만 석 달을 지냈다.

그곳에 있는 동안 무한정 꿈을 꾸었다. 날마다 능내역을 바라보며 뜻 없는 낭만을 꿈꾸었다. 신학기 등록금으로 마련해 두었던 돈으로 사글세방을 얻었다. 돈이 필요할 때는 농사일을 거들며 품을 팔았고 과거의 아픔이 떠오를 때면 밤을 새워 글을 썼다. 물론 귀신 씨나락 까먹는 소리에 불과했지만.

자신의 행동이 양심의 가책으로 전해 올 때면 후회와 함께 엄청난 양의 술을 마셔댔다. 겨울이면 살갗을 파고드는 추위와 외로움과 싸웠고 봄이면 황량한 들판을 바라보며 무능감에 휩싸였다. 여름이면 더위와 싸우느라 숨 겨를 틈조차 없었고 가을이면 또다시 떠나기 위해 채비를 서두르느라 바빴다.

때로는 과거의 기억과도 무수히 싸웠다. 군대에서 제대를 하고 나서 5, 6년간을 지방에 있는 공단에서 보낸 적이 있었다. 생산직 라인이었지만 보수는 꽤 쏠쏠했다. 열심히 벌어 고향에 송금했다. 그 돈은 아버지가 생전에 노름빚으로 저당 잡혔던 논밭을 되찾는 데 모두 들어갔다. 평생을 술과 노름으로 세월을 보낸 선친은 죽어서도 가족들에게 짐을 안겼다.

그는 어머니의 고생하는 모습을 보면서 결심했다.

난 나의 의지를 신(神)께 맡기리라.

결코 술이나 노름에 내 마음이나 의지를 맡기지 않으리라. 나이 삼십이 넘어 뒤늦게 공부를 시작했다. 어머니의 소원이었다. 너만큼은 네 아버지의 전철을 밟지 말고 네 인생을 하나님을 위해 살아라. 무엇보다도 낮고 소외된 인생들을 향해 네 목회 인생을 걸어라. 결혼도 그 다음의 일이다. 어머니는 그의 목회 인생을 위해 밤낮으로 기도했다.

생각해 보면 아이러니였다. 아들의 인생을 신께 맡긴 어머니는 정작 자신의 인생은 아들에게 걸고 있었다. 처음에는 몰랐었다. 어머니의 소원이니까 당연히 그래야만 되는 줄 알았다. 남편에 대한 한을 아들로 대신하려는 그 간단한 이치를 그는 당연지사로 받아 들였다. 그러나 그것은 어느새 그에게 짐으로 작용하고 있었던 모양이다.

아니다. 신해수가 근본적인 이유였는지 모른다. 아니다. 아니다. 그는 자꾸만 부정을 되풀이하며 머리를 세차게 흔들었다. 원인은 중요하지 않다. 결과가 중요할 뿐이다. 신학을 중도 포기한 게 중요한 게 아니라, 스스로 신을 떠났다는 사실이 더 중요하다. 성경적 의미로 그는 탕자가 된 것이다.

그곳에 머무는 동안 그는 모텔과 국도를 오가며 수없이 살폈다. 또다시 주영식과 신해수가 나타날지 모른다. 그 미지의 확신은 그를 더욱 초조하게 했다. 그 확신은 엄청난 상상력을 부풀렸고 그를 극심한 혼란에 빠뜨렸다. 그는 꿈속에서 날마다 신해수를 만났다. 그녀에게 무언가 안타깝게 호소하고 있었다.

그때마다 신해수는 냉랭하게 돌아서서 주영식에게 달려갔다. 비록 꿈속이었지만 그는 낙망하고 절망했다. 현실과 꿈이 뒤엉키면서 그는 점점 현실 감각이 떨어졌다. 신해수는 꿈에서뿐만 아니라 현실에서도 그를 조종했다. 그는 하루 종일 부지불식간에 신해수의 생각에 골몰했다. 농가에서 막일을 거들 때나 동네 사람들과 어울려 한 잔 술을 마실 때도 신해수는 항상 그의 가슴속에 있었다. 글을 쓸 때도 그녀는 그의 정신을 지배했다. 그녀가 살아서 그에게 엄청난 이야기를 들려주고 있었다.

현실감각이 현저히 떨어지면서 점점 술독에 빠져드는 순간이 많아졌다. 가끔씩 그는 자신의 무의식을 반추하며 말했다. 그날 내가 본 것은 환상일 거야, 착각일 거라구. 죽은 사람이 어떻게 나타날 수가 있겠어, 그녀는 분명 죽었고 이건 내가 꾸며낸 환상일지도 몰라. 그녀가 죽고 나니까 마음이 허전해져서 내가 잠깐 헛것을 본 거야. 그렇지 그럴 거야. 그런데 왜 난 이곳에 머물러 있는 걸까. 난 아직도 그녀를 기다리는 걸까. 언젠가처럼 주영식과 그녀가 다시 나타날지도 모른다는…….

생각이 계속 원점을 맴돌고 있었다. 마음을 아무리 고쳐먹어도 생각은 여전히 신해수에게 머물러 있었다. 이곳을 떠나야 해. 그래야만 그녀에 대한 생각에서 벗어날 수 있어. 어느 날 그는 홀연히 그곳을 떠났다. 급작스럽게 내린 결정이었다. 쓰던 물건들을 모두 놔둔 채 그는 몸만 빠져 나왔다.

떠나면서 그는 자신에게 말했다.

난 이곳에 내 꿈을 묻고 간다. 그 꿈이 무엇인지 잘 모르지만 나중에 이곳에 들러 반드시 내 꿈을 확인하리라.

그리고 슬픔과 함께 엄청난 술을 마셨다. 마치 술과 원수진 사람처럼.

황토 흙길에 이슬이 내려 촉촉한 아침이었다. 어! 이상하다. 어젯밤은 겨울비가 내려 길이 온통 미끄러웠는데. 하룻밤 사이에 겨울이 봄으로 바뀌어 버린 걸까. 국도를 바라보니 차량이 나는 듯이 속도를 높이고 있었다. 주변에 파릇한 새싹이 보였다. 봄기운이 당장 그의 허전한 마음을 휘어잡았다. 버스 정류장 앞에 서서 그는 한참을 망설였다.

어디로 간단 말인가.

고향으로 가기엔 면목이 없었다. 어머니의 노여운 얼굴이 떠올랐다. 아들을 목사 만들겠다고 험한 농사일에 찌들어 살던 어머니. 그 어머니는 성직자의 길을 버리고 떠난 아들을 향해 얼마나 가슴을 칠 것인가. 그보다도 나는 실종된 나의 인생을 어디에서 찾을 것인가. 생각해 보니 나이가 어느새 삼십 중반을 달리고 있었다.

능내를 떠난 그는 한동안 여러 도시를 떠다니며 살았다. 표면적인 이유는 일거리를 찾기 위함이었다. 눈높이만 낮춘다면 돈벌이는 얼마든지 있었기에 생활에 불편은 없었다. 문제는 마음이었다. 마음속에서 불길같이 치솟는 것이 있었다. 그건 분명 욕구였다. 그런데 그 욕구의 정체를 모르겠는 것이다. 허전함과 치욕스러움, 무의미와 눈물.

그는 매일 저녁 눈물을 흘리며 괴로워했다. 그때마다 술병이 입에서 떠나지 않았다. 이러다가 알코올 중독자가 되는 건 아닌가. 순간적으로 의심이 들면서 죽은 선친이 떠올랐다. 노름 중독과 술 중독. 그 전철을 밟지 않겠다고 그토록 몸부림쳤었는데. 술에 빠질지언정 그는 결코 여자를 탐하지 않았다.

한 번도 단 한 번도 그는 여자를 가까이 하지 않았다. 죄책감이 마음속에서 그것을 허용하지 않았다. 그 뒤에는 신해수에 대한 아픔과 후회라는 감정이 숨어 있었다. 후회는 과거와 밀접한 관련을 맺고 있었다. 그리고 미래에 대한 새로운 결단을 촉구했다. 이제부터라도 제대로 된 인생을 살자. 그거야말로 후회에 대한 가장 정확한 보답이다. 그리고 잃어버린 내 옛꿈을 찾자.

풀 향기가 온 동리를 뒤덮던 어느 봄날이었다. 집 골목길을 빠져나와 시장통을 지나는데 이상한 느낌이 들었다. 방금 낯익은 얼굴이 스쳐 지나갔기 때문이다. 돌아보니 그 얼굴이 노점에서 생선을 고르고 있었다. 큰 키에 날씬한 체격을 한 미모의 여자였다.

신해수다.

그의 의식에 불이 켜졌다.

신해수가 틀림없었다. 신해수는 배가 잔뜩 부른 모습이었다. 임신 8개월쯤 되었지 싶었다. 그런데 자세히 보니 평상시의 그녀보다 키가 훨씬 더 컸다. 여자의 키는 170센티를 상회하고 있었다. 이상하단 느낌이 들었다. 그는 세월의 공간을 뛰어 넘어 당장 그녀에게 다가갔다.

"해수야."

그는 여자의 손을 덥석 잡았다. 꼭 꿈속 같았다. 반가움이 가슴속으로 밀물처럼 몰려왔다.

"누구세요?"

여자가 뜬금없는 눈길로 물었다.

"나, 나 시인이야, 이정명 시인."

"네?"

여자는 고개를 갸우뚱하더니 이내 수긍하는 태도를 보였다.

"아! 언니 애인이셨다는 그 시인……."

"언니?"

아! 그러고 보니 얼굴 생김새가 약간 달랐다. 키도 신해수보다 훨씬 크고 얼굴형이 신해수에 비해 약간 둥그스레했다. 가슴이 철렁하면서 과거와 현실이 한꺼번에 인식되었다.

"전 해수 언니의 동생 해연이에요. 그런데 왜 언니 장례식에는 안 오신 거예요?"

그녀는 사오 년 전의 일을 마치 어제 일처럼 말하고 있었다. 그러면서 얼굴에 실망하는 빛이 역력히 스쳐 지나가는 것이었다. 그 순간 그는 신해수의 장례식에 가지 않은 것을 두고두고 후회했다. 갑자기 그의 뇌리 속에 번쩍 스쳐가는 것이 있었다.

능내, 능내였다. 주영식의 모습이 떠올랐다. 그렇다면 그때 모텔과 국도변에서 보았던 그들이 바로? 주영식과 신해연?

신학교 다닐 때 신해수에 관해 떠돌던 악소문도 생각났다.

그렇다면 저 여자가 그 소문의 근원지? 영등포 사창굴에서 만났던 그 여자가 바로? 그 모든 궁금증이 한꺼번에 떠오르면서 그는 저절로 여자의 부른 배로 눈길이 갔다.

"혹시 능내에서…… 아니 영등포……."

"네?"

여자의 표정이 갑자기 냉랭해지는가 싶더니 태도가 돌변했다.

"도대체 무슨 말씀이신지……."

여자는 분명 당황하고 있었다. 그럴지언정 결코 진실을 말할 것 같진 않았다.

"저 죽음에 대한 확실한 대비책은 무엇이라고 생각하십니까?"

느닷없이 죽음에 관한 이야기가 튀어 나왔다.

"네?"

여자는 여전히 당황한 빛을 거두지 않고 말했다.

"언니를 많이 사랑하셨나 봐요?"

"저, 그러니까…… 해수와 나는……."

그는 자꾸만 말을 더듬거렸다. 여자는 굳은 표정으로 말했다.

"지금 탕자의 길을 걷고 계시다면 속히 회개하세요. 저도 몇 년 전까지 탕자의 길을 걷다가 언니의 기도가 생각나서…… 지금 이렇게…… 더 이상…….”

여자는 울먹거렸다. 그리고 이내 확신에 찬 목소리로 말했다.

“죽음에 대한 대비책은 구원의 확신이죠. 언니가 제게 가르쳐주고 떠났어요. 못난 여동생 하나 때문에 사창굴에서 전도하다 병에 찔리고…… 폭력배에게 쫓기다 그만 교통사고로.”

더 이상 들을 수가 없었다. 그는 돌아서서 시장 바닥을 맨발로 뛰기 시작했다. 바닥이 구정물로 흥건했다. 생선과 야채 썩는 냄새가 진동했다. 역한 튀김 기름 냄새도 풍겨 왔다. 언젠가 자신에게 했던 질문이 생각났다. 죽음이 어느 날 당신을 찾아온다면 어떤 자세로 맞을 것인가?

골목길을 빠져나가는데 부끄러움이……. 아픔과 함께 빠져나가면서 소망이 샘솟듯 내부에서 흘러나왔다. 그래, 이제부터 내 꿈을 찾자. 잃어버린 내 옛꿈을 찾아 살아가자. 해수야, 니가 내 꿈을 찾아주었어. 니가 그토록 원했던 그 꿈 내가 이루어 줄게.

그가 신학교로 복귀하는 날이었다. 그는 옛 동료로부터 핸드폰을 선물 받았다.

“네가 다시 돌아온 기념으로 주는 거야. 힘든 세월을 보낸 만큼 영성도 더 깊어져라.”

그는 시인의 어깨를 두드리며 말했다. 그날 감격 속에 수업을 마치고 나가는데 교문 쪽에서 건장한 체격에 잘생긴 남자가 다가왔다. 그와 동시에 여자 신학생들의 눈길이 한꺼번에 그에게 집중되었다.

“어이, 시인. 오랜만이야.”

그 순간 그의 뇌리에 강한 울림이 들렸다. 능내에서 본 주영식과 신해연의 모습이 생각 속에서 또다시 리바이벌 되고 있었다. 그렇다면 그 두 남녀는 바로?

의문점이 풀리면서 강한 회오리바람이 주영식과 그의 사이에 일었다. 대지를 가르는 듯한 엄청난 바람이었다. 둘은 그 사이에 서서 한참 동안 서로를 바라보았다. (2007년 한인문학)

도미노의 법칙

그녀 나이 서른 살 때의 일이다. 맞선 자리에서 친정아버지가 말했다.

"제 못난 여식입니다. 제발 잘 봐 주십시오. 인물도 배운 것도 없지만 일솜씨 하나는 빠지지 않습니다. 그저 잘 봐 주십시오."

그녀는 영(靈)이 눌려 말 한마디 못하고 입만 헤벌렸다. 구멍이 숭숭 난 그녀의 정신 속으로 음성이 들려왔다.

"그저 없는 사람들끼리 혼수니 뭐니 따질 것 있습니까, 그저 건강하게 일 잘하고 자식 낳아 잘 키우고 살면 그만이죠."

새까맣게 그은 얼굴에 독기어린 표정으로 남자가 입술을 샐쭉하며 말했다.

"그래도 격식은 갖추어야죠."

"격식이랄 것까지야……."

그녀의 아버지는 난감한 표정을 지었다. 시골 것들이라고 만만하게 본 게 화근이었다. 그는 노한 듯한 기색이었으나 이내 표정을 고쳐먹었다.

"그러니까 제 말은 기본적인 것은 갖추고 나서……. 그러니까 호화 혼수 그런 것 말입니다."

"그런 것은 저희들도 바라지 않습니다."

그러자 남자의 아버지가 말했다.

"당사자들 마음이 더 중요한 것 아니겠습니까."

그는 그녀의 멍청한 표정을 바라보며 인상을 찡그렸다. 어디서 저런 걸…….

그의 아버지가 아들의 귓가에 대고 가만히 속삭였다.

"그저 피박 쓴 셈치고 해 번져라. 엉덩이가 펑퍼짐허니 애 잘 낳고 일도 실허니 잘허게 생겼구나."

남자는 못마땅했지만 아버지의 의견에 따르기로 했다. 인물 반반하고 되바라진 시골 처녀보단 낫다. 멍청해도 애 잘 낳고 남편과 시부모 말 순종 잘하는 게 백 번 낫지 싶었다. 저 정도라면 아무리 구박하고 멸시해도 잘 참아낼 것이다. 그녀의 눈은 초점을 잃고 허공을 날았다.

그날 헤어진 이후 그들은 딱 한 번 더 만났다. 결혼식을 앞두고서 비용을 부담하기 위해서였다. 남자 쪽은 한 푼이라도 내놓지 않기 위해 애를 썼고 그것은 그녀 쪽도 마찬가지였다.

예물로 금반지 한 돈을 해 끼웠고 혼수로는 시부모와 시증조부 이불 한 채씩으로 대신했다. 신혼여행은 가까운 온천으로 일박하는 걸로 결론을 냈다. 막상 결혼날짜를 받아 놓고 나자 남자의 불만이 대단했다.

여자의 인물이 형편없다, 혼수가 변변찮다, 처부모의 인상과 태도가 마음에 안 든다, 별별 꼬투리를 다 잡았다. 결혼식 날 이틀 전에는 자기의 부모에게 파혼하겠다는 말까지 했다.

"여자가 너무 인물이 형편없어 누구헌티 소개도 못 허겠구먼요."

부모가 나섰다.

"주제를 알어라, 이놈아. 인물 반반한 처녀가 너를 좋아할 것 같으냐. 누가 이 촌구석에 와서 층층시하에 농사일 하겠느냐구. 그저 여자는 죽어라 엎드려 일하고 시부모 잘 모시믄 그만인 거여."

남자는 성이 오르는지 한동안 입을 구시렁댔다.

"그저 피박 쓴 셈치고 해버려라. 이제 내년이면 니 나이도 사십이 다 이거여. 막말로 인물 좋고 반반한 년이 너헌티 시집 오겠냐. 너도 배운 것도 없고 인물 없긴 마찬가지 아니냔 말여. 그리고 너 한 가지 꼭 명심할 게 있다. 내가 저쪽에다 니 학력을 고졸이라고 했응께 끝까지 고등핵교 나왔다고 우겨야 된다 알것지."

"알았어요."

결혼식은 신랑측의 요구에 따라 고향 읍내 예식장에서 조촐하게 치러졌다. 온 동리 사람들이 모여 잔치 구경하느라 법석이 났다. 그녀는 때가 묻어 시커멓게 변해버린 웨딩드레스를 입고 얼굴이 홍당무처럼 달아올라 어쩔 줄을 몰라 했다. 피로연으로 국수와 돼지고기 떡과 과일 등이 차려졌다. 사람들은 막걸리를 마시며 웃다가 쌈박질이 벌어졌고 잔치는 해가 지도록 이어졌다.

그녀는 폐백을 드리다 말고 다리에 쥐가 나는 것 같았다. 시부모 시동생 여섯에다 시 증조부모와 증조부의 첩 둘에다가 시처삼촌 시작은아버지 셋에다 시고모 여섯에까지 절하는 데만 한 시간도 넘게 소요됐다. 거기에다 해괴한 일은 결혼식이 끝나자마자 귀신단지에 대고 절을 하라는 것이었다. 조상귀신 단지라는 것이었다. 말하자면 김씨 집 38대손 맏며느리로 들어왔다고 조상귀신에게 신고식 하라는 것이었다.

지루한 폐백이 끝나고 신랑은 친구들에게 둘러싸여 술을 병째 들이켰다. 친구들이 짓궂은 농담을 하자 불쾌한 목소리로 "피박 쓴 셈치고 한 거구먼, 자식은 봐야 할 것 아닌가." 했다.

그는 읍내에서 백리쯤 떨어진 온천으로 신혼여행 갔을 때도 신부에게 말 한 마디 걸지 않았다. 첫날밤은 술 취한 신랑이 침대에서 굴러 떨어지는 것으로 끝이 났다. 이튿날 시외버스를 타고 고향으로 돌아오는데 전날 밤 술이 덜 깨었는지 계속 주정을 했다.

"그저 피박 쓴 셈치고 한 것이구먼."

그녀는 그 말뜻도 모른 채 신랑 눈치만 봤다. 마을버스에서 내린 그들은 동구 밖 논밭을 지나고도 한참을 걸어서야 시집으로 들어섰다. 다 쓰러져 가는 슬레이트집에 펌프가 마당 한가운데 보였다. 장독대에 말린 고추가 보였고 시어머니가 된장을 푸다 말고 그들을 맞았다. 그러자 마당에서 소여물 짚을 썰던 시아버지가 하던 일을 멈추고 자리에서 일어났다.

"그려, 신혼여행을 잘 마치고 온 겨."

그러면서 그는 며느리의 빈손을 보았다. 입 꼬리가 올라가면서 표정이 일순간에 변했다. 시어머니의 눈길도 사납게 변했다. 안방으로 들어가자 자리에 누워 콜록대던 시할머니가 그들을 바라보며 웃었다. 그는 일어나지도 못하고 입만 웃었다. 지린내가 진동하는 걸로 보아 중풍을 맞은 듯싶었다.

"어서 할머니께 인사 드리거라."

그녀는 신랑과 함께 날아갈 듯이 큰절을 올렸다. 사랑받고 싶었다. 비록 피 한 방울 섞이지 않은 시집 식구들이었지만 며느리로서 아내로서 사랑받고 싶었다. 어릴 때부터 구박만 받고 자라 사랑이 뭔지 정이 뭔지 모르지만 남들처럼 사람 대접받으며 살고 싶었다. 시할머니에 이어 시부모에게도 큰절을 올렸다. 시동생들에게도 맞절을 했다. 그때마다 그들의 입가에선 비웃음이 번졌다.

"그런데 넌 어째 빈손이냐? 아, 신혼여행을 다녀왔으면 하다못해 할머니 내의라든가 시동생들 손수건 한 장이라도 있어야 할 것 아니냐."

시어머니가 노기 띤 음성으로 말했다. 그녀는 속으로 아차 싶었다. 그러나 그녀 수중에는 단돈 만 원짜리 한 장 없었다. 친정부모가 부조금으로 들어온 돈을 그대로 들고 서울로 가면서 그녀에게는 돈 한 푼도 주지 않았기 때문이다. 그녀는 자신의 빈손을 내려다보면서 당황해 어쩔 줄을 몰라 했다. 옆에 있던 신랑이 한마디 했다.

"너희 부모가 돈도 안 주고 서울로 올라간 겨?"

"네."

그녀는 모기만한 목소리로 간신히 대답했다.

"뭔 놈의 집구석이 딸내미 시집보내면서 빈손으로 보낸 것도 모자라 신혼여행 가는 딸한테 돈 한 푼 안 줘 보낸다냐? 세상에 이런 법이 어디 있다냐? 너 친딸 맞냐?"

신랑이 말하자 시부모는 보기도 싫다며 밖으로 나가버렸다. 이어 시동생들도 나가버렸다. 시할머니만 자리에 누워 눈만 껌뻑거리며 말했다.

"아가, 시집살이 힘들다 생각지 말고 그저 열심히 살거라."

그녀는 말없이 눈물만 흘렸다. 그러자 밖에서 시어머니의 거친 음성이 들려왔다.

"아! 뭐하고 있냐? 당장 나와서 고추 다듬지 않고."

마당으로 나가니 시어머니는 가위를 들고 서 있었다. 고추를 가운데 잘라 멍석에 깔라는 표시였다.

"어머니, 옷 좀 갈아입고 나서요."

그녀는 방으로 들어와 허름한 옷으로 갈아입었다. 남편은 벌써 밖으로 나가고 없었다. 아마 동네 청년들과 어울려 술을 마실 모양이었다. 그녀는 마당에 내려서자 고추를 다듬고 펌프에 매달려 저녁 찬거리를 씻었다. 저녁을 해 먹고 난 다음에는 온 집안 구석구석을 쓸고 닦았다.

그와 같은 일은 시집 오기 전에도 늘 하던 일이었기에 조금도 힘들지 않았다. 밤이 깊어지는 데도 남편은 들어오지 않았다. 집안에 전화도 없었고 연락해 볼 아무 방법도 없었기에 그녀는 말없이 기다리기만 했다.

그만 깜빡 잠이 들었었나 보다. 뭔가 옆에서 뒤치락거리는 소리에 잠을 깼다. 그가 눈을 떠 쳐다보자 우악스러운 손길이 그녀의 옷을 벗겼다. 거칠고 난폭한 손길이 그녀의 몸을 무참히 밟고 지나갔다. 그녀는 고통 때문에 실신할 것만 같았다. 뇌리에서 음성이 들려왔다.

"저런 모자란 년, 저걸 누구에게 줘야 할지 모르겠구먼. 저게 커서 장차 사람 구실하게 될지 걱정이여. 애물단지가 따로 없지."

"짐승 같으면 팔아먹기나 하지, 내가 저걸 자식이라고 낳았으니 내가 죄인이여 내가."

부부는 가슴을 치며 탄식했다. 중학교 2년을 다니다 말았을 뿐인데 부모는 들어간 돈이 아깝다며 생각날 때마다 돈타령을 했다. 어느 날인가는 집에 들어오자마자 머리채를 잡아들고 마루에 내리꽂으며 악담을 했다.

"차라리 죽어서 나오지, 왜 살아서 나왔냐!"

출생 자체를 저주하는 극언을 내뱉으며 부모는 그녀를 볼 때마다 절망했다.

반편(半偏).

그녀를 가리키는 말이었다. 백치기가 보이는 얼굴에 척추 측만증으로 휜 등뼈는 언뜻 꼽추를 연상케 했다. 어릴 때 동네 골목길에 나서면 꼬마들이 그녀를 보며 놀렸다. 등에 주먹을 올려놓고 꼽추 흉내를 내가면서 죽 들러 서서 웃었다. 한 명이 다가와 주먹질을 하면 나머지 아이들도 합세해 몰매를 가했다. 한번은 동네 꼬마들에게 몰매를 맞고 있는데 지나가던 목사가 구해 줘서 간신히 위기를 모면한 적도 있었다. 그래도 그녀는 아이들과 어울려 지내는 것을 좋아했다.

비록 왕따 당하고 얻어맞아도 또래들과 어울릴 때면 즐거웠다. 고무줄놀이하고 땅따먹기하고 공기놀이하고…….

유년시절이 지나고 청소년 시기에는 문 밖 출입조차 조심해야 했다. 선불리 나섰다가 남자에게 붙들려 치욕스런 일을 당할까 염려해서였다. 부모의 눈에 그녀는 도무지 못 믿을 존재였다. 부끄럽고 못난 수치스러운 존재였다. 간혹 집에 손님이 오면 구석방에 처박아 놓고 인사도 시키지 않았다. 그녀의 언니와 남동생은 아예 그녀의 존재 자체를 인정하려 들지 않았다.

"엄마, 저거 갖다 버려."

"엄마, 저런 걸 왜 낳았어? 그냥 갖다 버리지."

"아빠, 저거 밖에 못 나오게 해. 누가 볼까 창피스럽단 말야."

부모는 넉넉한 살림임에도 그녀에게만큼은 한사코 인색했다. 거지 동냥 주듯 사람 흉내만 내게 했다. 초등학교 다닐 때의 일이다. 그녀는 반 친구 집에 놀러간 적이 있었다. 그 친구는 언젠가 그녀가 아이들에게 몰매를 맞을 때 구해준 목사의 딸이었다. 다른 아이들에 비해 심성이 여리고 착한 그 애는 유독 그녀에게 친절을 베풀었다. 그날도 집에 가면 맛있는 음식이 있다며 그녀의 손을 잡아 끈 것이다.

그날 그녀 눈에 본 친구의 집안은 완전 별천지였다. 목사 부부는 딸에게 사랑을 아낌없이 부어 주었다. 사랑스런 눈길로 바라보면서 온갖 덕담과 칭찬을 했다. 더불어 딸의 친구인 그녀에게도 친절을 다했다.

"이왕 왔으니 맛있는 것도 실컷 먹고 잘 놀다 가거라. 뭐 갖고 싶은 것 없니? 있음 말해라."

사실 가지고 싶은 건 많이 있었지만 그녀는 말하지 않았다. 왠지 그랬다간 큰 후환이 닥칠 것 같았다. 다른 사람이 사준 선물을 들고 문지방을 넘었다간 살아남지 못할 것 같았다.

"이 거지같은 년아, 누가 너더러 이런 것 얻어 오랬어? 거지냐 왜 남에게 이런 것 얻어 오느냐구?"

언젠가 길거리에서 만난 남자가 꼬마인형을 사주기에 들고 왔다가 엄청난 욕설과 함께 머리채를 쥐어뜯긴 일이 있었다. 그 다음부터는 아무리 좋은 물건을 주어도 절대로 받지 않았다. 부모는 그녀의 모든 욕구를 절제시켰다. 아니, 처음부터 욕구 자체를 인정하려 들지 않았다.

먹을 것 입을 것 꼭 필요한 물건조차 주지 않으면서 남에게 얻는 것을 극도로 싫어했다. 그녀에게는 욕구 자체가 없어야 했다. 결코 갖고 싶은 물건이 있어도, 먹고 싶은 게 있어도 발설하면 안 되었다. 주는 대로 먹고 없으면 굶어야 했다. 그녀에게는 욕구 자체가 죄악이었다.

"아뇨, 없어요."

부부싸움이 있는 날이면 그녀는 양쪽으로부터 곤욕을 치렀다. 부모로부터 동시에 분풀이 대상이 되었기 때문이다.

"너, 나한테 공짜로 시집 온 거 아냐?"

언제 잠에서 깨었는지 남편이 말했다. 그녀는 안 그래도 멍청한 눈을 멀뚱멀뚱 뜬 채 입만 오물거렸다.

"그게 무슨……."

"너 나한테 시집오면서 쓴 돈이 도대체 얼만 줄 아냐? 그나저나 너, 니집 친딸 맞냐?"

그녀는 아직도 말뜻을 알아듣지 못하고 눈만 꿈뻑거렸다.

"니가 나한테 시집오면서 쓴 돈이 총 오만 원이다, 알았냐? 알았음 어서 나가서 밭에 가 일해. 빚 갚아야 될 거 아냐?"

"빚이라뇨?"

"너하고 선보느라고 서울 올라 다녔지, 예식장비 치렀지, 신혼여행 경비 부담했지, 돈이 한두 푼 든 줄 아냐?"

세상에 친정부모만 인색한 줄 알았는데 남편은 한술 더 떴다. 겨우 초등학교 졸업장 하나에다 가진 건 층층시하에다 논밭뙈기 몇 개뿐인 주제에 그는 아내 알기를 집안에서 부리는 하인 정도로 알았다. 그녀는 집안일은 물론 세상에 태어나 한 번도 해본 일 없는 농사일까지 그야말로 뼈가 부서지도록 일만 했다.

시할머니 대소변 받는 일부터 시작해서 시동생 치다꺼리에다 그녀는 소처럼 머슴처럼 일만 했다. 가끔씩 시할아버지가 사는 읍내에까지 가서 노력 봉사했다. 시할아버지는 꽤 많은 재산을 이미 첩에게 물려주고 있었다. 나이 팔십에 아직도 정정한 그는 오십도 안 된 애첩에게 파묻혀 갓 시집온 손자며느리를 종 부리듯 했다.

그녀에게 복이 있다면 타고난 건강 체질이라는 것이었다. 만삭이 다 된 몸으로 아무리 힘든 일도 척척 해냈다. 동네 마실 한번 못 다니면서 시집올 때 진 빚을 갚기 위해 전력을 다했다. 아들 둘에 딸 하나가 태어났다. 그녀는 목숨을 다해 아들딸을 사랑했다. 어릴 때 받지 못한 사랑을 아이들에게 원 없이 쏟았다. 아이들이 원하는 것이면 십 리 밖에 있는 읍내는 물론 시외버스를 타고 나가서라도 꼭 사주었다.

가을걷이가 끝나가던 어느 날이었다. 친정부모의 부음이 들려왔다. 함께 외국여행 나갔다 오는 길에 자동차 사고를 만나 급사한 것이다.

남편과 함께 친정에 도착했을 때 이상하게 분위기가 썰렁했다. 전혀 초상집 분위기 같지 않게 냉랭했다. 조문객도 보이지 않았고 빈소 앞에 향불만 타오르고 있었다. 언니와 남동생은 이미 재산분배를 끝내 놓은 상태였다. 친정은 살고 있는 집만 해도 억대가 넘은 만큼 꽤 규모가 컸다. 그 외에도 시장에 작은 상가 건물이 있었고 시골에 임야도 여럿 있었다. 그러나 그녀 몫으론 아무 것도 없었다.

이유는 부모의 유언이라는 것이었다. 재산을 남겨줘 봐야 관리할 능력이 없다는 게 그 이유였다. 그 말을 들은 남편은 초등학교밖에 못 나온 까막눈임에도 분통을 터뜨렸다. 은근히 한몫을 기대했던 것이 날아가자 그는 절망하다 못해 아내에게 주먹을 휘둘렀다.

"병신 같은 년, 제 부모 살아서도 대접 한번 제대로 못 받더니 죽고 나서도 그 꼴이구나."

그는 주먹을 휘두르다 말고 처형과 처남의 입가에 머무는 비웃음을 보았다. 멸시와 천대의 눈길이 자신에게 쏟아지는 것을 그도 알아 챈 것이다. 그는 깊은 절망감을 느끼며 더욱 아내를 학대했다. 집 문 밖만 나가면 세상인심은 혼자 다 쓰고 다니는 그였다. 친구들 술 사주고 밥 사주고 노름빚 대주고 동네 경조사 일은 혼자 나서서 챙겼다. 그러다 수틀리는 일이 발생하면 아내에게 모든 분풀이를 다 했다.

이게 다 내가 네년을 잘못 만난 탓이여. 재수 없는 년.

그녀는 피하지도 않고 매를 고스란히 맞았다. 아들딸이 지켜보는 데서 남편은 주저 없이 주먹을 휘둘렀다. 아들이 주먹을 휘두르면 시부모는 모르는 척 딴청을 부렸다. 아니 때에 따라서는 옆에서 부추기기도 했다.

"오죽하면 제 친정부모가 빈손으로 시집을 보냈을까, 남들은 며느리가 시집올 때 바리바리 싸들고 와 혼수자랑 하느라 난리인데, 저것은 친정부모가 죽어가면서도 단돈 십 원 한 장 남겨준 게 없으니, 오죽하면 그랬을까."

은근히 기대했던 바가 무너지자 더 화가 난 것이다. 친정부모는 죽어가면서도 그녀에게 상처를 남겼다. 아랍권의 나라에서는 신부가 시집갈 때면 엄청난 액수의 지참금을 가져가야 한다. 만족한 액수를 가져가지 못할 때는 학대와 고문, 심지어 죽임까지 당한다. 열

아홉 살 난 처녀가 시집가면서 지참금을 부족하게 가져갔다 해서 임신한 몸임에도 시아버지와 시동생에 의해 불에 태워졌다.

처음에는 그 사실을 쉬쉬하던 그들도 마침내 밝혀진 수사결과 앞에 침묵을 지켰다. 그녀의 죄는 여자로 태어난 거였다. 그래서 중동지방에서는 딸이 태어나면 즉시로 죽이거나 어느 정도 자라면 팔아먹는 관습이 있다. 벅찬 혼수비용을 감당하지 못해서이다. 태국에서는 아들보다는 딸을 선호하는 경향이 있다. 딸이 태어나 십 년쯤 자라면 사창가에 계약을 맺고 팔아넘긴다.

이제 초등학교에 다닐 그녀들은 짙은 화장을 하고 사창가 골목을 누비며 남자를 유혹한다. 에이즈의 위험 속에 무방비로 방치된 채 인생 막장을 향해 달리는 것이다. 중국 연변을 떠도는 탈북자들 역시 마찬가지다. 꽃제비로 불리는 여자 탈북자들은 인신 매매단에게 팔려 성노리개로 전락한다.

열일곱 살 된 어린 꽃제비는 농가에 팔려가 세 남자의 성노리개가 되었다. 아버지 아들 둘에게 번갈아 가며 성폭행 당하다가 죽음을 무릅쓰고 탈출을 시도했다. 그랬다가 이번에는 중국 공관원에게 붙잡혀 북송될 위기에 처한 것이다.

중국에는 철저하게 산아제한이 이루어지고 있다. 한 가족 한 자녀가 법으로 제정돼 있다. 단 소수 민족에 의해 두 자녀가 허용된다. 때문에 임신 중에 성감별이 행해져 여자 아기들은 세상에 태어나기도 전에 죽임을 당하는 경우가 허다하다. 그렇지 않은 경우엔 딸로 출생되자마자 병원에서 죽임을 당하거나 산모가 아이를 버려둔 채 도망치는 경우도 있다.

살아남은 딸아이를 백일도 되기 전에 팔아 넘겨 버리는 경우도 있다. 팔린 아이들은 커다란 가방 안에 든 채 여기저기 다시 팔리기 위해 돌아다니다 끝내 질식사하는 사태도 발생한다.

최근 우리나라 어느 산부인과에서는 9개월 된 태아를 임신중절시킨 극악무도한 사건이 보도된 적이 있다. 이제 막 출생을 앞둔 딸아이를 단지 여아라는 이유로 태아를 갈가리 찢어서 죽인 것이다. 의사의 양심상 도저히 숨길 수 없었다는 산부인과 의사는 그 후유증이 심각해 다시는 중절수술을 하지 않았다고 한다.

그렇게 죽임 당한 태아의 영혼들은 어디로 가는 걸까?

남편은 걸핏하면 술을 마시고 처자를 괴롭혔다. 못 배우고 못나고 무능한 한풀이를 처자에게 다 쏟아 붓는 것이었다. 영어 단어 한마디 할 줄 모르는 그는 열등감이 극심했다. 남들 앞에 나서면 주눅이 들어 말 한마디 못하면서도 생색내는 일만큼은 빠지지 않고 했다. 돈 내는 일이 있으면 항상 제가 먼저 나서서 계산을 했다. 처자식이야 굶어죽든 말든 상관치 않았다. 논에 김을 매다가도 동네 사람이 지나가면 얼른 뛰어가 인사하면서 술대접을 했다.

그렇게 인심을 쓰고 다니는데도 어쩐 일인지 그에게는 찾아오는 사람 하나 없었다. 워낙 인상이 불량한데다 술만 취했다 하면 꼬장을 부리기 때문이다. 그날도 아마 그런 날이었을 게다. 읍내 술집에서 거나하게 취한 그는 2차로 노래방을 갔다. 함께 어울려 노래 부른 것까진 좋았는데 학력 이야기가 오간 것이 화근이었다. 농촌이라 해도 모두 고졸이었다. 국졸은 그 한사람뿐이었다.

되지도 않는 영어노래를 부르는 게 심사가 꼬였던 모양이다. 그가 자리를 박차고 일어나자 일행 중 한 명이 말했다.

"계산 니가 할 거지?"

그러자 그가 화난 목소리로 말했다.

"오늘은 니가 해라."

"암마, 니가 해, 나 돈 없어."

"왜 꼭 나만 하란 법 있냐? 많이 배운 니들이 해라."

"짜식 자격지심은……."

"뭐여? 자격지심?"

그 말이 화근이 되어 그는 새벽까지 싸웠다. 한번 울분이 터지자 걷잡을 수 없었다. 새벽까지 싸우다 지친 그는 힘없이 경운기를 몰았다. 전신에서 피곤이 몰려왔다. 꾸벅꾸벅 잠이 절로 쏟아졌다. 그때였다. 마주 달려오던 승용차가 헤드라이트를 강하게 비쳐왔다. 경적과 함께.

끼이익! 하는 마찰음과 함께 정신이 한꺼번에 달아나는 것 같았다. 급하게 브레이크를 밟았지만 때는 이미 늦었다. 승용차의 앞 범퍼가 경운기를 그대로 들이받고 만 것이다. 엄청난 굉음이 그의 귓가를 스쳐 지나갔다. 동시에 그가 탄 경운기는 논으로 그대로 굴러 떨어지고 말았다.

잠시 후 경운기는 콰쾅! 하며 불길과 함께 논 한가운데서 흉물로 변했다. 끔찍한 죽음이었다. 아니, 처참한 죽음이었다.

사고차량은 보험에도 들어 있지 않았다. 그것도 자기 차량이 아닌 이제 막 등록한 렌터카였다. 시부모는 땅이 꺼지는 것처럼 통곡하더니 며느리를 향해 눈을 부라렸다.

"넌 서방이 죽었는데도 어째 눈물 한 방울이 없냐, 모자란 년이 이제 보니 독하기까지 하구나, 저러니 제 서방을 잡아먹었지."

남편 상을 치르는데 모든 화살이 그녀에게 와 닿았다.

남편 잡아먹은 년.

시부모는 아예 그녀 얼굴 대하는 것조차 싫어했다. 장례식을 치르자마자 당장 집에서 나가라며 호통을 쳤다.

내가 뭘 어쨌기에?

그녀의 내부에서 처음으로 분노가 치솟았다. 평생 주눅 들어 살다가 처음으로 느끼는 분노였다. 그러나 그녀는 그 분노조차 표현할 힘이 없었다.

사람들은 약자 앞에서만 분노를 표출한다. 강자 앞에선 분노도 힘을 잃는다.

도대체 내가 뭘 어쨌기에 저리 야단인가? 남편이 음주운전 한 것하고 나하고 무슨 상관이 있단 말인가. 음주운전 한 남편을 내가 죽이다니 도대체 이런 얼토당토한 말이 어디 있단 말인가. 사고를 낸 승용차 운전자는 중환자실에 누워 있다 끝내 눈을 감았다. 그에게는 단 한 마디 말하는 사람이 없었다. 하긴 죽은 사람에게 무슨 말을 하겠는가.

장례식의 긴 절차가 진행되는 동안 그녀는 천하에 몹쓸 년이 되어 갖가지 수모를 다 당했다. 시동생과 시누이들은 그녀를 아예 죄인 취급했고 시부모는 눈앞에서 얼쩡거리는 것조차 싫어했다. 결혼식 이후 처음 얼굴을 내민 언니와 남동생은 부조금만 내밀고 이내 사라졌다. 그들은 언제 마련했는지 새까만 외제 승용차를 타고 있었다. 옷매무새도 얼마나 세련됐는지 문상객들 중에 눈에 확 띌 정도였다.

더러운 이물질이라도 묻을세라 서둘러 떠나면서 그들은 미망인에게 눈길 한번 주지 않았다. 그녀는 너무나 혼란스러웠다. 죽음이라는 형식이 너무도 거추장스럽고 복잡했다. 죽는다는 건 산 자에게 너무 많은 희생을 요구했다. 죽음은 결코 간단한 것이 아니었다. 복잡하고도 미묘한 것이었다. 죽으면 모든 게 끝나는 줄 알았는데 그게 아니었다. 슬픔 고통이란 단어는 아예 떠오르지 않았다.

사는 것보다 죽는 게 더 힘들다더니 그 말이 꼭 맞았다. 죽음은 산 자에게 많은 짐을 지우고 나서 청승스럽게 떠나갔다. 동네 뒷산에 있는 선산에 파묻고 와서야 그제야 죽음의 실체가 느껴졌다. 아들의 죽음에 충격을 입은 시부모는 차례로 세상을 떠났다. 시동생들은 모두 객지로 뿔뿔이 흩어져 살다가 시집 장가를 갔다.

그들은 돈 들어갈 일이 아니면 절대로 연락하지 않았다. 시부모 제사 때도 빈손으로 와서 먹고 갔다. 조카들 용돈 한번 주는 일이 없었다. 그녀는 자식들을 위해 파출부 공장일 등 가리지 않고 했다. 자신을 위해서는 단돈 십 원 한 장 쓰지 않았다. 그녀에겐 욕구 자체가 없었다. 아이들은 성장해서 도회지로 떠났다. 그때까지 그녀는 구십 살이 넘어 백수를 바라보는 시할머니를 모시고 살았다.

중풍 맞은 노인네의 생명이 끈질기게 연장전을 달리고 있었다. 씨앗을 본 남편은 이미 사망해 저 세상 사람이 된 지 오래인데 시할머니는 끈질기게 생명줄을 붙잡고 있었다. 그녀는 다 떠나버린 집안에서 매일 시할머니와 사투를 벌였다. 그녀의 소원은 하루라도 마음 편히 살아 보는 것이었다. 다른 사람이 차려주는 밥상에 앉아 식사하는 것도 그녀의 작은 바람이었다.

그녀는 노인네 구완하랴 돈벌이 다니랴 정신없이 바쁘게 살았다. 객지에 나가 있는 자식이 아르바이트해서 번 돈으로 선물하겠다는 말에 그녀는 세찬 도리질을 했다.

"괜찮다. 너희들만 잘 되면 그만이다."

"엄마, 정말 갖고 싶은 것 없어?"

정말 그녀는 자신의 욕구 자체를 모르는 듯했다. 마음이 정상적인 기능을 상실한 것이다. 옷도 몸뻬 차림으로 때 묻은 것만 입었고 먹을 것도 늘 거칠고 싼 것만 먹었다. 아니, 그녀는 음식을 돈 주고 사먹는 건 생각지도 못했다.

언젠가 한번 읍내 음식점에서 동네 아낙네가 자장면을 사주자 황송해서 어쩔 줄을 몰라 했다. 누군가 물 한 잔만 건네주어도 작은 친절에도 고마워 절절맸다. 사람들은 그런 그녀를 보면서 어떤 뿌듯함을 느꼈다. 강자로서의 여유와 승리감을 느꼈다. 어느 날 큰딸이 결혼할 남자를 데리고 왔다. 그녀는 사윗감 앞에서 황송해 절절맸다. 엄마 왜 그러냐고 딸이 말했지만 자신의 처지가 부끄러워 한 마디 말도 못했다.

"애비도 없이 키우느라 그저 부끄럽습니다."

"엄마!"

딸은 분노를 터뜨렸다.

"그저 딸 가진 죄인입니다."

딸은 창피스럽다며 남자의 팔목을 붙잡고 밖으로 나가 버렸다. 작은아들은 툭하면 나타나 돈을 요구했다. 팔뚝과 얼굴에 난 생채기를 보이며 합의금을 주어야 한다고 했다. 돈이 없다고 하면 그대로 폭력을 행사했다. 아들은 아버지를 그대로 빼어 닮았다. 씨도둑은 못한다는 말이 꼭 맞았다. 수중에 돈 한 푼 없으면서 남에게 생색내는 일만큼은 빠지지 않고 했다.

남의 빚보증을 섰다가 사기꾼으로 몰려 곤욕을 치른 일도 있었다.

온 동네가 떠들썩한 사건을 두고서 그녀는 심장병을 일으켜 자리에 눕고 말았다. 아들은 그렇게 보증 서주는 일을 좋아했다. 후환을 두려워하지 않았다. 안 되면 어머니에게 모든 책임을 떠넘겼다. 밑 빠진 독에 물 붓기였다.

그녀는 지치지도 않고 일을 했다. 새벽부터 밤늦게까지 죽어라 일만 했다. 그러는 동안 딸은 결혼해 집을 떠나갔고 큰아들은 군대 갔고 속 썩이던 작은아들 역시 이듬해 군대로 가 몸을 숨겨버렸다. 그러자 이번에는 생전 나타나지도 않던 시동생들이 몰려와 재산을 내놓으라고 아우성을 쳤다. 그녀가 피땀 흘려 가꾸던 논밭 중 일부가 택지 개발로 선정되었다는 것이다. 아들 둘은 이미 군에 가 있고 딸하고 상의하자니 들어줄 것 같지도 않았다.

딸은 그녀가 나타나는 걸 극도로 싫어했다. 남편은 물론 시집식구들이 싫어한다는 것이었다. 일 년 내내 가야 전화 한번 없는 딸이었다. 시동생들은 그녀의 약점을 누구보다 잘 알고 있었다. 그저 큰소리치고 윽박지르면 순순히 내놓으리라 생각했다. 겁 많고 까막눈 수준인 그녀가 무얼 알랴 싶었다. 남편에게 얻어맞고 학대당하던 그녀가 아니었던가. 심지어 자식들에게조차 외면당하는 그녀 처지를 그들은 너무도 잘 알고 있었다.

처음에는 눈만 껌뻑이던 그녀가 못 내놓겠다고 말했을 때 그들은 아연실색했다. 전혀 바보인 줄 알았는데 그게 아니었나.

"좋은 말로 할 때 내놓으쇼. 확 불을 싸질러 버리기 전에."

시동생은 부엌에서 식칼을 들고 와 눈앞에 들이대며 위협했다.

"차라리 죽여번지쇼. 죽었음 죽었지 못 내놔요."

"왜 못 내놔? 왜?"

시동생은 화가 나는지 집 뒤란으로 돌아가더니 큼직한 돌을 들어 냅다 항아리를 깼다. 쨍그랑 소리가 귓전에 들려오자 그녀는 자신도 모르게 귀를 막으며 몸서리를 쳤다. 남편이 살아 있어도 저랬을까. 처음으로 남편의 부재가 실감났다. 시동생은 몇 번 구시렁대더니 그날은 일단 그렇게 돌아갔다.

문제는 다음날이었다. 힘센 어깨들을 대동하고 나타난 것이다.

"정선이한테 해코지하기 전에 곱게 내놓으쇼."

정선이는 그녀의 하나밖에 없는 딸이었다. 서울로 시집 간 이후 어쩌다 명절에 발그림자만 비출 뿐 고향에는 좀처럼 나타나지 않았다. 친정엄마의 생일은 물론 삼촌들에게도 생전 전화 한번 없었다. 그런 조카를 두고 시동생은 해코지를 하겠다고 위협하는 것이었다.

"정선이년 사는 집구석에 찾아가서 확 뒤집어엎어 놓고 말 테니까."

돈에 환장한 그는 악마로 변해 있었다. 그녀는 딸에게 해코지하겠다는 말에 그만 무릎을 꿇고 말았다.

"그래, 다 가져가거라. 그깟 것 내가 가지고 있는다고 해서 내 팔자가 변하는 것도 아니고 다 가져가거라."

땅문서를 건네 든 시동생은 곧바로 노름방으로 달려갔다. 처음에는 재미를 보는 듯하더니 곧 장소를 바꿔 게임장으로 향했다. 항간에 유행하던 바다이야기에 푹 빠진 것이다. 모든 악의 종말이 그러하듯이 그 역시 얼마 안 가 빈털터리가 되고 말았다. 그 후 그는 어디로 숨어버렸는지 한동안 보이지 않았다.

"그렇게 돈지랄하더니 원도 한도 없겠구먼."

그녀는 시동생이 또다시 나타나 행패를 부리면 어쩌나 늘 불안에 떨었다. 불안은 마약처럼 사람의 뇌를 손상시키는 기능을 한다. 불안은 마음의 지옥이며 불행의 원초이다.

어느 날 온몸에 뼈마디가 녹아나는 것 같더니 속에서 울렁증이 일었다. 정신이 산만하게 엉클어지면서 자꾸만 이상한 소리가 들려왔다.

그 소리는 자신의 정체성에 대해 자꾸만 물었다.

너는 누구냐?

너는 누구며 어디서 왔느냐?

너는 무엇 때문에 살며 어디를 향해 가고 있는가.

그녀는 방바닥에 누워 자신에게 물었다.

도대체 나는 누구일까? 나는 왜 이렇게 살아가는 걸까?

마음의 갈등이 심해질수록 속에서 꾸역꾸역 슬픔과 설움이 올라왔다. 찢어지고 상한 마음이 억장이 무너지듯 절망감으로 들려왔다. 생각해 보니 그녀는 세상에 태어나서 사랑을 경험해 본 적이 없었다. 아니 누군가 사랑을 표현한다 해도 그것을 사랑의 감정으로 받아들일 만큼 마음의 여유가 없었는지도 모른다. 또 생각해 보니 언제 사람 대접받고 살아본 적이 있었나 싶었다.

이날 입때껏 자신의 욕구도 모르고 짐승처럼 일만 하며 살아온 자신이 아니었던가. 그녀는 갑자기 끓어오르는 분노를 느꼈다. 시집오기 전 동네 다방에서 맞선 보던 생각이 났다. 집에서 키우던 짐승 팔 듯 딸을 놓고 흥정하던 친정부모가 떠올랐다. 딸의 행복과 그들은 아무 상관이 없었다. 아니 귀찮은 짐 떼어내듯 그들은 딸을 멀리 쫓아낸 것이다. 눈에 안 보이는 아주 먼 곳으로.

어느 날 TV를 보는데 기가 막힌 장면이 보였다. 인도의 어린이들이 노동자로 팔려 돌산에서 험한 노동을 하는 장면이었다. 아이들은 특별한 보호 장구도 없이 슬리퍼에 돌가루를 마셔가며 중노동에 시달리고 있었다. 그들이 먹는 음식은 비참하기 짝이 없었다. 아침저녁 주먹밥 한 덩이가 고작이었다. 어린 나이에 아직 부모의 품에서 뛰어놀 나이에 팔려 잠자는 시간 외에는 온종일 중노동에 시달리는 것이다.

자식을 중노동 현장에 팔아먹은 부모들은 도대체 어떤 사람들일까. 기자가 마이크를 들이댔을 때 아이들은 천진난만한 눈빛으로 말했다.

"엄마 아빠는 집에서 아무것도 안 하고 놀아요."

여기에는 무슨 이유로 팔려왔느냐는 질문에 아이들은 모른다고 대답했다. 팔려온 아이 중에는 젖먹이도 있었다. 언니 오빠가 노동현장에 나가고 나면 아이는 온종일 울다가 늦은 저녁 때 가져온 밥풀로 연명한다. 아이들은 극심한 노동과 돌가루를 너무 많이 마신 탓으로 하나 둘 쓰러져 죽어간다. 이유도 모른 채.

양탄자 공장에 팔려 간 아이들은 발목이 쇠사슬에 묶인 채 하루 18시간 이상 중노동에 시달린다. 발목을 묶은 이유는 혹시나 도망칠까 염려해서다. 이제 네 다섯 살 아이가 도망치면 어디로 가겠는가. 자기를 팔아치운 부모에게로 가면 또다시 팔릴 텐데. 아이는 노동도구가 되어 팔리고 서서히 사람들의 외면 속에 죽어간다.

지옥이 따로 없다.

세상에 신이 있다면 왜 그런 광경을 목격하고만 있는가. 기자는 그 기막힌 상황을 설명하면서 성경구절을 소개했다.

"내가 돌이켜 해 아래서 행하는 모든 학대를 보았도다. 오호라 학대받는 자가 눈물을 흘리되 저희에게 위로자가 없도다 저희를 학대하는 자의 손에는 권세가 있으나 저희에게는 위로자가 없도다."

씨앗 뿌리기가 끝나가던 어느 날이었다. 소식이 끊겨 안심하고 사나 싶었는데 시동생이 악귀처럼 찾아왔다. 봄비가 부슬부슬 담벼락을 적시는 초저녁이었다. 시동생은 흡사 몰골이 영화에 나오는 흡혈귀 같았다. 며칠 밤을 새웠는지 새빨간 눈알이 잔뜩 핏발이 서 있었다. 그는 혼자 사는 형수 방문을 거칠게 열어 제키더니 대뜸 욕설부터 퍼부어댔다.

"돈 내놔라. 이 시러베 같은 년아, 안 내놓으면 집구석에 확 불을 싸질러버릴 텡께!"

그는 방구석에 세워진 빗자루를 들더니 형수의 얼굴에 냅다 집어던졌다. 그러더니 방 한가운데 있는 밥상을 들어 그대로 바닥에 내다 꽂았다. 그의 손에는 어느새 식칼이 들려져 있었다. 그녀는 너무 놀라 벌벌 떠느라 말도 나오지 않았다. 생전에 남편의 모습이 꼭 저와 같았다. 처자식을 개 패듯이 패고는 종국에는 꼭 밥상을 뒤집어 엎었다.

"빨리 안 내놔? 그럼 정선이년 집에 찾아가서 개망신을 줄 테다."

한번 재미를 보더니 또 써먹을 작정인 모양이었다. 시동생은 죽은 제 형을 꼭 빼어 박아 포악하기가 이를 데 없었다. 무식한 주제에 눈은 다락같이 높아 꼭 예쁜 처자만 원하다가 결혼도 나이 삼십 중반에 했다. 그것도 나이 어린 처녀를 강제로 덮쳐서 할 수 없이 성사된 케이스였다. 그러나 그는 아내가 자기를 사랑하지 않는다는 이유로 술만 마시면 주먹을 휘두르는 바람에 보다 못한 처부모가 딸을 강제로 이혼시키기에 이르렀다. 아내는 이미 집을 나가 다른 남

자와 살고 있었다.

시동생은 꼭 하는 짓마다 악마를 닮았다. 생긴 모습도 범죄형으로 혐오스러운 인상이었다. 그래서 그는 어딜 가나 배척당하고 제대로 된 일자리 하나 얻지 못했다. 그러다 만만한 형수가 눈에 들어온 것이다. 거기에만 가면 돈이 나올 것 같았다. 더구나 그가 아는 형수는 겁이 많고 거의 백치 수준이 아니던가.

적당히 겁을 주고 으름장을 놓으면 돈을 내놓으리라 생각했다. 그러나 그건 그의 오산이었다.

"없다, 이놈아! 차라리 날 죽이고 가라. 난 이제 더 이상 살고 싶은 마음도 없다."

그녀는 시동생의 바짓가랑이를 붙잡고 늘어졌다. 밥상에서 흘러내린 김치 국물이 옷을 적셨다. 한참을 뒹굴며 울부짖던 그녀의 손끝에 식칼이 잡혔다. 그녀는 그 칼을 들고 시동생의 눈앞에 들이댔다.

"그래 죽여라, 이놈아. 니 목숨이 질긴지 내 목숨이 질긴지 한번 해보자, 너 죽고 나 죽자."

쥐도 코너에 몰리면 고양이를 무는 법이다. 악이 바친 그녀는 이판사판으로 달려들었다. 시동생은 깜짝 놀라 뒤로 물러났다. 죽은 송장 취급하며 마구 하대하던 형수가 아니었던가. 그런데 어디서 이런 배짱이 생긴 걸까.

"부모 복 없는 년 서방 복도 없고 자식 복도 없다더니…… 죽은 서방 놈이 살아 돌아온들 이만 못하랴. 그래, 차라리 죽여라. 차라리 죽는 게 더 나은 인생이다."

그녀는 나오는 대로 말도 안 되는 소리를 마구 지껄여댔다. 그리고는 자신도 모르게 식칼을 방 한가운데로 내리 찍었다. 정말이지 그녀는 그 순간 인생을 끝장내고 싶은 심정이었다. 더 이상 살아봐야 무슨 좋은 일이 있겠는가. 바닥에 엎드려 한참 넋두리를 하고 우는데 시동생은 어느새 줄행랑을 치고 없었다.

다신 찾아오지 않겠지 생각했는데 웬걸? 시동생은 그 후에도 몇 번인가 찾아와 행패를 부리고 갔다. 돈을 안 주니까 나중에는 배가 고파 죽게 되었으니 밥 사먹을 돈이나 달라고 했다. 그래서 몇 번 주고 나니까 다시 찾아오지 않았다. 그러던 어느 날이었다.

시동생이 객사했다는 소식이 들려왔다. 노름빚에 몰리자 스스로 목숨을 끊은 것이다. 여러 사람 괴롭히고 못된 짓만 일삼더니 결국 파국을 맞은 것이다. 빤한 결말 앞에 그녀는 목 놓아 울었다. 슬픔과 허망한 생각이 끝도 없이 일었다. 인생을 그렇게 무의미하게 악으로 살다 간 시동생이 불쌍하단 생각이 들었다. 어쩌다 태어나서 남의 가슴에 못 박고 악행만 저지르다 간단 말인가. 객사한 탓일까. 모두 쉬쉬하며 서로 눈치만 살폈다.

시신은 거적때기에 싸여 화장장으로 옮겨졌다. 마지막으로 형제들이 모여 그 광경을 지켜봤다. 유골은 선산에 뿌려졌고 그들은 모두 다시는 안 볼 것처럼 헤어졌다. 귀찮은 혹 하나 제거한 것처럼 모두 시원한 표정이었다. 시동생의 죽음은 한 마디로 개죽음이었다.

그녀는 시동생의 죽음을 치르면서 회한에 찬 슬픔을 느꼈다. 남편의 죽음이 많은 짐을 남기고 떠났다면 시동생의 죽음은 차라리 축복처럼 여겨졌다. 누구 하나 나서서 눈물을 흘리거나 아쉬워하는 사람이 없었다. 그러고 보면 죽음에도 여러 종류가 있는 모양이었다. 한 사람이 죽었다 해서 온 나라가 떠들썩하고 법석인 경우가 있는가 하면 마치 기다렸다는 듯이 죽음을 당연시하는 경우이다.

시동생의 초상을 치른 지 한 달쯤 되던 날이었다. 법원에서 소장이 날아들었다. 집이 경매에 붙여진 것이었다. 법 문제 있어 문외한인 그녀는 놀라서 어안이 벙벙했다. 집뿐만이 아니었다. 몇 남지 않은 땅과 전답이 모두 경매에 붙여졌다.

살다 살다 그런 일은 처음이었다. 살면서 온갖 풍상을 다 겪은 그녀였지만 그때만큼 황당한 적도 없었다. 그때 그녀는 작은 아들이 제대했다는 사실을 처음 알았다. 어느새 제대한 아들이 집에는 올 생각도 않고 곧바로 친구 집으로 갔다가 빚보증을 서준 것이다. 알고 보니 그 친구는 이미 사는 집조차 경매에 붙여져 오갈 데 없는 신세였다. 그래서 작은 사업이라도 시작하려고 하는데 밑천이 없자 그것을 작은아들이 대신 서준 것이었다.

작은아들의 생각에 어머니는 안중에도 없었다. 어릴 때부터 어머니는 늘 천대의 대상이었다. 어머니의 입장을 배려하거나 두둔하는 사람은 아무도 없었다. 어머니는 항상 그렇게 살아야 하는 존재인 줄 알았다. 때리면 맞고 구박하고 외면해도 말 한 마디 못하는 그런 존재였다. 작은아들은 이제 마지막 남은 어머니의 모든 삶의 근거를 빼앗아 버리고는 도망자 신세가 되었다.

이제 그녀는 그야말로 먹던 죽 그릇마저 놓아야 할 형국이 되고 말았다. 아들은 어디로 숨었는지 감감 소식이었다.

인간들이 죄다 나 하나 죽이려고 용을 쓰는구먼.

그 순간 그녀는 난생 처음으로 죽을 결심을 했다. 삶 자체가 처음부터 끝까지 지옥훈련이었다. 한 번도 팔자가 뒤바뀌어지지 않는 인생이었다. 세상에는 쥐구멍에도 볕들 날 있다던데 왜 난 이 모양인

가. 온몸의 뼈에서 우두둑하고 마찰음이 났다. 이젠 몸을 움직이는 게 죽기보다 싫어졌다. 죽을 고생해서 돈을 벌어봐야 밑 빠진 독에 물 붓기였다. 또다시 마음속에서 탄식소리가 들려왔다.

반편. 반편. 반편.

그와 동시에 마음속에서 어리석은 질문이 또 떠올랐다.

인생은 무엇 때문에 사는가.

도대체 나는 누구이며 어디서 와서 어디로 가고 있는 걸까.

무거운 짐이 마음을 비수처럼 찔렀다. 무슨 놈의 팔자가…….

살고 있던 집과 전답을 모두 처분했는데도 빚은 다 메워지지가 않았다. 작은아들은 그 빚 외에도 또 다른 사람에게 빚보증을 선 게 잘못돼 이중으로 고통을 당하고 있었다. 이제 더 이상 처분할 게 없어지자 그는 쫓기는 신세가 되어 집 근처에는 얼씬도 안 했다. 이제 그녀도 며칠 있으면 살던 집에서 나가 노숙자 신세가 될 판이었다. 그런데 이상하게 마음이 평안했다.

폭풍전야와 같은 그런 이상한 평화였다. 하도 반복되는 불란을 겪고 보니 세상에 무서울 게 없어진 것인가.

이젠 더 이상 살고 싶은 마음도 없구먼.

자리에 누워 한참을 고민하던 그녀는 잠시 후 뒤란으로 갔다. 장독대 뒤에 숨겨 두었던 낫을 꺼내 들었다. 그것을 숫돌에 정성껏 갈기 시작했다. 시퍼런 날이 손에 섬뜩한 감촉으로 전해져 왔다. 그녀는 눈물을 흘리며 날을 더 정성껏 갈았다. 손등 위로 눈물이 툭! 하고 떨어졌다.

나 같은 무지렁이 팔푼이는 더 이상 살 가치가 없는 거여.

그녀는 더욱 힘을 주어 날을 갈았다. 낫은 번뜩이며 죽음의 유혹을 재촉했다. 이젠 다 끝난 거여. 날에 물을 뿌려 정성껏 닦은 다음 그녀는 자리에서 일어섰다. 방에 들어와 흰 보자기를 꺼내 낫을 싸매고는 자리에 누웠다.

꿈을 꾸었다. 꿈속에서 그녀는 무수히 치도곤을 당하고 있었다. 몸이 사방으로 찢겨져 나가는 것 같았다. 엄청난 공포가 혼을 압박하면서 팔 다리가 해면체처럼 움직였다. 그 흐느적거리는 육신이 긴 블랙홀을 통과하고 있었다. 허리가 뒤로 꺾이면서 사방에서 귀가 찢어질 듯한 비명이 들려왔다. 짐승과 귀신이 울부짖는 소리였다. 아! 이곳이 바로 지옥이구나. 악귀가 뱀의 형상을 하고서 사방에서 몰려왔다.

그들은 그녀의 귓가에 대고 소리쳤다.

"이게 바로 너의 마지막 모습이다."

공포에 질린 혼이 마지막 숨을 토하는 순간이었다. 누군가가 나타나 그녀의 혼을 받쳐 주었다. 안전하고 튼튼한 팔이었다. 능력과 권세가 무한한 그 팔이 그녀를 안아서 다시 위로 끌어올리기 시작했다. 위로 올라갈수록 빛줄기는 점점 가까이 다가왔다. 블랙홀을 빠져나가는 순간이었다. 빛이 온몸을 감싸면서 그녀 눈앞에 길이 나타났다.

수정같이 맑은 길가에서 아이들이 뛰어 놀고 있었다. 천사도 보였다. 양 날개를 가진 천사들이 그룹을 지어 날고 있었다. 가지각색 꽃과 과일나무도 보였다. 아이들이 과일을 따먹으면서 그녀에게도 건넸다. 그들은 합창을 부르고 있었다. 맑은 음률이 마음에 들려오면서 힘이 나기 시작했다.

노래는 어느새 평안과 기쁨으로 가슴을 채우기 시작했다. 맑은 물소리도 마음속으로 들려왔다. 그러자 마음을 옥죄고 있던 짐이 조금씩 가벼워지기 시작했다. 누군가가 나타나 그녀의 짐을 대신 져주었다. 그건 아주 강력한 힘이었다. 그 힘이 그녀를 점점 자유하게 했다.

그녀의 귓가에 음성이 들려왔다.

"모든 눈물을 그 눈에서 씻기시매 다시 사망이 없고 애통하는 것이나 곡하는 것이나 아픈 것이 다시 있지 아니하리니 처음 것들이 다 지나갔음이러라."

꿈에서 깨어난 그녀는 기분이 좋았다. 늦은 아침을 먹고 났는데 우체부가 누런 서류봉투를 들고 문 앞에 서 있었다.

"등기 왔습니다. 도장 가지고 나오십시오."

등기라니……. 이번에는 또 무슨 일로……?

자라 보고 놀란 가슴 솥뚜껑만 봐도 놀란다더니 그녀는 심장이 무너져 내리는 것 같았다. 봉투 겉면을 보니 수신인이 여동생으로 되어 있었다. 생전 연락 한번 없던 동생이었다. 살다 보니 별일도 다 있다 싶었다. 봉투를 개봉하고 보니 안에서 서류 한 뭉치가 나왔다. 그건 까막눈인 그녀가 보기에도 큰돈이 될 만한 것이었다.

"이게 도대체 뭔 물건이래요?"

그녀가 돌아서는 우체부를 향해 물었다. 우체부가 자전거를 타다 말고 도로 내려섰다.

"이거 상가 건물 등기 이전 서류 아닙니까?"

"등기 이전이라뇨?"

"아주머니 명의로 되어 있는데요."

"뭐 뭐라구요?"

정말이지 살다 보니 별일이 다 있었다. 그녀는 방으로 뛰어 들어가 당장 여동생의 전화번호를 찾았다. 그동안 연락을 끊다시피 살았기 때문에 전호번호를 찾는 데도 한참이 걸렸다. 신호가 가는 데도 전화를 받지 않았다. 분명 핸드폰 번호가 있을 텐데 그녀는 알지 못했다. 포기하고 돌아서는데 벽력같이 전화벨이 울렸다.

때마침 여동생의 전화였다. 여동생은 대학 병원에 입원해 있었다. 한 걸음에 달려간 그녀 앞에 여동생은 완전 중환자의 모습이었다. 자궁을 들어내는 대수술을 받은 지 일주일째 접어들었다고 했다. 안색이 새까맣게 변해버린 여동생은 그래도 핏줄이라고 눈물을 글썽이며 손을 내밀었다.

"언니, 그동안 미안했어."

세상에 태어나 여동생으로부터 처음 듣는 언니 소리였다.

"어쩌다, 어쩌다 이렇게 큰 수술을 받고……. 내가 미안하구나, 그동안 찾아보지도 못하고 하나뿐인 여동생인데."

"미안하긴, 다 내 잘못이지 뭐."

예감이 불길했다. 동생이 이렇게 나오는 데는 뭔가 피치 못할 사정이 있을 것이다. 여동생은 침대 모서리를 붙잡고 간신히 일어나더니 말했다.

"언니, 상가 건물 등기 이전 서류 받았지."

"으응, 그런데 그게 어떻게 된 거니?"

"응. 엄마가 돌아가시기 한 달 전쯤 언니에게 전해 주라고 내게 맡겨준 거였어. 우리 애 아범이 하도 욕심을 내는 바람에……."

여동생은 한숨을 쉬고 나더니 말했다. 자신의 본심은 진작 전해주고 싶었지만 남편이 욕심을 부리는 바람에 늦어졌다는 것이었다.

그 말이 핑계라는 걸 알면서도 그녀는 눈물이 났다. 갑자기 생긴 거금보다 육친의 정에 마음이 무너지고 만 것이다. 그 육친의 정이 마음에서 몸으로 전해지고 있었다.

"그보다도 주혁이가 찾아 왔었어."

주혁이는 빚보증 서주는 것 좋아하다 집안을 완전히 말아먹은 그녀의 작은아들이었다.

"주혁이가 왜? 너한테 또 돈 내놓으라고 행패라도 부린 게냐?"

그녀는 지레 겁이 나서 물었다. 죽은 남편의 망령이 아들을 통해 또다시 재현되려는 것인가.

"그게 아니고 외항선 타러 떠난다고."

"뭐? 외항선?"

외항선이라니 이건 또 무슨 말인가.

"사실은 언니 살던 집 전답 다 날아가게 되었다는 것 주혁이 통해 들었어. 그래서……. 그 서류 언니한테 보낸 거였어."

그제야 알 것 같았다. 그런데 아들이 무슨 마음으로 그런 말을 이모에게 하고 떠난 것일까. 천하에 못된 망나니 아들이.

"주혁이가 뒤늦게 철이 든 모양이야, 자신은 더 이상 엄마 볼 면목도 없다면서 돈 벌러 떠날 테니까 이모가 엄마 좀 도와주면 안 되겠냐고. 나도 큰 수술 앞두고 결심한 거야, 애 아범 모르게 빨리 넘겨주자고. 언니, 그거 처분해서 아무도 모르는 곳에 가서 편히 살아, 이건 내 부탁이기도 하고 돌아가신 부모님 부탁이기도 해."

그녀는 점점 얼굴이 붉어졌다. 감정이 이반 현상을 일으키고 있었다. 어색하고 낯선 감정이 가슴속에서 소용돌이치며 일어났다. 그건 그녀가 세상에 태어나 처음으로 느끼는 감정이었다. 그것은 마치

속임수처럼 그녀를 어리둥절하게 했다. 평안하면서도 따듯한 기운이 가슴속에서 뭉게구름처럼 피어올랐다. 그녀는 세상에 태어나 처음으로 탈피를 결심했다.

학대는 도미노 현상과 같다. 한 사람이 학대하면 다른 사람들도 나서서 학대한다. 초등학교에서 흔히 일어나는 왕따현상이 바로 그것이다. 요즘 어린아이들은 못생긴 아이들과는 같이 놀아주지도 않는다. 힘없고 연약한 아이들일수록 왕따 대상이 된다. 가장 만만하고 상대하기 쉽기 때문이다. 얼짱, 몸짱은 어린아이들이 더 따진다. 젊고 늙은 것도 아이들이 더 먼저 안다.

유치원만 해도 젊고 예쁜 여선생이 아니면 아이들이 싫어해 채용 대상에서 제외된다. 힘없고 못생긴 아이는 또래들에게 외면당해 유치원을 떠나든가 성형수술대에 올라야 한다. 병아리 장에 환자가 발생하면 상처 난 부위를 놓고 온 병아리 떼가 모여들어 쪼아댄다. 병아리는 병 때문이 아닌 동료 병아리에 의해 더 빨리 죽음을 맞이하는 것이다. 사람이건 짐승이건 약자는 피해당사자가 되기 쉽다.

약자는 피해자가 됨과 동시에 학대의 대상이 된다. 학대는 한사람으로 시작해 곧 우후죽순 식으로 주변으로 파급된다. 마치 도미노 현상처럼.

한 가정에서 아버지가 어머니를 학대하면 아들도 딸도 며느리도 사위도 덩달아 학대한다. 사람들은 약자를 미워하고 학대한다. 강자 앞에서는 주눅 들고 아부하면서도 유독 약자에게만 분노와 학대를 발산하는 것이다. 사람들은 상대적 입장에서 강자와 약자의 위치가 늘 바뀌는 것임에도 약자를 미워한다.

그것이 바로 악한 인간 본성이다.

학대받고 자란 사람은 자신을 스스로 학대한다. 자존감을 잃고 감정의 기능을 상실한다. 더 나아가 판단능력도 상실하고 만다. 마음과 생각이 기능성을 상실한 채 혼미를 거듭하는 것이다.

그의 영(靈)은 두려움에 묶이고 자신이 당한 상처를 고스란히 대물림함으로 악순환이 되풀이된다. 그러나 그녀는 달랐다. 자신의 아픔을 모두 혼자 끌어안았다. 상처로 인한 마음의 짐을 아무에게도 나누지 않았다.

일평생 당한 학대와 상처를 자식들에게 보상받으려 하지도 않았다. 사무친 원한과 분노, 절대자에 대한 극한 절망감까지 그녀는 모두 혼자 끌어안았다. 남의 도움 따위는 결코 기대하지 않았다. 혼자 죽도록 일해서 살림을 일구었고 상처로 인한 마음의 짐도 혼자 떠안았다. 짐이 무겁다고 힘들다고 발설할 수도 없었다. 그것은 실로 거대한 십자가의 짐이었다. 마음속에서 짐승의 울부짖음이 들려와도 그녀는 혼자 괴로워했다.

그녀는 백수를 앞두고 있는 시할머니를 모시고 서울로 올라왔다. 그것도 앰뷸런스를 타고서. 죽음을 목전에 둔 시할머니를 결코 외면할 수 없었다. 뿐만 아니라 집안에서만 모시던 시할머니를 노인전문병원에 입원시켰다. 사람들은 쓸데없는 짓 한다며 조롱했지만 그녀는 듣지 않았다. 시할머니는 병원출입이 난생 처음이라 했다. 링거병을 팔뚝에 꽂은 채 만족한 미소를 짓기까지 했다.

"넌 복 받고 살 거다."

"제 나이가 몇인데요."

"아직 환갑도 안 됐으니 살날이 많이 남았지 않니? 앞으론 복 받으며 살 거다."

시할머니는 이상하게도 청력 하나는 좋았다. 작은 소리도 놓치지 않고 듣고는 그녀에게 세세하게 들려주었다. 시골에서 살 때도 주야장창 방안에 누워 지내면서도 언제 누가 와서 전해 주었는지 모르지만 온 동리의 소식을 다 꿰뚫고 있었다. 시할머니는 몸만 불편할 뿐 마음은 태평이었다. 그리고 또 한 가지 모두 그녀를 미워하고 학대하는 데도 시할머니만큼은 예외였다.

자신의 오물을 치워주는 손자며느리의 손길을 잊지 않고 있었다. 워낙 오랜 세월을 병고에 시달린 탓인지 시할머니의 병세는 차도가 없었다. 아니 점점 위중해져 갔다. 그러함에도 정신은 더 또렷해지는 것 같았다. 남들 같으면 치매 증상이 올 나이였다. 시할머니는 죽음을 앞두고 그녀에게 말했다.

"내가 지금까지 산 것도 다 네 덕분이다. 고맙구나."

그 말에 그녀는 오열을 터뜨리고 말았다. 그녀는 그때까지 세상에 살면서 그런 말은 처음이었다. 그건 칭찬과 위로이자 최초로 듣는 인정의 말이었다. 마음속의 원한이 눈 녹듯이 사라지면서 평안이 생겨났다.

다음날 시할머니는 아무 고통 없이 편안하게 눈을 감았다. 첫눈이 내려 온천지가 새하얗게 변해버린 초겨울 날이었다. 시할머니의 부고를 듣고 나타난 시집 식구들은 이상하게 조용했다. 생전 가야 돈 한 푼 내놓지 않던 그들이 장례식에 나타나서는 봉투를 내밀며 미안한 웃음을 보였다.

"그동안 고생 많았수. 우리 할머니 평생 자리보전하고 사시느라 고생 많으셨지만 형수가 더 고생이셨지 우리도 다 안다구요."

시동생은 계면쩍은지 구둣발로 바닥을 긁으며 말했다. 시누이도 그녀의 손을 맞잡더니 말없이 눈물을 흘렸다. 큰아들은 결혼할 여자를 데리고 나타나더니 어머니를 잘 모셔야 한다며 미리 다짐을 받기도 했다. 상황이 백팔십도로 달라져 있었다. 시할머니를 선산에 안장하고 오던 날 그녀는 새로 산 아파트 거실에 폭 고꾸라지며 울었다.

지난날 겪었던 설움이 목구멍을 타고 올라왔다. 좋은 세월 온갖 풍상으로 다 떠내려 보내고 이젠 쇠약해진 육신만 남았다. 큰며느리는 그녀에게 고분고분 잘했다. 그것이 진심이 아니란 걸 그녀는 잘 알고 있었다. 며느리는 남편이 시키는 대로 움직이는 게 분명했다. 시어머니 명의로 등록된 상가 건물이 그들의 최종목표라는 걸 그녀는 나중에야 알았다.

작은아들도 외항선 타던 걸 그만두고 귀국했다. 처음에는 때 아닌 효자 노릇을 하더니 어느 순간엔가 태도가 돌변해 어머니에게 사업자금을 대달라고 했다. 상가 건물을 담보로 사업자금을 대주면 두 배로 갚아 주겠다고 했다. 그러면서 다시는 남의 빚보증 서주는 일 따위는 않겠다고 했다. 그러나 그녀 눈에는 작은 아들이 다시 옛날 버릇이 발동한 것으로 보였다. 그녀는 가슴이 터지는 것 같았다. 순간마다 옛날의 기억이 리바이벌 되면서 피해의식에 시달렸다.

무의식속에 자리 잡은 상처가 고개를 내밀면서 노이로제 증상마저 일었다. 현관에서 벨소리만 나도 불안에 떨었다. 생각 같아서는 상가 건물을 처분해 아들들에게 나누어주고는 아무도 모르는 곳으로 떠나고 싶었다. 그러나 그마저 쉽지가 않았다. 두 아들이 서로 자기가 갖겠다고 우겼기 때문이다. 어느 날 그녀는 분노 띤 음성으로 말했다.

"어차피 나 죽고 나면 니들 몫으로 갈 텐데 그만들 하거라."

영(靈)이 쇠하고 지쳐가던 어느 날이었다. 그날도 그녀는 무거운 돌덩어리를 마음에 지운 채 거리로 나섰다. 그런데 갑자기 환시현상이 일었다. 길거리를 오가는 많은 사람들의 가슴에서 피가 보였다. 가슴 중앙에서 피가 샘솟듯 솟아오르고 있었다. 그리고 그들 등 뒤로 커다란 돌덩어리가 매달려 있는 모습이 보였다.

사람들은 모두 가슴에 피를 흘린 채 무거운 짐을 지고 있었다. 그러면서 끊임없이 서로를 향해 미움과 상처의 불화살을 쏘아대고 있었다. 가슴에서 피가 펑펑 솟아오르는 것도 모른 채. 사람들은 미워하고 학대하면서 서로에게 마음의 짐을 지우고 있었다. 사람에 따라 짐의 무게와 형태는 각각 달랐지만 모두 눌린 채 헉헉대고 있었다.

마치 인도에 있는 어린 아이들이 돌산에서 중노동하는 듯한…….

가슴이 무너져 내리면서 그녀의 의식에 환한 불빛이 비쳐왔다.

그래 바로 그거야.

결심한 듯 그녀의 발걸음은 가벼워졌다. 그녀는 수소문 끝에 한 복지 재단을 찾아갔다. 어린이 소아암 재단이었다. 또 아동 학대 방지를 위한 기구 재단이었다. 그곳에다 그녀는 자신의 모든 것을 바쳤다. 자신에게 남은 상가 건물과 시간과 마음까지 바쳤다. 그녀 마음속에 동병상련의 아픔이 떠오르고 있었다. 그것도 모르는 두 아들은 여전히 재산분배를 요청했다. 그녀는 단호한 목소리로 말했다.

"이제부터 나도 내 뜻대로 살 것이구먼, 내 늙어도 니들에게 손 안 벌릴 테니까 니들도 혼자 힘으로 살 생각을 해라. 난 늙으면 노인 복지 시설로 들어갈 작정이다."

두 아들은 어리둥절한 눈빛으로 서로를 바라보았다. 우리 엄마가 언제 저렇게 똑똑해진 거지? 옛날에 비하면 180도 달라진 것이다. 이전에는 학대당하고 빼앗기는 게 능사인 어머니가 아니었던가. 그런데 어디서 저런 결단력과 용기가 생긴 걸까.

생각해 보니 지난날의 고난이 그녀에게 견딜 수 있는 힘을 부어주고 있었다. 고난을 통해 분별력과 결단력이 생긴 것이었다. 고립무원의 처지 속에서 그녀는 어느 누구도 의지할 수 없었다. 오직 그녀의 뒤에서 삶을 주장하는 절대자의 손길만 의지할 수 있었다.

그 분이 나에게 어려움을 헤쳐 나갈 수 있는 힘과 용기를 주신 거야. 난 누구도 의지하지 않아, 오직 그분만 의지할 뿐이야.

그날 밤 TV를 보는데 희한한 광경이 눈에 들어왔다. 홀트 아동복지에 의해 외국에 입양된 아이들이 어엿한 성인으로 성장해 고국을 방문한 것이었다. 모국어를 잃어버린 그들은 자신의 뿌리를 향해 간절히 호소하고 있었다. 자신들을 버린 이유에 대해서는 묻지 않겠으니 자신을 낳아준 부모를 찾게 해달라는 것이었다. 자신들은 좋은 양부모를 만나 잘 자라 성공해서 안정된 상태에 있으니 아무 걱정 말라면서.

우리는 과거를 따지거나 묻자는 게 아니다. 핏줄을 알고 싶은 거다. 우리말도 모른 채 영어와 불어로 말하면서 그들은 눈시울을 적시고 있었다. 그들의 단어는 한 마디로 용서와 사랑, 그리고 그리움이었다. 핏줄에 대한 그리움은 버림받았다는 배신감을 상쇄시키고도 남았다. 또한 용서는 과거를 묻지 않는 담대함을 포함하고 있었다.

여동생의 얼굴이 떠올랐다. 죽은 친정부모와 남편, 시동생의 얼굴도 떠올랐다. 자식들의 얼굴도 차례대로 떠올랐다. 그녀는 자리에서 일어나 장롱 안에 소중하게 싸두었던 낫을 꺼내 들었다. 그것을 들고 복지원 건물 뒤에 있는 창고로 갔다. 불을 켜자 어둠이 쫓겨 가면서 빛이 마음속으로 몰려왔다.

낫이 전등불 아래 빛을 내뿜었다. 살기가 빛을 타고 흘렀다. 그녀는 창고 안을 천천히 둘러보았다. 선반 위에 공구함이 보였다. 다행히 자물쇠가 채워져 있지 않았다. 그녀는 낫을 공구함 속 깊숙한 곳에 들여놓았다. 자신의 아픔과 어두운 기억도 함께 그 속에 들여 넣었다.

돌아서는데 또다시 마음속으로 강한 빛줄기가 비쳐왔다. 순간 도미노의 끈이 끊어지면서 언젠가 꿈속에서 보았던 낙원이 생각났다. 수정같이 맑은 길가에서 아이들이 뛰어 노는 모습과 양 날개를 가진 천사들이 그룹을 지어 날고 있는…… 가지각색 꽃과 과일나무. 그리고 맑은 음률과 합창 소리.

마음속에 힘과 위로가 부어지고 있었다.

"내가 너를 보배롭고 존귀하게 여기노라."

언젠가 들었던 성경구절이 떠올랐다. 마음속에서 물결치는 소리가 들려왔다. 기쁜 웃음소리도 들려왔다. 삶의 이유가 느껴졌다. 인생의 최종목표가 과거의 끈을 끊어내면서 자유가……. 자유가 그녀의 발걸음을 미래로 인도하고 있었다. (2007년 만다라 문학)

혼돈

그는 늘 낯선 곳을 좋아한다.

두려움과 분노가 숨을 거두고 방종이 꿈꾸는 곳. 고통을 잠시 뒤로 하고 자신을 직시하는 곳. 아무도 자신의 존재를 눈치 채지 못하는 곳, 그곳은 낯선 객지이다. 낯설다는 것은 자유이다.

자유.

그는 늘 자유를 원했다. 집착이란 그의 사전에 없었다. 그는 어디에서 건 주재하는 걸 싫어했다. 언제든지 떠날 만반의 준비를 다 하고 살아갔다. 떠나지 않고는 못 배기는 습성이 몸에 밴 것이다. 누군가 그에게 다가와 물었다.

당신은 왜 떠나는가.

그는 말했다. 나는 늘 새로움을 찾아 떠난다. 나는 새롭지 않은 환경에서는 도저히 살아갈 수가 없다. 익숙한 것은 곧 지겨움이다. 나는 그 지겨움을 탈피하기 위해 늘 새로움을 선택한다. 새로움은 설렘과 기대를 동반하기 때문이다. 인생에 있어 기대가 없다는 얼마나 슬픈 일인가.

독자들은 물을 것이다.

그렇다면 그의 직업은 무엇이오?

혹시 백수? 떠돌이 장돌뱅이? 여행사 직원? 열차 승무원? 아님 고속버스 운전사? 그도 저도 아님 팔자 좋은 재벌 아들?

네에 맞았습니다. 그 비슷한 것입니다.

그는 돈 많은 집 막내아들로 태어나 아무 부러움 없이 살다가 느닷없이 나타난 실패 앞에 백수가 되었다. 남들 다 부러워하는 일류 대학을 나오고서 일 년도 안 돼 발생한 일이었다. 온 가족의 기대를 꺾고 사법고시에 낙방한 것이다. 그것도 일차 합격자 명단에서 빠진 것이다. 낙담한 가족은 그에게 걸었던 기대만큼 더 큰 실망감을 나타냈다.

"사법고시는 물론이고 장차 장차관은 따 놓은 당상이라고 큰소리 쳤건만."

그의 부친은 아예 자리를 보전하고 누워 절망했다.

"아니, 어떻게 이차도 아닌 일차에서 떨어지냐? 내 참 동네 창피해서……."

어머니의 부끄러움은 동네 차원에서 시작되었다. 그리고 그 부끄러움은 한 달도 더 지속되었다. 그는 그 소리가 시끄러워 컴퓨터 게임에 빠졌다. 그러자 이번에는 난데없이 핍박이 날아들었다.

"나이 삼십이 다 되어 가지고 고시에 떨어진 주제에 밤낮없이 뭔 게임이라냐? 컴퓨터를 당장 뿌셔 버릴까 보다."

역정이 난 그의 부친은 그에게 종주먹을 들이대기까지 했다. 초등학교 다닐 무렵만 해도 그는 부친의 무릎에 앉아서 밥을 먹었었다. 늦둥이를 본 부친은 막내아들을 우리 귀동이 귀동이하면서 귀애했었다. 귀애하는 만큼 기대도 커서 늘 입버릇처럼 판검사를 외우고 다녔다.

"우리 막둥이는 영특한 게 꼭 제 할아버지를 닮았지. 내 선친께서는 나라에서 주는 장관 자리도 마다하고 꼿꼿하게 절개를 지키셨단다. 매국노가 득시글대는 정권 하에서 녹을 먹기 싫다 그거셨지."

그러면서 꼭 한 마디를 덧붙였다.

"나 같으면 사양 않고 했을 텐데."

그 아쉬움이 컸던지 제일 기대 가는 막내아들에게 모든 명운을 걸었다. 모든 면에서 처음은 그 의미가 강하다. 의미가 강한 만큼 영향력은 갑절이나 크다. 대학을 졸업하기까지 단 한 번도 실패를 경험해 보지 않은 그였다. 그런 만큼 그는 자신의 인생에 있어서 실패는 생각해 보지 않았다. 당연히 합격할 줄 알았었다. 생애 처음 낙방의 고배를 마신 그는 그대로 침몰했다.

어느 날 그는 가족이 잠든 틈을 타 집을 나왔다. 약간의 현찰과 신용카드를 들고서. 그리고 집에서 가까운 고속버스 터미널로 발걸음을 옮겼다. 마치 각본에 있는 것처럼 그는 너무도 침착하고 평온했다. 남쪽 바다가 있는 고장으로 떠나면서 그는 자신에게 말했다.

집착으로부터 자유로워야 한다.

이제부터 나는 모든 집착으로부터 탈피한다. 그리고 내가 모르는 세상으로 떠나는 것이다. 고속버스에 오르는데 어디선가 '차표 한 장'이라는 유행가 가락이 들려왔다. 차표 한 장 손에 들고 떠나간다네…….

송대관이 그의 등 뒤에 대고 야유를 퍼붓는 것 같았다. 더 이상의 실패가 두려워 야반도주하는 패배자의 모습이 어스름 새벽녘에 자신에게서 묻어나는 것 같았다. 봄날, 아직은 찬 새벽공기를 뚫고 그의 떠남은 시작되었다. 반포를 떠난 고속버스는 판교를 지나자마자 나는 듯이 달렸다. 신도시 아파트와 푸른 벌판이 번갈아 지나갔다. 푸른 강물과 농촌 풍경도 정신없이 지나갔다. 지나온 세월도 휙휙 지나갔다.

중간에 고속도로 휴게소에 들렀다. 우동 코너에서 김이 펄펄 솟아오르고 있었다. 그는 자신도 모르게 그곳으로 발걸음을 옮겼다. 쫄깃한 면발이 혀끝에 감겨들었다. 국물 맛도 일품이었다. 언젠가 대학에서 MT 떠날 때 동료들과 사먹던 때와는 또 다른 맛이었다.

그때는 동료들과 더불어 온통 들뜬 분위기였는데 지금은 약간 불안감도 없지 않았다. 그는 식사를 마치고 화장실에 가 볼일을 마치고 나오면서 핸드폰을 쓰레기통에 버렸다. 충전기는 손에 쥔 채 다음 휴게소 화장실 쓰레기통에 버렸다.

고속버스는 남쪽 바다를 향해 바람처럼 달렸다. 몇 시간이나 달렸을까. 버스는 한적한 시골길을 달리고 있었다. 길가에 개나리와 진달래가 흐드러지게 핀 언덕이 보였다. 막 봉오리를 틔운 목련도 보였다. 이어 읍내 거리가 나타났다. 음식점과 모텔 건물들, 구멍가게와 야트막한 산자락 뒤로 새파란 바다가 보였다.

넘실대는 바다는 일렁이는 하얀 물결과 함께 그의 시야를 장악했다. 바다가 삼킬 듯이 그의 마음을 파고들었다.

고기잡이하는 선척도 보였다. 멀리 등대도 눈에 들어왔다. 그 바다를 끼고서 버스는 한참을 달린 뒤 복잡한 시내로 접어들었다. 고층 빌딩이 보이고 화려한 상가가 밀집돼 있는 모습이 보였다. 사람들이 건물마다 길거리마다 넘쳐나고 있었다. 어디선가 시끄러운 음악도 들려왔다.

이윽고 버스가 승강장에 닿았다. 사람들은 긴 여정에서 오는 피곤을 한꺼번에 풀기라도 하듯 하품을 하고는 자리에서 일어났다. 그도 가방을 챙기고는 자리에서 일어나 밖으로 나왔다.

낯선 거리가 눈에 확 들어왔다. 생전 처음 보는 낯선 거리였다. 마음속에서 쾌감이 일었다. 해풍이 날아와 그의 코를 간질였다. 고속버스 터미널에서 나오니 택시가 줄을 서 기다리고 있었다. 그는 그곳으로 가려다 주변에 있는 버스정류장으로 발걸음을 옮겼다. 이제부터 돈을 아껴야 한다. 자의식이 그의 어깨를 에워쌌다. 그는 걸어가면서 습관적으로 주머니를 뒤졌다. 핸드폰을 찾기 위함이었다.

어! 이게 어디로 갔지. 잠시 정신이 멍해졌다. 다음 순간 그는 고속도로 휴게소에서 핸드폰을 버린 사실을 기억해냈다. 아참! 그렇지. 그는 다시금 제정신이 들었다.

버스 정류소 옆에 전파상이 보였다. TV 화면이 눈에 들어왔다. 여자 모델이 나와 온갖 섹시한 포즈를 취해가며 핸드폰을 선전하고 있었다. 눈길을 돌려 길 건너편을 바라보니 핸드폰 가게가 보였다. 그는 살까 말까 잠시 망설였다. 그러다 달려오는 버스를 향해 정신없이 달려갔다.

그는 바닷가가 보이는 낯선 방에 들었다. 피서철이 아니라 객실은 텅텅 비어 있었다. 그가 객실 열쇠를 받아들자 모텔 직원이 의아한 눈빛으로 물었다.

"혼자십니까? 아님 누가 또 오실 건가요."

"혼잡니다."

그러자 직원의 눈빛이 불안하게 변했다. 그의 머릿속에서는 자살사이트에서 만나 동반 자살한 어느 남녀 이야기가 떠오르고 있었다.

"저 손님."

계단을 오르는 그의 등 뒤에 대고 직원이 다시 한 번 확인차 물었다.

"혹시 부르실 일이 있으시면 전화기나 벨을 이용해 주십시오."

"네 감사합니다."

방은 2층 맨 끝에 있었다. 더블 침대와 화장대 작은 옷장이 보였다. 그는 가방을 한쪽 구석에 던져 놓고는 침대에 누웠다. 폭신한 감촉이 느껴졌다. 그대로 누워 한잠을 자고 일어났다. 창밖을 내다보니 불빛 속에 바다가 보였다. 바다 한가운데 점점이 떠있는 불빛. 고기잡이 배인가. 그는 창문을 활짝 열고 밤바다를 구경했다. 갈매기는 다 어디로 갔는지 한 마리도 보이지 않았다.

갯내음과 함께 싸아한 바닷바람이 몰려왔다. 배에서 꼬르륵 소리가 났다. 그는 가방을 객실에 놔둔 채 밖으로 나왔다. 모텔 밖에는 크고 작은 음식점이 많았다. 대부분 술과 음식을 곁들여 파는 곳이었다. 지방이라 쌀 거라 생각했는데 의외로 음식 값이 비쌌다.

음식점마다 질펀한 농짓거리와 욕설이 물살 퍼지듯 넘쳐나고 있었다. 여자들의 간드러지는 웃음소리도 들렸다. 바다 내음이 풍겨왔다. 밤바람을 타고 풀 향기도 날아왔다. 마음이 사방으로 흐트러졌다. 마음을 추스르기엔 이미 절제를 잃어버린 상태였다.

그는 배고픈 것도 잊은 채 네온이 휘황한 거리를 향해 걸어갔다. 천둥 치는 듯한 광란의 음악이 그의 발걸음을 이끌었다. 그곳은 젊은이들이 모여 있는 작은 주점이었다. 어디서 모여들었는지 그들은 모두 붉은색 계통의 옷을 입고 술을 입에 통째로 들이붓고 있었다. 여자들은 거의 반라의 차림으로 넓적다리를 드러내놓고 있었다. 남자들은 빨간색 나시에다 핫팬츠를 입고 있었다.

언뜻 보아도 그들은 학생 신분 같지 않았다. 그렇다고 직장인 같지도 않아 보였다. 눈빛은 광기로 출렁였고 이상한 흥분으로 들떠 무어라 계속 소리를 질러댔다. 술은 마셔도 마셔도 동이 나지 않았다. 그들은 덥다며 마지막 남은 옷을 벗어 던졌다. 그리고 약속이나 한 듯이 소리를 지르며 바닷가로 달려갔다. 그들 중 대부분은 물결 속에 몸을 던졌다. 남녀가 한데 뒤엉켜 난데없는 부라보! 하는 외침을 던지고는.

잠시 후 바다는 잠잠해졌다. 젊은이들의 함성도 어디론가 사라졌고 보이는 건 칠흑 같은 어둠뿐이었다. 그는 혼자서 밤바다를 걸었다. 방파제 위에 사람들의 모습이 보였다. 세찬 바람이 몰려와 파도 소리에 귀가 멍멍해질 지경이었다. 이미 무너진 마음 위로 정신이 산만하게 흩어지고 있었다. 방파제 끝에 여자의 모습이 보였다. 소주를 병째 들고 마시던 그녀는 그가 다가가기도 전에 널브러졌다.

20대 초반쯤 되어 보이는 꽤 미모의 여자였다. 그가 다가가 당황한 목소리로 외쳤다.

"이봐요, 이봐요 아가씨 정신 차려요."

그가 여자의 몸을 거칠게 흔들며 말했다. 그때였다. 방파제 아래쪽에서 이상한 그림자가 보였다. 건장한 청년 남자 서너 명이 급히 도로 쪽을 향해 뛰어가고 있었다. 체격으로 보아 그들은 운동선수거나 조직 폭력배 같아 보였다. 여자는 널브러진 채 미동이 없었다. 마치 죽은 시체 같았다. 그는 다시 한 번 여자를 거칠게 흔들어 깨웠다.

"이봐요, 정신 차려요, 이렇게 누워 있음 어떡해요?"

그러다 그는 여자의 몸에서 이상한 감촉을 감지했다. 마치 나무

토막을 만지는 것 같은 뻣뻣한 느낌이었다. 순간 온몸에 소름이 쫙 끼쳐왔다. 한걸음 뒤로 물러서는데 바로 눈앞에 경찰 차량이 보였다. 차 문이 열리더니 형사로 보이는 육중한 체격의 남자가 내렸다. 어둠 속에 그것은 영화의 한 정면을 보는 듯한 이상한 착각을 일으켰다. 파도 소리와 어둠, 여자와 경찰 차량. 그리고 낯선 남자.

그는 환상을 보듯 몽롱한 상태에 빠졌다. 차량에서 내린 남자가 그 곁으로 다가왔다. 아니 여자 옆으로 다가갔다. 남자는 여자의 상태를 확인하는 것 같았다. 돋보기 같은 것을 꺼내 여자의 이곳저곳을 살피더니 눈을 뒤집어 보기도 했다. 이어 수첩을 꺼내 뭔가 적는 눈치였다. 그러더니 느닷없이 그에게 경찰서까지 동행할 것을 요구했다.

"왜죠?"

"현장에 있던 유일한 목격자이기 때문이죠."

목격자?

그는 또다시 정신이 몽롱해졌다.

"피해자와 어떤 관계십니까?"

"네? 피해자라뇨?"

"이 여자 방금 전 죽었습니다. 원인이야 조사하면 곧 밝혀지겠지만……. 어쨌든 현장에 있었던 유일한 목격자시니까 일단 서까지 동행해 주셔야겠습니다."

그는 엉겁결에 경찰차에 올랐다. 여자가 죽다니……. 그렇다면 여자가 마신 건 술이 아니고 독극물이었단 말인가. 어쩐지 술을 마신 여자가 그 자리에서 널브러지더니 다신 일어나지 못한다 했다. 여자의 사체는 들것에 실려 차 안으로 옮겨졌다. 아마 과학수사 연구소에 옮겨 사인(死因)이 밝혀질 것이다. 그는 단지 피해자의 죽음을 목격했다는 이유만으로 경찰서 수사과에 옮겨졌다.

그가 자리에 앉기도 전에 피해자의 신원이 밝혀졌다. 여자는 국내 굴지 재벌의 막내딸이었다. 혼자 여행을 왔다가 의문의 죽음을 당한 것이었다. 사체 부검 결과가 나와 봐야 알겠지만 여자의 죽음은 자살인 거로 잠정적인 결론이 내려졌다. 그나저나 경찰은 어쩌면 그토록 빨리 그녀의 죽음을 알 수 있었을까. 아무리 그녀가 재벌 딸이기로, 일부러 그 동태를 감시하지 않는 이상에야.

"일단 신분증이나 주민증 좀 보여 주실까요?"

어감이 좋지 않았다. 일단이라니…….

그렇담 다음 단계가 또 있단 말인가. 그는 운전면허증을 내밀며 말했다.

"마치 저를 피의자 취급하시는군요."

"별 문제가 없다면 곧 나가시게 될 겁니다."

형사는 면허증에 나와 있는 내용을 적더니 핸드폰 번호도 물었다.

"이제 다 끝난 겁니까."

"아뇨, 이제부터 시작입니다, 피해자를 처음 본 때는 언제였습니까? 그보다도 방파제는 언제 갔습니까? 그 때가 대략 몇 시쯤 되었죠?"

이건 아예 그를 용의자 취급하는 거나 마찬가지였다.

"그 여자가 술을 마시고 막 쓰러지던 시간 바로 그때입니다."

"또 다른 목격자는 없었습니까."

"그걸 제가 어떻게 압니까? 저도 그때 너무 당황해서 제 정신이 아니었는데요."

그는 투정하듯 말했다.

"이상하다. 그럴 리가 없는데……."

형사는 고개를 갸웃했다.

"여자를 처음 봤을 때 말입니다. 뭔가 이상한 점이 발견되지 않던가요?"

"아! 글쎄 몇 번이나 말씀드려야 알겠습니까. 방파제 끝에 여자가 보여서 다가갔더니 여자 혼자서 술을 마시고 있기에……."

"뭔가 수작을 붙여 볼까 했는데 그냥 여자가 제 풀에 푹 죽어서 넘어졌다 그 말씀이죠?"

형사는 빤한 스토리라는 듯 말했다.

"암튼 좀 더 자세한 건 사인(死因)이 나와 봐야 할 것 같고 나중에라도 뭔가 생각나는 게 있다면 연락 주십시오. 일단 돌아가셔도 좋습니다. 아참! 그런데 이곳엔 무슨 연고로……."

"네에? 저요 고시에 낙방해서 여행 왔다가……. 그만 둡시다."

그는 자리에서 일어나 인사도 않고 밖으로 나와 버렸다. 정말이지 재수 없는 밤이었다. 이튿날 아침이었다. 모텔 방에서 TV를 켜는데 지방 뉴스가 나왔다. 바로 어젯밤 방파제에서 있었던 자살 사건이었다. 피해자 여성은 국내 굴지의 재벌 막내딸이었다. 사인은 역시 독극물에 의한 자살이었다. 자살의 직접적인 동기는 심한 우울증이었다.

그러나 항간에서는 치정에 얽힌 남녀관계로 보는 견해도 강했다. 여자의 사체는 가족에 의해 처리되었고 시간이 흐르자 그 사건은 자연스럽게 사람들의 뇌리에서 사라졌다. 그는 그 사건이 있고 나서 일주일간 그 도시에 머물러 있었다.

그 도시에 머무는 동안 그는 빨간색 젊은이들과 매일같이 마주쳤다. 거리에서 바닷가에서 술집에서…….

그리고 그가 방파제를 따라 산책할 때마다 육중한 체격의 남자들이 그림자같이 따라 붙었다. 그러던 어느 날 그는 홀연히 그 도시를 떠나버렸다. 다음번에 그가 머문 곳은 강원도 골짜기였다. 소양호 호수를 끼고 북녘 땅을 마주하는 곳. 그는 그곳에서 약 육 개월을 머물렀다. 작은 농가에서 농사일을 도와주고 숙식문제를 해결하면서 읍내 중학교에 다니는 아이들에게 수학과 영어를 가르쳤다. 산골의 인심은 넉넉했고 그는 자유로웠다. 자유가 지나치다 어느 날 문득 여자가 그리워졌다.

산골에는 여자가 없었다. 다 도시로 떠나버렸기 때문이다. 아니 산골에는 노인네들뿐이었다. 젊은 부부가 이혼하고 버려둔 아이들만 올망졸망 있을 뿐이었다. 버려진 아이들은 조부모에 의해 길러졌다. 힘들게 농사해서 품 팔고 걷어 먹이고 나면 남는 건 빚뿐이었다. 그래도 아이들은 씩씩하게 잘 자랐다. 자연의 품속에서 모든 시름과 슬픔을 잊은 채로.

그는 역시 이번에도 모두 잠든 틈을 이용해 떠나는 방식을 취했다. 아침 동이 트기도 전에 트렁크를 들고 새벽 첫차를 탔다. 그가 탄 버스는 그를 선착장으로 안내했다. 거기서 배를 탔다. 안개가 잔뜩 낀 호수를 쾌속정 배를 타고 한 시간이나 달려 이른 곳은 이름 그대로 호반의 도시였다. 거리가 깨끗하고 공기가 맑고 시원했다. 도심의 한 복판에 형성된 상가는 그의 어린 시절을 생각나게 했다.

어린 시절 그의 가정 형편은 그리 넉넉한 편이 못 되었다. 어머니가 보따리 행상을 다닐 정도로 살림이 곤궁했었다. 그렇게 장사해서

번 돈으로 자식들 공부시키고 살아가는데 어느 날 유산(遺産)이 떨어졌다. 할아버지가 숨겨두었던 재산을 임종 직전에 풀어놓았던 것이다. 그의 나이 다섯 살 때의 일이다. 그때부터 그는 부잣집 도련님 대접을 받으며 성장했다. 그의 두뇌는 영특했고 원하는 것은 언제든지 손아귀에 쥘 수가 있었다.

그 대신 그는 부모의 기대감을 언제나 충족시켜 주어야 했다. 호수로 둘러싸인 C시에서 그는 학원 강사를 했다. 아무 연고도 없는 C시는 그에게 방종의 의미를 깨닫게 하는 듯했다. 그는 일주일에 서너 번 학원에 나가 강의하는 것 말고는 무한정 혼돈에 싸였다.

자유가 지나쳐 방종이 되더니 나중에는 무의미와 혼돈이 다가왔다. 혼돈, 그것은 얽매임이었다. 자유가 그 무언가에게 계속 침탈당하고 있었다.

침탈당한 자유는 그를 무기력의 늪 속으로 끌고 갔다. 연체된 카드 빚 액수가 점점 불어나고 있었다. 버는 것은 한정돼 있는데 쓰는 것은 무한정이었다. 구속의 끈이 없으니까 몸과 마음이 풀어질 대로 풀어졌다. 아침에 눈을 뜨면 그는 늘 새로운 장소에 있었다. 그것도 매번 낯선 여자와 함께.

언젠가는 모텔에서 나오다 학원생의 학부모와 마주치는 바람에 혼비백산한 적이 있었다. 그리고 어떻게 소문이 났는지 그는 블랙리스트 명단에 올라 있었다.

여자 킬러. 연체된 카드빚도 그의 목줄을 죄고 있었다. 마침내 그 도시를 또다시 떠나고 말았다. 이후에도 그는 여러 도시를 전전하고 살았다. 이상하게 그가 가는 곳마다 여자가 따랐다. 직업적인 전문 여성은 물론 앳된 처녀애들도 그를 보기만 해도 따랐다. 그는 마음

가는 곳마다 발길 닿는 곳마다 본능이 시키는 대로 움직였다. 한동안 혼돈의 늪 속에 빠지다 헤어나면 말할 수 없는 허무감이 몰려왔다.

그리고 곤고함이 그의 뇌를 끝까지 물고 늘어졌다. 그때쯤이면 그는 또 다른 타지로 거처를 옮겼다. 마음에 중심이 없었다. 콜로이드 용액처럼 마구 분해되고 용해됐다. 한번은 동해가 보이는 도시에 머물 때의 일이었다. 그곳은 영화 속에서나 봄직한 쪽빛 바다와 폭포가 굽이쳐 흐르는 산이 도시의 분위기를 형성하고 있었다. 바닷바람과 산 공기만으로도 이성(理性)이 감성 앞에 맥을 못 추고 흔들렸다.

사람들은 그 도시에서는 이성(理性)을 거부하고 감성과 본능에만 충실했다. 그리고 만나는 사람마다 무한정 술을 마셨다. 남녀노소 가리지 않고 주점이고 길거리고 심지어 바닷가를 거닐면서도 끊임없이 술을 마셨다. 고성방가와 추태가 도를 넘어서도 누구 하나 나서서 말리는 사람이 없었다. 그들은 모두 환자 같아 보였다. 모두 꿈을 꾸는 듯 정신없이 헤매었다. 무수한 욕설과 함께 어둠속을 욕정과 뒤엉켰다.

거짓과 위증과 몰락과 쾌락이 발끝마다 묻어났다.

탈진된 정신과 육체가 카드빚을 눈덩이처럼 불어나게 했다. 그들은 카드빚에 쫓겨 도시 불법체류자가 되었다. 파산을 선고받은 것이다. 자신의 의지를 악마에게 저당 잡히고 도망자 신세가 된 것이다. 이상하게 그 도시는 파산 선고자가 가는 곳마다 즐비했다.

그 때문에 부부싸움을 하거나 이혼한 케이스도 많았다. 개인 파산은 가정 파산으로 이어졌고 가정 파산은 정신 파산으로 결말이 났다.

모두 제정신이 아니었다. 도시는 때에 따라 허무와 혼돈으로 광풍의 물결에 휩쓸렸다. 고기잡이 나갔던 배가 침몰 당한 것처럼 인생의 광풍에 휩쓸렸다. 사람들은 저마다 만족을 찾아 헤맸지만 만족은 그 어느 곳에도 없었다. 사람들은 쉽게 싫증을 느꼈고 쾌락과 함께 침몰했다. 그러다 그들은 어느 날 뿔뿔이 헤어졌다.

방황과 혼돈의 세월이 그 앞에서 휙휙 지나갔다. 처음 서울을 떠날 때 반포를 빠져나온 고속버스가 판교를 지나자마자 신도시 아파트와 푸른 벌판이 푸른 강물과 함께 정신없이 지났던 것처럼. 그렇게 세월이 휙휙 지나갔다. 떠남이 일상이 되어 살아온 그의 지난날은 그에게 엄청난 세월의 공백을 가져다주었다.

그 공백 속에 불안이 슬며시 끼어들었다. 안정이 그리웠다. 그는 안정을 찾아 또다시 헤매었다. 이번에는 낯선 도시가 아닌 대도시의 중앙이었다. 정상적인 삶속에 그가 찾지 못한 안정이 숨어 있을 것 같았다. 날마다 상가가 밀집된 곳과 관공서 앞을 지나며 그는 지난 세월을 후회했다. 건물 앞을 지나는 사람들은 모두 바쁘게 움직이고 있었다.

피 튀기는 경쟁과 살벌한 이전투구 앞에 아예 목숨을 내놓고 있었다. 상가에서는 순간의 이익에 사활을 걸었고 관공서에서는 암투가 은밀히 진행되고 있었다. 그들은 잠시도 쉴 틈 없이 움직였다. 모두의 이마에 성실의 땀방울이 서려 있었다. 그들은 실패라는 적수도 두려워하지 않았다. 삶의 현실 속에 위험의 요소는 곳곳에 숨어 있었지만 성공이라는 고지를 향해 한 걸음 한 걸음 발걸음을 내딛고 있었다.

얼굴마다 비장한 각오가 묻어났다. 그러나 미소가 평화로운 미소가 만면에 흐르고 있었다. 열의에서 오는 소망의 미소였다. 내일을 두려워 않는 용기, 담대함이었다. 번잡한 시장 통에는 삶의 철학이 움직이고 있었다.

모두가 질서정연하게 소망의 메시지를 붙잡고 최선을 다하고 있었다. 그는 시장 먹자골목 한 귀퉁이에서 소주잔을 기울였다. 손이 부르르 떨렸다. 정지 먹은 카드가 주머니에 잡혔다. 아무리 마셔도 취기가 느껴지지 않았다.

간이 소주에 전 모양이었다.

바로 그때였다. 무거운 나무 십자가를 지고 가는 노인네가 보였다. 한여름 땀을 뻘뻘 흘리며 그가 입은 조끼에는 빨간 글씨로 예수 천당 불신 지옥이라고 씌어 있었다. 그는 그 글자를 쳐다보며 몽롱한 환상에 빠졌다. 그건 훨훨 타는 불길 속에서 괴로워하는 자신의 모습이었다. 불길은 그의 하체를 태우고 가슴 부분까지 타올랐다. 그는 온몸이 타들어 가는 고통 속에서 몸부림쳤다.

그의 죄목은 직무유기였다.

직무유기라니요? 그는 비명을 지르며 항변했다.

내게 언제 책임져야 할 의무 같은 게 있기라도 했습니까. 직무유기라니 도대체 이게 무슨 말입니까? 그러나 원하는 대답은 들려오지 않고 웅웅거리는 잡음과 악령의 웃음소리만 들려올 뿐이었다. 불길은 이제 그의 뇌를 태우기 위해 달려들었다. 그때였다. 그는 자신도 모르게 소리쳤다.

아악!

시원한 물줄기가 쏟아지는 소리가 들렸다. 새소리 음악소리도 들리는 것 같았다. 그는 차츰 정신이 깨였다. 마지막 힘을 다해 지푸라기라도 잡는 심정으로 손을 내밀었을 때 그를 잡아주는 손길이 있었다.

"여기서 이렇게 쓰러져 잠들면 어떡합니까, 댁이 어디신지……."

처음 보는 낯선 얼굴이 그를 내려다보며 말했다.

"지쳐서, 지쳐서……."

그는 말하다 말고 그대로 눈을 감았다. 잠시 후 그는 들것에 의해 응급차량에 옮겨졌다. 노숙자, 아니 행려병자가 되어 시립병원에 안치되었다. 몸에서 냄새가 진동해 아무도 그 곁에는 가까이 오려고 하지 않았다. 의료진에 의해 내려진 병명은 알코올성 간경변이었다. 간단한 신원조회가 이루어졌다. 그의 주머니에서 정지 먹은 카드가 나왔고 새까맣게 찌들은 자동차 면허증도 나왔다. 한 시간쯤 지나자 그의 누이가 달려왔다.

누이는 분노와 격정이 담긴 표정으로 그를 바라보았다. 손이 부르르 떨리고 있었다.

"어쩌다가, 어쩌다가 이 모양이 되었누."

"난, 난 지쳤어 너무나 피곤해."

"이제 그만 혼돈의 세월을 끝내버려라."

"누나 어머니는?"

"두 분 다 돌아가셨다. 세월이 얼마냐 벌써 십 년이다."

그는 머리를 감싸며 울부짖었다.

"너 돌아오기만을 학수고대하다가 나중에는 막 울면서 후회하시더라. 공연히 고시에 목매달다 귀한 막내아들 잃어버렸다고, 그러게 진작 그럴 것이지."

누이는 한숨을 폭 쉬며 말했다.

"나는 처음부터 니가 법대에 가는 것 반대했다. 넌 법관 체질이 아니라고 죄인들 상대하기에 넌 너무 심약하다고, 끝끝내 내 말 무시하더니……. 성경에 고난이 유익이란 말씀이 있어, 나중 된 자가 먼저 된다고 이제라도 정신 차리고 살아라."

"그러기엔 난 너무 많이 돌아왔어. 몸과 마음이 너무 지쳤어."

"이제부터라도 너 하고 싶은 것 하고 살아라, 너 좋아하는 그림을 다시 시작하든지. 병도 마음먹기에 따라 빨리 낫기도 하고 더하기도 한다더라."

퇴원하던 날 누이는 엄중한 태도로 말했다.

"술을 끊어야 병이 낫는다더라. 그게 널 자유하게 할 거다. 집으로 가라. 네가 거처하도록 다 준비해 놓았다. 진짜 참된 자유는 책임을 감당하는 데서 오는 거다. 이제부터 책임질 일을 찾아서 해라, 모든 건 네 몫으로 남게 될 거다."

누이는 제법 철학적인 말을 늘어놓으며 손수 자동차를 운전해 그를 집까지 데려다 주었다.

"이제부터 잃어버린 네 의지를 찾아라."

누이는 그에게 나무 십자가와 성경을 주고 가버렸다. 집은 옛날과 똑같았다. 마치 그가 돌아올 것을 알고 있기라도 하듯 모든 게 다 준비돼 있었다. 십 년이란 세월 차가 조금도 느껴지지 않았다.

"이제부터 네 혼자 힘으로 살아라, 아무의 도움도 기대하지 마라, 어차피 인생은 홀로 서기다."

집으로 돌아온 그는 오랜만에 편안한 잠을 잤다. 그러고 보니 지난 혼돈의 세월 동안 한 번도 편안한 잠을 잔 것 같지 않았다. 평안과 자유, 자유가 심령 속에 강물처럼 느껴졌다. 삶이 짐처럼 느껴지던 시절, 그래서 집착으로부터 벗어나야 한다고 새벽에 도망치듯 떠났던 집이 아니었던가. 자신을 잊고 싶어서 실패한 자신의 모습이 두려워서 낯선 곳으로 숨어버리지 않았던가.

며칠 후, 그는 잃어버렸던 의지를 찾아 거리로 나왔다.

버스를 타고 시내 한복판을 지나는데 빨간색 티셔츠를 입은 젊은이들이 보였다. 그들은 하나가 아닌 여러 명씩 몰려다니며 소리를 질러댔다. 일제 대형 오토바이를 타고 무한 속도로 질주하는 폭주족들도 보였다. 검은색 러닝셔츠를 입은 젊은이는 빨간색 민소매를 입은 여자를 뒤에 태우고 광풍처럼 내달렸다.

조직 폭력배를 연상케 하는 건장한 청년들도 도심 한복판을 가로질러 뛰어갔다. 그들은 항상 떼로 움직였고 질서정연한 태도를 보였다. 고속버스 터미널은 떠나기 위한 젊은이들로 여전히 북새통을 이루었고 그건 지하철 역사도 마찬가지였다. 지하도에는 여전히 노숙자들이 널브러져 있었고 입시학원은 재기를 노리는 어린 학생들이 모여 진지하게 삶을 카운트 다운했다. 파업투쟁을 하며 거리로 쏟아져 나온 노조원들과 시장 통에서도 긴박한 의지가 살아 있었다.

시장 통을 걷던 그의 발걸음은 어느새 모퉁이 선술집을 향하고 있었다. 지난날 마셨던 알코올 향기가 그의 뇌리 속에서 새록새록 되살아났다. 술에 의존해 살던 지난날이 아직도 몸 한구석에 남아 있는 모양이었다. 언젠가 머물렀던 낯선 도시가 떠오른다. 그 도시에는 성벽처럼 높다란 담이 울타리처럼 쳐진 건물이 있었다. 사람들은 그곳을 지날 때마다 두려움에 떨었다.

그도 그 건물 밑을 지날 때마다 심각한 두려움에 떨었다. 군사 정권 시절 많은 사람이 그곳을 다녀갔다고 한다. 그곳은 관공서는 물론 논밭과 주택까지 안개 속에 파묻혀 이상하게 두려움을 더했다. 그 도시에서 그는 밤마다 낚시질로 소일했다. 그때는 불면증 때문에 제정신이 아니었다.

어떻게 그런 상태에서 낚시질할 생각이 났는지 지금도 의문이다. 그것도 한밤중에 일어나 댓바람에 소주까지 마셔가며……. 그때 그는 뼛속 깊이 느껴오는 고통을 잊고 싶었는지 모른다.

가슴속에서부터 치밀어 오르는 그 허무한 고통. 그는 자신에게 의미가 무엇인가 자꾸만 물었다. 의미…… 의미……. 나에게 의미가 무엇일까.

그리고 무엇보다 안식이 그리웠다. 그런데 지금 내 발걸음은 어디를 향하고 있는 건가. 그 허무와 고통 속으로 다시 발걸음을 들이미는 것인가. 그때였다. 갑자기 그의 의식 속에 환한 빛이 비쳐왔다. 광채가 그의 온몸 위로 부서져 내리고 있었다. 과거에 뒤엉킨 상처와 분노로 찢겨진 마음이 회복되면서 의지가……. 잃었던 의지가 살아나고 있었다.

이렇게 멈출 수는 없다. 길을 찾아야 한다. 길을 찾아 나서야 한다.

의지가 그의 발걸음을 재촉했다. 그는 가던 길을 돌이켜 시장 통을 빠져나왔다.

그리고 자신의 의무를 찾아 나섰다. 우선 카드빚부터 청산해야 했다. 급한 대로 막노동이라도 해야 할 형편이었다. 신용을 되찾는 건 무엇보다 중요했다.

신용을 잃는 건 전 재산을 잃는 거나 마찬가지다. 또 부모가 물려

준 재산을 지키는 건 자식의 도리이자 의무다. 그 의무를 찾아 행해야 한다. 그는 아침에 일어나면 생활정보지를 읽으며 일거리를 찾아 헤맸다. 하지만 청년백수가 지천인 마당에 일거리를 찾는다는 건 보통 어려운 일이 아니었다. 하다못해 건설직 일용 잡급직이라도 하려고 했지만 그나마 쉽지가 않았다. 건설 경기가 바닥을 치고 있었다.

사실 사십이 가까운 나이에 직장생활도 전무하고 남 앞에서 기죽고 산 일도 없는 그였다. 방종을 위해 학원생들을 가르친 게 고작이었다. 이젠 지식을 팔아 먹고살기엔 머리가 너무 녹슬었다. 몸을 움직여 먹고살자니 이 역시 경험이 전무고 엄두가 나지 않았다. 장사를 하자니 밑천이 없었고 돈을 빌리자니 신용불량자였다.

살고 있는 집도 명의가 장남인 큰형 몫으로 되어 있었다. 그의 큰형은 뉴질랜드에서 사업을 하고 있었는데 금명간 귀국해 재산을 정리할 계획이었다.

어느 날 악마가 그에게 찾아와 말했다.

"내가 신용회복할 수 있는 방법을 알려주마."

그는 다급한 목소리로 말했다.

"제발, 제발 내게 가르쳐 주시오."

"장기(臟器)를 팔아라."

"장기라니?"

"네 콩팥이나 간을 팔란 말이다."

"뭐, 뭐라구?"

"내가 장기밀매업자를 소개해 주마 콩팥 하나만 팔면 급한 대로 카드빚은 막을 수 있을 거다."

악마는 장기(臟器)를 팔 수 있는 구체적인 방법과 루트를 소개해

주었다. 그는 언젠가 영화에서 보았던 끔찍한 장면을 떠올렸다.

사채업자에게 돈을 빌려 쓴 여주인공이 폭력배에게 쫓기다 마침내 수술 침대 위에 눕는 이야기. 여주인공은 수술대에 누워 콩팥 하나를 떼어놓고는 자리에서 일어난다. 옆구리에 수술 봉한 자국이 보인다. 그리고 무지막지한 검은 그림자에게 쫓기는 이야기…….

그 공포 분위기가 점점 현실로 닥쳐오는 듯했다. 또 다른 악마가 다가와 말했다.

"가진 걸 모두 팔아 로또 복권을 사라."

악마는 달콤한 목소리로 말했다.

"인생 역전 일확천금을 노려라."

"가진 것도 없거니와 그건 안 될 말이다."

"그렇다면 바다이야기에 빠져라."

사행성 오락 게임에 빠지라는 이야기였다.

"안 될 말이다."

그는 단호히 거부했다. 그러자 또 다른 악마가 말했다.

"그렇다면 방법은 한 가지밖에 없다. 죽어라."

"어림없는 수작 마라."

"그렇다면 네 의지를 완전히 빼앗아 버리겠다."

"웃기지 마라, 너는 이제 내 의지를 빼앗을 수 없다."

그는 가슴속에서 십자가를 꺼내 들었다. 악마는 한 걸음 뒤로 물러서는 듯했으나 또 다른 목소리로 말했다.

"난 이미 널 점령해 본 적이 있지. 넌 이미 나를 잘 알고 있을 거다. 너는 나를 이길 수 없어. 왜냐구? 나는 널 누구보다 잘 아니까. 이제부터 네 의지를 하나씩 거둬 갈 거다."

악마가 회심의 미소를 짓더니 순식간에 사라졌다. 순간 그의 내부는 극심한 두려움에 휩싸였다. 두려움에는 힘과 능력이 있었다. 온몸이 탈진되면서 의식이 그 어떤 강한 힘에게 붙들려 옴짝달싹할 수가 없었다. 생각이 흔들리기 시작했다. 분별력이 떨어지면서 그는 한없이 침몰했다. 두려움에는 세 가지 요소가 있었다.

첫째는 과거체험에 관한 것이었다. 그것은 의식의 사십 프로를 차지했다. 두 번째는 미래에 관한 것이었다. 절반을 차지했다. 실제 두려움은 단 십 프로였다. 그것도 악마의 속삭임에 의한 거짓된 정보가 대부분이었다.

악마는 거짓된 정보를 그에게 주입하면서 그의 생각을 계속 조종했다. 불안도 한꺼번에 달려들었다. 그리고 계획된 순서처럼 혼미가 이어졌다. 전쟁이 따로 없었다. 손끝이 덜덜 떨리고 술병이 그의 눈에 들어왔다. 그것을 막 집어 올리려는 순간이었다.

핸드폰이 울렸다.

"요즘 어떻게 지내냐? 약은 제때 잘 챙겨 먹고 있지."

누이였다. 그는 술병을 제자리에 놓으며 간신히 말했다.

"마음이, 마음이……."

"왜 또?"

"두려움 때문에 숨을 쉴 수가 없어."

"두려움은 대부분 거짓된 것이야. 실제완 달라, 성경에 사랑에는 두려움이 없나니 사랑은 모든 두려움을 내어 쫓느니라란 말씀이 있어 그 말씀을 붙들어라."

누이는 곧바로 전화를 끊었다.

그는 술병을 들고 거리로 나왔다.

"술을 절대 끊어야 합니다. 여기서 더 이상 진행되었다간 캔서가 될 가능성도 있습니다."

의사의 말이 귓전에서 살아났다. 그는 무의식 중 또다시 시장 통 선술집 골목으로 들어섰다. 누군가 그의 옆을 지나는데 이상한 향기가 났다. 꽃향기 같기도 하고 향긋한 과일 향기도 같고. 그는 강한 이끌림에 의해 뒤를 돌아보았다. 언젠가 보았던 노인네였다.

커다란 나무 십자가를 지고 가던 그 노인네였다. 노인네는 오늘도 무거운 나무 십자가를 메고 시장 통을 지나고 있었다. 사람들에게 짐짝 취급을 당하며 묵묵히 자기의 길을 갔다.

그는 선술집으로 향하던 발걸음을 돌이켜 다시 거리로 나왔다. 그때 그의 눈에 이상한 환시현상이 일었다. 길거리를 지나는 수많은 사람들은 저마다 나무 십자가를 지고 있었다. 니스 칠을 한 번쩍번쩍한 십자가가 있는가 하면 패이고 곰팡이가 난 십자가도 있었다. 색깔도 가지가지였다. 붉은색 황금색 흰색…….

그는 문득 자신의 등을 만져 보았다. 거칠고 딱딱한 나무가 손에 만져졌다. 있는 힘을 다해 떼어내려 했지만 소용없었다. 그의 힘으론 역부족이었다. 그는 다른 사람들처럼 무거운 십자가를 지고 사람들 속에 파묻혔다. 그런데 힘이 약해질수록 안에서 생수와 같은 기운이 솟아났다. 몸이 점점 가벼워지고 있었다. 그리고 알 수 없는 희열이 마음속을 감싸면서 담대한 의지가 생겨났다. 그건 믿음이었다. 그 믿음의 힘이 의와 평강으로 살아나면서 정직한 영이 그를 사로잡고 있었다. 두려움은 사랑의 힘에 쫓겨 어느새 물러나고 없었다.

불안과 혼미가 사라지면서 자유가 몰려왔다. 마음속에 안식이 임하면서 사랑의 기운이 뇌리 속에서 점차 살아났다.

힘이 느껴졌다. 그가 알 수 없는 그 어떤 강한 능력의 힘이.

골목길을 지나는데 젊은 남녀 한 쌍이 보였다. 마악 잠에서 깨어난 듯 러닝셔츠의 남자가 여자에게 신경질적으로 말했다.

"왜 또, 무슨 일이야?"

여자는 짝 달라붙는 민소매 티에 얼굴은 간절함으로 지쳐 있었다. 못생기고 뚱뚱한 여자였다. 남자의 눈치를 보며 팔을 붙잡고 늘어졌다.

"응, 그냥……. 보고 싶어서."

모양새를 보아하니 실컷 데리고 놀다 버린 여자가 찾아와서 매달리는 것 같았다. 버림받은 여자는 온갖 자존심을 무릅쓰고 수치심까지 뒤집어 쓴 채 남자에게 매달리고 있었다. 그 모양을 바라보자니 지나간 혼돈의 세월이 생각났다. 늘 불안과 혼미뿐인 지난날.

쾌락과 방종이 뒤엉켜 불안을 부추기던……. 그 세월 속에 얽힌 수많은 여자들. 그런데 생각해 보니 그것이 오히려 지금 그에게 죄의식의 의미를 깨닫게 하는 것이었다.

낯섦, 방종, 부자유, 혼돈, 무의미, 두려움.

그 모든 단어가 하나로 합치되면서 그에게 의미를 알게 했다. 그가 그토록 찾아 헤매던 자유의 의미를.

돌아서는데 어느새 의기투합한 두 남녀가 골목길을 빠져나가는 모습이 보였다. 남자는 거지 동냥 주듯 여자 뒤를 따라 가면서 슬리퍼를 질질 끌었다. 남자는 목을 뒤로 제키면서 하늘을 향해 주먹을 불끈 쥐었다.

저들은 오늘밤을 어디서 지낼 것인가.

어둠이 골목길을 휘몰아치면서 그들 뒤로 무서운 광란의 바람이 세차게 지나갔다. (2008년 문학세계)

반전

영(靈)이 혼미한 나는 밤낮 누워 잠을 잤다.

잠이 깨 자리에서 일어나면 지옥 같은 현실이 나를 기다리고 있었다. 악령의 광풍이 기다렸다는 듯 내게 마수를 뻗쳐왔다. 생지옥이 따로 없었다. 한 시라도 미쳐 날뛰지 않고는 못 견디는 게 우리 가족이었다. 여동생은 나를 볼 때마다 광기가 번득이는 눈으로 독설을 내뿜었고 급기야 집을 뛰쳐나갔다. 고등학교 다닐 때부터 남학생과 놀아난 동생은 학교도 다니다 중간에 때려 치웠다.

집안의 장손인 오빠는 청소년 시절부터 사창가를 전전하다 해괴한 병에 걸려 골방에 처박혔다. 하루 종일 횡설수설하다 가스 불을 켜놓고 잠드는가 하면 부엌칼을 들고서 대낮부터 가족을 상대로 활극을 벌이기도 했다. 그 자식은 얼마나 미친 자식인지 여동생들도 여자로 착각할 정도다. 나는 그때마다 신(神)을 향해 원망했다.

도대체 당신은 왜 저런 자식을 세상에 내보냈나요?

암튼 그 미친 자식 때문에 집안은 하루도 편안할 날이 없었다. 씨도둑은 못한다고 아버지의 젊은 날도 그랬던 모양이다. 엄마의 말에 의하면 조선 팔도에 숨겨 논 씨앗이 스무 명은 넘었다고 한다. 그 아버지에 그 아들이라고 오빠는 물론 여동생마저 정욕에 미쳐 집을 뛰쳐나가고 말았으니 우리 집안도 가히 콩가루 집안이라 아니할 수 없다. 나는 이 치욕스런 집구석에 태어난 마지막 희생타였다.

작년에 이혼한 언니는 아이들을 전 남편에게 맡기고 재혼했다. 재혼한 남자는 이미 이혼 전부터 언니와 함께 살고 있었다. 그러니까 이혼 사유는 언니의 부정(不貞)이었다. 형부는 조카 둘을 할머니에게 맡기고 미국 지사로 가버렸다. 그곳에는 결혼 전에 사귄 여자가 아직도 기다리고 있다고 했다.

동네 사람들은 우리 집을 사이코 집구석이라 부르며 적대시한다. 갖가지 끔찍한 형용사를 갖다 대면서 손가락질을 한다. 모두 제정신이 아닌 듯 이치에 맞지도 않는 소릴 횡설수설하기 때문이다. 그 저변에는 불안과 두려움이 도사리고 있었다. 그러나 그것을 깨닫는 사람은 아무도 없었다.

나는 동네 창피하다는 생각에 이사 갈 것을 주장했지만 묵살 당하고 말았다. 가족은 이상하게도 내 말이라며 콩으로 메주를 쑨다고 해도 듣지를 않았다. 아무리 이치에 닿는 말을 해도 항상 정반대 쪽으로 나갔다. 꼭 나쁜 방향, 잘못된 선택을 향해 나아갔다.

또 가족들은 평상시에도 변화를 싫어했다. 매일 똑같은 환경, 반복되는 말과 습관 속에서 도무지 움직이려 들지 않았다. 심지어 사람 만나는 것조차 두려워했다. 집안에 낯선 사람이 들어서면 가족은 모두 자기 방에 틀어박혀 얼굴을 내밀지 않는다. 공포에 질려 덜덜 떨다 손님이 가고 나면 그때부터 또다시 난장판이 벌어진다. 서로 물고 찢고 싸우고 부수고……. 피 한 방울 안 섞인 남들에게는 말 한 마디 못하면서 서로 가족들끼리는 불구대천지 원수처럼 구는 것이다.

젊은 날 주색잡기로 일관했던 아버지는 그 죄 값으로 어느 날 풍을 맞았다. 정확한 병명은 뇌경색이었다. 그냥 곱게 죽었으면 다행인데 일찍 발견하는 바람에 애석하게도 살아나고 말았다. 그 이후부터는 잠잠한 편이었는데 웬걸? 이번에는 몸이 불편한 것을 핑계로 하루 종일 병 나팔을 부는 것이다. 술이 입에 들어가면 그때부터 지옥의 광란이 연출된다.

온 집안을 돌아다니며 불을 지르겠다고 협박하고 몇 안 되는 가재도구를 때려 부순다. 한번은 실제로 불을 지른 적도 있었다. 술을 거꾸로 마셨는지 정신이 아주 나가 있었다. 그때 나는 싱크대에서 설거지를 하고 있었는데 갑자기 옆에서 펑! 소리가 나면서 불길이 삽시간에 타오르는 것이었다.

아버지가 가스 불에다 시너를 부은 것이다. 불길이 순간적으로 옆으로 옮아붙어 내 머리칼을 반쯤 살랐다. 그때까지 살면서 그렇게 많아 놀란 건 처음이다. 태어나면서부터 지옥 같은 상황은 여러 번 겪었지만 그때와는 또 차원이 달랐다. 소량의 시너를 부었을 뿐인데도 불길은 거셌다. 나는 그 급한 경황 속에서도 설거지하던 물을 부어 불을 껐다. 금세 연기가 자욱했다. 아버지는 뭐가 그리 재미있는지 낄낄대고 웃었다.

물이 바닥에 흥건하게 고였다. 나도 모르게 욕설이 터져 나왔다.

에이 썅! 망할 놈의 집구석 같으니!

뭐여? 이년이! 우악스런 손길이 내 머리채를 잡았다. 나는 엉겁결에 칼을 손에 쥐었다. 칼을 높이 쳐들었다. 아버지의 눈길이 사나워졌다. 또 광기가 폭발한 것이다. 찌를 테면 찔러 보라는 야유가 입에서 터져 나왔다. 나는 칼로 내 손목을 그었다. 피가 분수같이 흘러나왔다. 아득한 현기증이 몰려왔다. 그대로 실신하고 말았다, 내가 눈을 떴을 때는 한참이 지나서였다. 손목에 붕대가 감겨져 있었다.

집에 놀러왔던 조카가 나를 발견하고는 울면서 난리를 치는 바람에 동네 사람이 들어와 나를 업고 병원으로 뛰었다고 한다. 그 사람이 아니었다면 나는 벌써 이 세상과 작별했을 것이다. 그는 내 생명을 구해준 은인이자 원흉이었다. 나를 이 땅에 다시 발을 붙이고 살게 했기 때문이다. 가장 슬픈 건 가족들은 모두 자기의 미래에 관심이 없다는 사실이었다. 언젠가 나는 환상 중에 본 적이 있다.

내 집안을 맴도는 검은 바람의 실체를. 그건 악령이었다.

먼 훗날 나는 많은 사람들을 만날 기회가 있었다. 그들은 모두 내가 여의도의 빌딩 지하에 있는 옷가게에서 일할 때 만난 사람들이었다. 예나 지금이나 여의도는 정치와 경제의 중심지였다. 그만큼 유동인구가 많았고 덕분에 나는 많은 사람들을 만날 수 있었다. 그런데 나는 그들과 대화를 나누던 중 이상한 걸 발견했다. 그들 이야기 중 공통적인 것은 사랑 받은 경험이 많다는 사실이었다,

나는 무엇보다 그 말이 이해가 가지 않았다. 아니, 세상에 누가 누굴 사랑해 준단 말인가. 사랑이라니 도대체 그 단어는 어떻게 생겨 먹었기에 저들에게 통용된단 말인가. 그들은 사랑 받았다는 구체적인 근거를 제시하며 서로 열을 올리며 자랑했다.

그중 광고 상담을 한다는 정해실은 어릴 때부터의 자기의 경력을 상세히 소개하면서 사랑 받을 수밖에 없는 이유를 설명했다. 자기는 본래가 똑똑한 두뇌에다 타고난 미모를 지녔다는 것이었다. 내가 보기에도 그녀는 과연 똑똑했다. 비상한 기억력에다 재빠른 판단력은

한 치의 오차도 허용하지 않았다. 상담의 귀재인 그녀는 특유의 순발력과 뛰어난 화술로 상대의 기선을 잡았다. 그래 그녀는 어딜 가나 항상 인덕이 따라붙는다 했다.

우선 능력이 많으니까 먹고살 염려는 없고 쌓아둔 인맥과 달변으로 언제 어디서든 통과 안 될 일이 없었다. 두 번째로 그녀는 그토록 자랑하는 외모에 있었다. 서구미를 물씬 풍기는 얼굴은 인형 같았다. 더구나 몸매는 세계 월드컵 감이었다. 가느다란 몸 곡선에 비해 가슴과 엉덩이가 컸다. 그야말로 볼륨 있는 몸매였다. 흔한 말로 몸짱, 얼짱이었다.

남자들은 그녀의 몸매에 순식간에 정신을 빼앗겼다. 그녀는 그 뛰어난 몸매를 자랑하느라 노출 부위가 점점 높아갔다. 그녀는 살아서 모든 영화를 다 누리기라도 하듯 사랑 받고 높임 받느라 바빴다. 세상이 곧 천국이었다. 정해실은 그야말로 사랑 받기 위해 태어난 사람 같았다.

놀이방 강사를 하는 이은아는 좀 달랐다. 그녀는 박봉에다 일도 힘들어 자주 만날 사이는 없었지만 매번 다른 옷을 입고 나타나 주의를 끌었다. 최대한 야하게 요란하게 눈에 띄게 옷을 입는 게 그녀의 수칙이었다. 머리는 항상 꼬불꼬불 파마를 했고 옷은 무대의상처럼 입고 나와 단번에 눈길을 끌었다. 그 눈길마다 묻어 있는 의아심을 그녀는 관심과 사랑으로 해석했다.

"아까도 전철에 앉아 있는데 남자들이 모두 나만 쳐다보는 거 있지, 오늘따라 내 의상이 너무 돋보이지 않니?"

이은아는 정신이 나가도 한참 나갔다. 남자들이 눈길만 주어도 자기를 사랑한다고 주장했다. 그래서 그녀는 어딜 가나 항상 남자들이 자기를 따른다고 생각했다. 그럴수록 그녀는 옷을 더 야하게 노출 부위를 높여가는 것이었다. 그녀는 남자가 생길 때마다 선물 준비하느라 바빴다. 고급 향수에다 넥타이핀에다 심지어 코트까지. 그래서 그녀는 세상에서 제일 바빴다.

은주희는 외모는 별로인데 이상하게 항상 그녀 주변에는 남자가 따른다. 이은아처럼 먼저 꼬리를 치는 것도 아닌데 정해실처럼 몸짱도 아닌데 더구나 능력이나 집안이 좋은 것도 아닌데도 늘 남자가 따른다. 몸에 향유나 금가루를 뿌린 것도 아닌데도 남자들은 그녀에게 목을 매는 것이다. 그렇다고 그녀가 남자들에게 아양을 부린다거나 먼저 다가가 친절을 베푸는 것도 아니다.

외모에 그다지 신경을 쓰는 것 같지도 않다. 숨겨 논 재산이 있거나 배경이 좋은 것도 아니다. 그렇다면? 사람들은 바로 그런 것을 두고 수수께끼라 부른다. 이유를 알 수 없는 그 현상을 두고 이은아는 볼멘소리로 말했다.

저것이 바로 암내 풍기는 거 아니겠어?

그러나 그녀에겐 남다른 매력이 있었다. 너그러움이었다. 넉넉한 마음으로 상대를 포용할 줄 아는 아량과 어떤 사람이 이야기해도 한 번도 짜증내지 않고 들어주는 인내심이었다. 또 그것은 평안으로 작용해 다른 사람들로 하여금 그녀를 사랑하게 하는 촉매제가 되었다. 또한 그녀에겐 인간적인 정이 느껴지게 하는 진실함도 있었다. 그 진실함 앞에 많은 사람들이 자기의 담을 허물고 마음을 건네주었다. 내가 남자라도 그녀를 사랑할 수밖에 없었을 것이다.

명윤숙은 착해 보이는 얼굴에 몸매는 약간 살집이 붙은 그러나 결코 뚱뚱이는 아닌 평범한 아가씨다. 태도도 겸손하고 성격도 원만

한 편이다. 대학도 좋은 데 나왔고 중소기업에 다니지만 앞날은 밝은 편이다. 집안도 나쁘지 않다. 아버지가 목사고 엄마는 초등학교 교사다. 동생 둘은 국비 장학생으로 미국에 유학 중이다.

그녀는 보기만 해도 호감 가는 형이지만 어떤 남자도 눈길을 주지 않는다. 세상에 태어나 한 번도 연애 경험이 없다고 말해 주변 사람들을 놀라게 한 적도 있다.

말과 행동이 타의 모범이 될 만한 그녀에게 왜 애인이 없는 걸까. 남자들이 모두 눈이 삔 모양이다. 그런 명윤숙에게 어느 날 사랑하는 남자가 생겼다. 남자의 아버지는 은평구에 있는 암자의 주지승이라 했다. 그 암자는 여느 절처럼 불경이나 외우고 참선하는 곳이 아닌 점치고 부적을 주로 파는 상술이 목적인 곳이었다. 때론 신기(神氣)가 통해 신통력을 발휘한다는 인근에서는 소문이 자자했다.

그런 대처승에게 잘생기고 잘 나가는 아들이 있었다니 참 세상은 묘한 것이었다. 집안에서 알면 깜짝 놀라 뒤로 자빠질 일이지만 그녀는 여간 심각한 게 아니다. 소문에 의하면 남자는 증권회사에 근무하는 차장급 인사인데 외모가 여간 잘 생긴 게 아니란 것이다.

수려한 얼굴에 몸짱에다 명윤숙에 대한 예의가 도에 지나칠 만큼 친절했다. 그러나 그건 그의 직업에서 오는 관행인 것을 명윤숙은 자기에게 대한 관심으로 해석하고는 목을 매는 것이다. 남자에 대해서는 목석인 줄 알았는데 잘생긴 외모에는 별수 없었다.

나중에 들려오는 소문에 의하면 남자는 명윤숙보다 훨씬 조건이 좋은 여자를 택해 결혼했다고 한다. 상대 여자는 강남의 유명한 땅부자였다고 한다. 남자는 명윤숙에게 종교가 다르다는 이유로 이별의 이유를 설명했지만 실상 문제는 다른 데 있었다.

주지승인 아버지가 사주가 안 좋다는 이유로 끝까지 결혼을 반대했다고 한다. 명윤숙은 땅을 치고 후회했지만 소용없었다. 그런데도 그녀는 오랜 세월 동안 남자가 자기를 진심으로 사랑했었다고 굳게 믿고 있었다.

지금란은 단신(短身)에 약간 혐오스런 외모를 지녔다. 옴팡진 눈에다 간사스런 표정은 보는 이로 하여금 저절로 경계심을 갖게 한다. 특히 두툼한 입술은 징그럽기까지 하다. 걸을 때면 알통이 불거진 다리가 유난히 눈에 띈다. 다리가 얼마나 굵은지 허벅지와 종아리의 굵기가 같을 정도다. 거기에다 가슴과 허리는 거의 맞붙어 있을 정도로 상체가 짧다. 몸매가 완전 불균형이다. 마치 오뚝이가 뒤뚱뒤뚱 걸어가는 것 같았다. 결정적인 약점은 그녀는 애정결핍으로 인한 욕구불만이 크다는 것이다.

그녀는 거의 하루 종일 사랑받고 싶어 미칠 지경이다. 누군가 자기에게 관심 가져주고 사랑의 언어를 남발해야 하는데 그것이 되지 않으니까 괴로워 미치는 것이다. 아무리 치장을 하고 없는 애교를 부려도 남자들은 눈길 한번 주지 않았다. 따로 불러내 식사대접과 선물을 주려해도 응해주는 남자가 없었다. 그녀는 어려운 집안환경에도 강남에 가 성형수술을 두 번이나 받았다.

덕분에 혐오스런 인상은 약간 벗어난 듯했으나 문제는 몸매였다. 짧은 상체에다 허벅지와 종아리가 일직선인 하체는 어쩔 수가 없는 것이다. 그건 현대의학으로도 어쩔 수 없었다. 지금란은 다른 여자들이 연애하는 모습을 보면 부러워 어쩔 줄을 몰랐다. 질투가 머리끝까지 차올라 자신도 사랑받고 싶어 몸부림을 하는 것이다. 거의 병적 증세다. 사랑을 구걸하는 꼴이 비루먹은 하룻강아지 꼴이다.

그렇다고 성격이 좋은 것도 아니다. 워낙 사랑받고 싶은 욕구가 지나치다 보니 성격이 거칠고 가끔씩 욕설도 내뱉는다. 그녀의 지칠 줄 모르는 사랑 욕구는 어디에서 오는 걸까. 그녀는 자신만 사랑해 준다면 간이고 쓸개도 다 내어줄 용의가 있지만 문제는 그럴 남자가 없다는 것이다. 생각다 못한 그녀는 지난달부터 여의도에 있는 성당에 나가기 시작했다.

누군가 그녀에게 다가와 신(神)을 향한 믿음과 사랑을 권유한 모양이다. 아님 자신도 모르게 끊임없이 솟아나는 욕구불만을 신의 의지로 다스려 보겠다는 건지도 몰랐다. 아무튼 궁여지책으로 나온 그녀의 결정에 사람들은 나름대로 긍정을 표했다. 어느 날 그녀는 내게 다가와 말했다. 자기에게도 드디어 사랑하는 남자가 생겼다고.

드디어 집안에 쌀이 떨어졌다. 텅 빈 냉장고와 밥통이 가족들의 눈을 하얗게 뒤집어 놓았다. 안 그래도 미쳐 날뛰지 않고는 잠시도 가만히 못 있는데 또 광기가 폭발한 것이다.

"이년아, 뭐하냐? 어서 밥하지 않고!"

"난 삼겹살에다 소주 먹고 싶다, 어서 사오지 않고 뭐하냐."

"난 찰밥에다 꽃게탕 먹고 싶어. 그리고 인절미에다 조청 찍어서 먹고 싶어."

"난 소주에다 밥 말아먹고 싶어."

가족들은 먹는 이야기가 나올 때마다 어린아이로 변했다. 오직 사는 목적이 먹는데 있는 것처럼. 나는 손등으로 흐르는 눈물을 훔치며 자리에서 일어났다. 동네 슈퍼에 가 쌀과 라면을 외상으로 사왔다. 평상시 나를 측은하게 여기는 슈퍼집 주인 여자는 요즘 새로 이사 온 동네 교회 집사였다. 내가 덜덜 떨며 외상 되느냐고 하자 눈물을 글썽이며 가져가라고 했다.

"힘을 내세요, 경화 아가씨, 아가씨 마음 하나님은 잘 알고 계신답니다."

나는 처음에는 내 귀를 의심했다. 세상에 태어나 그런 소리는 처음이었다. 모두가 내게 억세게 운 나쁜 집구석에 태어나 팔자가 더럽다는 식으로 말했는데 슈퍼 주인 여자는 다르게 표현하는 것이었다. 현관에 들어서자 가족들은 모두 나를 보고 웃었다. 드디어 먹을 것이 생겼구나. 그 표정이 나를 울게 했다. 그러나 다음 순간.

오빠의 광기가 시작된 것이다. 서 있는 상태에서 그냥 오줌을 내갈기고 만 것이다. 신장 기능이 떨어져 투석을 해야 한다더니, 나는 그 자리에 엎드려 신을 부정하고 말았다.

하나님 당신은 도대체 어떤 분이기에…….

나는 분노가 치솟을 때마다 나 자신에게 말했다.

신은 존재하지 않는다. 절대.

나는 슈퍼에 진 빚을 갚기 위해 아르바이트를 시작했다. 아침부터 야채와 물건 박스를 져 나르고 청소와 정리정돈을 했다. 그리고 주인 여자가 잠깐 자리를 비울 때면 카운터 일도 보았다. 그렇게 일하고 나면 나는 거의 파김치가 되어 정신이 혼미해진다. 눈조차 제대로 뜨지 못할 정도로 정신이 허공에서 빙빙 돈다. 초점 잃은 눈동자가 정신을 허공에 매달아 두고 갈지자걸음을 걷는다.

세상에 의인은 없었다. 모두 악귀들뿐이었다. 일가친척들도 마찬가지였다. 어쩌면 하나같이 인간 말종들인지 몰랐다. 사기 치다 걸려들어 감옥신세를 지는 건 예사였다. 그것도 다른 사람도 아닌 친척들 상대로. 이혼하면서 멀쩡한 자식들 고아로 만들어 보육원에 보내고 이혼 위자료 안 주려고 거짓 증거 내세운 인종도 있었다, 조카들이 잘 되는 게 배 아파 우는 인종도 있었다.

그것도 제 여동생의 아들이 일류 기업에 취직하자 배가 아파 쓰러진 것이다. 자기 아들은 몇 년째 백수로 놀고 있는데 막상 조카가 취직하자 질투의 화신으로 변한 것이다. 그 조카는 몇 년 전에 사고로 어머니를 잃은 내 사촌 오빠였다. 그러니까 그 악독한 인종은 다름 아닌 내 이모였다. 상식적인 일이라면 어머니를 잃은 제 조카를 불쌍히 여겨 돌봐주어야 마땅한 게 이모의 역할일 것이다.

그런데 내 이모는 그렇지 않았다. 자기 아들 취직 못한 걸 속상해한 나머지 조카의 취직을 질투하고 나선 것이다. 그 정도면 인간이라고 할 수도 없을 것이다. 그런데 더 기가 막힌 건 다음 순간에 있었다. 조카가 첫 월급을 타자 한턱내라며 회사로 찾아갔다. 거기서 신나게 저녁 얻어먹고 선물까지 챙긴 뒤 자기 아들 취직을 부탁하더란다. 그것도 반강제적으로 부담 주는 말로.

"경화야, 도대체 그 인간이 이모 자격이 있는 거냐? 나보고 자기 아들 취직 책임지라며 생떼를 쓰다 안 되니까 나한테 악담하고 갔다."

"뭐라고 했는데?"

"피붙이 외면하는 놈 치고 잘 되는 것 못 봤다나. 그게 어디 사람이냐 짐승이지. 아니 짐승도 그보다는 나을 거다."

이모뿐만이 아니었다. 아버지의 장조카인 사촌오빠는 어느 날 나타나더니 사업을 하겠다며 보증을 서 달라고 했다. 아버지는 술김에 호기를 부리며 덜컥 해주고 말았다. 그로부터 석 달도 안 돼 사업은 부도가 났다. 그것도 계획적인 부도였다. 사업한답시고 여기저기 돈 끌어다 쓰고 보증인 세우고 하더니 처음부터 계획적으로 부도내고 날아버린 것이었다. 그 사기꾼 자식은 여러 사람 눈물 나게 하고 집구석 말아먹고 감방 들락거리더니 어느 날 캐나다로 날아버렸다.

그것도 숨겨 논 제 애첩과 함께. 씨도둑은 못한다고 그 자식도 그 밥에 그 나물이었던 것이다. 아무튼 내 눈에는 세상에 온통 악인들만 득시글거렸다. 일가친척들은 모이기만 하면 머리 터지게 싸우고 정상적인 대화는 한 마디도 하지 않았다. 모두가 미친 소리 헛소리 지껄이다 술 먹고 깽판 치다 돌아갔다. 서로가 빼앗지 못해 으르렁거리고 분이 안 풀리면 자식들 두들겨 패는 게 일이었다. 하는 골상이 늘 그 모양이니 되는 일이 있을 수 없었다.

모조리 실패의 연속이었다. 그들은 조상 죄를 들먹거리고 고함을 지르고 서로 네 탓을 하며 치고받았다. 그 싸움판을 벌이면서 매번 모이는 것도 기적이었다. 나 같으면 차라리 안 만나고 외면하고 살면 편할 텐데 그들은 기어코 만나 그 해괴한 짓거리를 거듭하는 것이다. 만날 때마다 술 먹고 싸우고 골목길에서 고성 방가해 동네 사람들의 원성을 샀다.

저놈의 집구석은 순 불한당 같은 놈들만 있는 아주 상놈의 인간들뿐이라고 그렇게 욕을 얻어먹으면서도 그랬다. 그래도 희한한 건 모두가 명줄 하나는 길어서 80살 이상을 장수했다.

의기투합한 우리 일가친척 2세대 형제들은 모일 때마다 말했다.

우리는 커서 절대로 시집 장가가지 말자. 저렇게 사느니 차라리 자식을 낳지 않아 씨를 말리는 게 낫다. 저런 똑같은 인간들이 태어난다고 생각해봐라. 또다시 생지옥이 대를 이어 전해질 게 아니냐. 나는 그때도 신을 원망하는 소리를 했다.

"너희는 이 세상에 신이 존재한다고 생각하니?"

나의 느닷없는 질문에 모두 눈을 휘둥그레 뜨며 물었다.

"뭐라구?"

"나는 이 세상에 신이 없다고 생각한다. 신이 있다면 어떻게 저런 인간들을 그냥 두냐, 확 저 세상으로 잡아가 버리지 안 그러냐."

나는 밀려오는 악령과 싸우느라 잠시도 휴식 시간이 없었다. 거울을 들여다보면 불면증으로 새빨갛게 충혈 된 눈으로 서 있는 여자가 나를 보고는 기겁을 했다. 한때는 밤낮으로 엎드려 잠만 자더니 이제는 불면증이 몰려든 것이다. 도대체 사람 꼴이 아니었다. 포획된 짐승처럼 날개 꺾인 새처럼 여자는 잔뜩 겁에 질려 있었다. 거리에 눈발이 날리고 꽃이 피고 축제가 벌어져도 여자의 가슴에는 찬 서리만 내렸다. 감정 체계가 고장 나면서 정신체계에도 악령의 범위가 넓어져 갔다.

거실에 있다 보면 가끔씩 오빠 방에서 들려오는 괴성에 깜짝 놀랄 때가 있다. 골방에서 들려오는 소리를 종합해 보면 악마의 합창소리 같다. 환청을 듣는지 낄낄대고 웃기도 하고 욕설과 함께 벽을 주먹으로 퍽퍽 치는 소리도 들린다. 미친 자식이 청소년 시절부터 본드 흡입에다 여학생들 골라가며 강간을 일삼더니 드디어 그 죄값을 받는 모양이다. 저런 자식은 세상에 태어나지 말았어야 했다.

저 자식은 죽어도 지옥 아랫목에 갈 걸, 나는 속으로 저주하다 깜짝 놀랐다. 어느새 내 안에도 사탄이 들어온 모양이었다. 나는 내 머리칼을 쥐어뜯으며 또다시 신을 원망했다. 당신은 정말 살아 있는가. 그렇다면 제발 내 앞에 나타나 내 질문에 답해 보라.

거리에 바람이 불더니 비가 내리기 시작했다. 그때 내 눈에 들어

오는 장면이 있었다. 횡단보도를 건너가는 연인들이었다. 그들은 서로의 어깨를 감싼 채 좁은 우산 안에서 몸을 비비며 웃었다. 그 찰나의 행복이 내게도 전해진 모양이다. 순간적으로 몸이 전율이 흐르면서 눈에 눈물이 났다.

저들이 느끼는 저 행복감의 정체는 무엇인가. 저런 마음은 어디에서부터 발생하는 걸까. 저들이 웃는 저 웃음이 과연 내게도 찾아와 줄까. 가슴속에서 폭포수 같은 눈물이 흘렀다. 나는 나의 생존이 슬펐다. 나의 살아 있음이 부끄럽고 그런 나의 상황을 조장한 신이 또다시 원망스러웠다.

사람들은 좀 더 나은 미래를 향해 나아가겠다고 발버둥을 치고 사랑 받고 인정받겠다고 목숨을 거는데 나에겐 그런 것이 없었다. 인간의 가장 기본적인 욕구마저 사라져 버린 것이다. 내게 있어 감정이란 무용지물일 때가 많다. 아니 내게도 감정이란 게 존재하는지 의문스러울 때도 있다.

아! 하긴 있긴 있다. 분노라는 것. 그건 신이 나에게 내려준 유일한 감정이다. 남들이 흔히 말하는 희로애락(喜怒哀樂)의 의미에 대해 한동안 골몰한 적이 있었다. 그러나 도대체 내 감정은 그 의미조차 파악을 못했다. 내 가슴속엔 슬픔과 분노만 가득했다. 내 감정이 가장 예민하게 반응하는 부분도 바로 그 부분이었다.

슬픔과 분노는 중독되었을만한 데도 그 감각이 새롭게 느껴졌다. 가장 슬픈 건 무관심이었다. 세상에서 가장 큰 슬픔을 대라면 그건 단연 무관심일 것이다. 나는 지금까지 살면서 무관심보다 더 무섭고 외로운 경우는 만나보지 못했다. 나같이 슬픔과 고통에 단련된 사람에게도 마지막까지 놓치고 싶지 않은 것이 있다면 그건 누군가의 관심의 대상이 되었으면 하는 바람이었다.

어린 초등학교 시절, 아침밥도 굶고 집을 나선 나는 점심밥도 굶을 수밖에 없었다. 손안에 동전 한 닢도 없었다. 배에서 꼬르륵 소리가 났다. 옆에 앉은 짝꿍이 "너 배고프지?" 하면서 나를 놀려댔다. 짝꿍은 계란말이를 밥에 얹어 먹으면서 내게 "약 오르지?" 했다. 나는 속으로 침을 꼴까닥 삼키며 눈물도 삼켰다. 집에 왔지만 아무도 내게 밥 먹었느냐고 묻는 사람이 없었다. 찬장을 뒤졌지만 먹을 게 없어 포기하고 말았다.

그러다 언니의 가방 안에서 빵을 발견했다. 나는 정신없이 빵을 꺼내 먹기 시작했다.

"이년이?"

언니의 우악스런 손길이 내 뒷목을 움켜쥐고 있었다. 나는 숨이 막혔지만 먹는 걸 포기할 수 없었다. 나는 기어코 빵을 다 먹고 말았다. 언니는 내게 주먹질과 발길질을 연거푸 날리더니 제 풀에 나가떨어지고 말았다. 그리고 그 사건은 평생 가슴에 한을 남기고 말았다. 언니가 결혼하던 날 나는 속으로 말했다. 너도 너랑 똑같은 딸 둘만 낳아라.

한 겨울날 외투도 없이 장갑도 없이 손을 호호 불며 학교에 가는데 누구 하나 눈길도 주지 않았다. 집안에서도 왕따가 된 나는 학교에 가서도 왕따가 돼 몰매를 맞았다. 피투성이가 되어 집에 돌아와도 가족들은 일체 모른 체했다. 아예 묻지도 쳐다보지도 않았다. 생지옥이 따로 없었다.

그런 내게 세상은 말했다. 네가 먼저 남을 돌아보고 사랑하고 희생하라고. 나는 정신이 너무 혼미해 아무 말도 할 수가 없었다. 세월이 많이 지난 뒤 나는 그들 등 뒤에 대고 말했다.

"이 악한 정신 나간 인간들아, 내가 받은 사랑이 없는데 뭘 주라는 거냐?"

세상은 너무 불공평하다. 정해실이나 명윤숙 이은아 같은 인간들에게는 봉사나 희생을 요구하지 않으면서 유독 나 같은 힘없는 사람에게는 다가와 사랑의 봉사 운운하며 아무 가치도 없는 희생을 강요하는 것이다. 참 모자라고 한심한 인간들이 아닐 수 없다. 내 가슴 속에서 가끔씩 분노가 폭발하는 이유도 바로 거기에 있다. 나는 방치된 채 살아왔는데 내게 타인에 대한 관심을 요구하고 더 나아가 희생까지 강요하는 것이다.

세상에 이처럼 불공평한 일이 어디 있단 말인가. 시쳇말로 받은 게 있어야 나눌 게 있지. 나눔의 세상이 행복이라고 아무리 방송에서 교회에서 떠들어대도 내겐 나눌 게 없는데 어쩌란 말이야. 그런 말은 제발 정해실이나 명윤숙에게나 가서 해라. 나는 마음이 찢어져 감각이 없고 더구나 정신마저 혼미해 정신병원 가기 일보직전인데 왜 나 같은 인간에게 사랑과 봉사를 강요한단 말인가.

어느 날 유일한 친구인 송희가 찾아왔다. 내가 슈퍼 매장에서 월급을 받는 날이었다. 송희는 엄마가 병원에 입원하게 되었는데 돈이 없다며 내게 돈을 빌려달라고 했다. 그때도 나는 정신이 극도로 혼미한 상태였다. 갑자기 월급을 봉투째 내주고 말았다. 그때 내가 내민 봉투를 들고 돌아서는 송희의 뒷모습에서 이상한 바람이 불었던 것 같다.

송희는 그때 분명 웃고 있었다. 봉투를 손으로 만지며 좋아서 낄낄대면서 매장 밖으로 날았다. 그날 집으로 돌아온 나는 온 가족으로부터 죽지 않을 만큼 맞았다. 월급봉투를 송희에게 주었다는 말을 듣고는 당장 송희에게 가 찾아오라고 했다. 그러나 송희는 벌써 도망가 버리고 없었다. 차용증도 없이 돈을 빌려주는 미친년이 어디 있냐며 오빠는 그럴듯한 명분을 내세웠지만 실상 속셈은 따로 있었다.

사창가에 갖다 바칠 돈이 사라져 분노가 폭발한 것이다. 나는 머리를 너무 심하게 얻어맞아 다음날 슈퍼에서 근무하는 데 막대한 지장을 초래하고 말았다. 몇 번의 실수를 했지만 다행히 손해 보는 일은 발생하지 않았다. 그런 일이 반복되는 데도 나는 지각(知覺)이 발달하지 않았다. 생각이 두려움에 사로잡혀 판단력을 상실하고 만 것이다. 두려움은 분별력과 변별력을 떨어뜨리고 사람을 허둥지둥하게 만든다.

당연히 어떠한 일에도 집중할 수가 없다. 기억력에도 자주 혼동이 오고 결단력을 없애 사고(思考)의 무용지물화를 초래한다. 그 두려움이 내 뇌를 장악하고 만 것이다. 송희는 그 사건이 있고 나서 정확히 일 년이 지난 뒤 다시 나타났다. 뻔뻔한 그년은 내 혼미한 정신 상태를 틈 타 또다시 말했다.

"나 돈 좀 빌려 주라. 병원 가야 하는데 돈이 없어서, 내 니 돈은 꼭 이자 쳐서 갚아줄게."

멍하니 서 있는데 송희가 또 말했다.

"내가 있지, 너한테 남자 친구 소개시켜줄까?"

그때였다. 내 머릿속에서 우레와 같은 함성이 들려왔다. 지난번 송희에게 돈 뜯기고 나서 가족들로부터 받은 엄청난 핍박과 욕설이었다. 이년아 차라리 나가 죽어라, 그래 피 같은 집안 식구들 외면하고 친구 년한테 돈을 봉투째 안겨 줘? 그 년이 니 돈 갚을 거 같애? 벌써 송희 년한테 돈 떼인 사람이 얼마나 많은데. 그러고 보니 저 송희 년이 내 돈 갖다 쓰고 갚지도 않았구나. 그제야 기억이 돌아온 나는 송희 년을 향해 말문을 열었다. 그러나 생각지도 않은 말이 나왔다.

"나 이제 월급 내 손으로 못 갖다 써, 벌써 엄마가 찾아갔어."

그 이유를 뻔히 알고 있을 텐데도 송희 년은 재차 물었다.

"그럼 주인아줌마한테 말해서 십만 원만 빌려주면 안 될까요?"

그녀는 내 마음이 얼마나 약한지 테스트하는 것 같았다. 그때였다. 어느 샌가 나타났는지 주인아줌마가 송희를 향해 말했다.

"너 송희 아냐? 너 지난번에 경화 돈 빌려가고 나서 돈 갚았어? 안 갚았어? 어디서 이년이 또 나타나서는 너 당장 경화 돈 갚지 못해?"

주인아줌마의 호통에 송희는 눈을 하얗게 뜨며 대들었다.

"아줌마가 웬 상관이에요? 내가 아줌마 돈 떼먹었어요? 아니잖아요."

"뭐라구! 이년이 어디서 터진 입이라고 나불거려?"

송희는 끝내 목적을 달성하지 못하고 매장 밖으로 끌려 나갔다.

"경화야, 너 다시는 저런 친구 상대하지 말아라, 저런 것은 백해무익한 아무 못된 거야."

"그래도 저는 친구는 송희 하나 뿐인 걸요."

아줌마는 멍하니 나를 바라보다 말고 눈물을 글썽였다. "부모가 반복을 준다는데" 그 말만 되풀이하며 내 어깨를 붙잡고 한참을 울었다. 나는 그 눈물의 의미를 지금도 잘 모르고 있다. 아무래도 내 정신체계에 이상이 발생한 모양이다.

그 이후에도 송희는 나를 여러 번 찾아왔다. 나이 스물여섯이 되던 해에는 남자를 대동하고 찾아왔다. 남자는 인물이 좋았다. 체격도 좋고 성격도 좋아 보였다. 그리고 무엇보다 송희를 진심으로 사랑하는 듯 보였다. 매장 일이 끝나고 근처에 있는 레스토랑에 갔다. 남자는 스테이크를 손수 잘라주면서 포크로 고기를 찍어 송희에게 먹여주었다. 그때 송희 년이 나 들으라는 듯 제 남자에게 말했다.

"재한테 어울리는 남자 없을까, 자기가 한번 알아봐."

남자는 송희에게 집안이 어떠냐고 묻는 눈치였다. 그때 내 귓가에 들려오는 말이 있었다. 콩가루 집안이지 뭐. 나는 속에서 천불이 났다. 그녀의 그 비웃음이 내 오장육부를 뒤집어 놓는 것이었다. 이어 들려오는 말은 더 기가 막혔다.

"재가 말야, 워낙 인물이 없긴 하지만 참을성 하나는 대단해. 그 많은 식구를 벌써 몇 년째 다 먹여 살린다니까. 누가 데려가도 잘 살 거야."

"친구한테 무슨 말버릇이야."

남자는 잘생긴 외모답게 마음씨도 착해 보였다. 어쩌다 저런 호랑말코 같은 년한테 걸려들었는지 모르지만 안됐다는 생각이 들었다. 송희 년은 미모는 아니더라도 그다지 밉상도 아니다. 몸매도 그만하면 괜찮은 편이다. 꾸며 놓으면 그런대로 봐줄만하다. 성질머리가 고약해 먹어서 그렇지. 그 후 송희는 결혼해서 광주에 내려가 살았다. 남자의 직장이 광주에 있었기 때문이다.

십육 년을 살다 다시 서울로 올라왔는데 아들이 서울에 있는 유명한 과학고등학교에 입학해 가족 전체가 서울로 재입성한 한 것이다. 그 학교만 입학하면 서울대학 입학은 따 놓은 당상이라고 송희는 일부러 나 들으란 듯 아들 자랑에 열을 올렸다

그때까지도 송희 년의 고약한 성질머리는 고쳐지지 않았다. 나는 평생을 집안의 악령과 어둠의 세력과 싸우느라 만신창이 되어 폭삭 늙어 버렸는데 송희는 아직도 30대 초반으로 보였다. 하긴 매일 헬스클럽에다 마사지에다 비싼 옷으로 휘감고 다니는데 늙을 새가 어디 있겠는가. 더구나 남편의 끔찍한 보살핌과 최고 명문대학을 바라보는 아들까지 두었으니. 나는 송희가 전화로 몇 번인가 불러내는데도 나가지 않았다.

그리고 신을 향해 부정한 넋두리를 늘어놓았다. 당신은 불공평한 세상을 지어 놓고도 어떻게 그리 묵묵부답이십니까?

남들은 세월 따라 더 밝고 편안하게 형통하게 기쁨의 도를 더해가는데 왜 내게만 세월은 정지된 채 흘러가지 않는 건지 나는 신에게 묻고 또 물었다. 송희의 인생은 언제나 만사형통이었다. 그녀는 사십 평생을 아무 어려움 없이 살았다. 덕을 쌓은 것도 아닌데 더구나 선행과는 거리가 멀어도 한참 먼데도 항상 평탄하게 살았다. 반면 나는 언제나 벼랑 끝에 서 있는 느낌이었다.

단 한 번의 행운도 행복감도 평안함도 느껴보지 못했다. 늘 외줄타기를 하는 조마조마한 마음으로 험난한 인생을 견뎌온 것이다. 그렇다. 나는 인생을 죽음의 전초단계로 알고 견뎌온 것이다. 그동안 세월 속에 변한 게 있다면 집안 환경이었다. 일평생 사람구실 못하고 악마 역할만 하던 오빠는 어느 날 에이즈에 걸려 집안을 떠났다. 그날이 가족에겐 해방의 날이었다.

지방의 한 격리소에서 생활하던 오빠는 그래도 죽어 천국은 가고

싫었는지 죽기 전 신을 영접하고 병상세례를 받았다고 한다. 죽기 전 눈물로 모든 죄를 참회했는데 특히 여동생을 몹시 고생시킨 게 마음에 걸려 천국에 가면 제일 먼저 여동생을 위해 기도하겠다는 말을 유언으로 남겼다고 한다. 그 여동생이 바로 나였다.

언니는 재혼한 남자와 일 년 남짓 살다 이혼했다. 남자가 본처에게로 돌아간 것이다. 뿌린 대로 거둔 셈이었다. 남자는 본처에게 가면서 언니에게서 모든 것을 다 가져갔다. 그나마 살고 있던 집도 경매로 내놨고 언니에게는 단 한 푼도 남겨주지 않았다. 졸지에 길거리에 나 앉게 된 언니는 그제야 자식 생각이 나서 울부짖었다. 그러나 때는 이미 늦었다.

미국에서 재혼한 전 남편이 조카 둘을 모두 데리고 가버렸기 때문이다. 어릴 때 배고파 우는 동생이 제 빵을 먹었다고 그렇게 때리고 못살게 굴더니 그 벌을 톡톡히 받는 모양이었다. 내 언니는 성격이 잔혹하기가 중국의 측천무후 못지않았다. 사사건건 내 뒤를 따라다니며 못살게 굴었다. 힘이 얼마나 센지 주먹으로 한번 얼굴을 내리치면 그대로 턱이 날아가는 것 같았다. 그런대도 가족들은 언니의 폭력을 그대로 방치했다.

그렇게 못되게 굴다가 결혼하는 날 나는 속으로 얼마나 쾌재를 불렀는지 모른다. 제발 살아서는 이 집으로 돌아오지 마라. 언니는 남자에게 버림받고 방황하다 어느 날 홀연히 사라져버렸다. 행방불명이란 표현이 옳을 듯싶다. 그 후 소식이 영영 끊기고 말았으니까.

내 바로 밑의 여동생은 수없는 방황을 거듭하다 십 년 전 결혼하는데 성공했다. 자기보다 세 살 어린 남자와 했는데 결혼한 뒤 딴사람이 되었다. 남자의 집안이 독실한 기독교 집안인데 여동생의 마음을 잘 다독거려 준 모양이다. 성질이 불같은 여동생이 뛰쳐나오지 않고 잘 사는 걸 보면. 여동생은 잘생긴 아들을 낳아 양가에 기쁨을 주었다.

오랜만에 사랑스런 아기가 탄생하자 가족은 처음으로 안정된 행복감에 휩싸였다. 그리고 몇 해 지나 여동생은 마흔이 다 된 나이에 또다시 늦둥이를 낳아 가족에게 기쁨을 더해주었다. 아기는 피부가 발긋하고 눈빛이 초롱초롱했다. 특히 이모인 나를 잘 따랐다. 입만 열면 "이모 이모"를 연발하며 내 뒤를 졸졸 따라 다녔다.

어느 날 나는 아기를 업고 명동에 나갔다. 아기가 등에서 춤을 추며 좋아했다. 손가락으로 사람과 건물을 가리키며 좋아 어쩔 줄 몰라 했다. 오랜만의 나들이가 즐거운 모양이었다.

나는 처음으로 모성애를 느꼈다. 핏줄을 향한 지극한 애정이 조카를 통해 내 마음속에도 전달되었다. 아기는 돌같이 딱딱한 내 마음을 부드럽게 변화시켰다. 제 엄마보다도 어떨 땐 이모를 더 잘 따르는 게 신기하기도 했다. 아기는 나뿐만 아니라 할머니 할아버지 마음도 변화시켰다. 평생을 주지육림에 빠져 술주정으로 밤을 새우던 아버지도 손자의 재롱에는 턱없이 무너지고 말았다. 엄마는 손자 자랑하느라 날만 밝으면 동네로 나갔다.

아기는 과연 천사인 것이다.

명동 거리는 예나 지금이나 젊음의 물결로 출렁였다. 음악의 광풍 같은 노도 속에 젊은 연인들이 대로변과 골목길을 가득 메우고 있었다. 길가의 노점상들도 옛날과는 그 양상이 많이 달라져 있었다. 액세서리를 파는 노점상을 지날 때였다. 아기가 손가락으로 가리키며 몸을 뒤챘다. 마음에 드는 물건이 눈에 들어온 모양이다. 요즘 아기들은 태어나면서부터 자기주장이 얼마나 강한지 모른다.

음식도 옷도 꼭 제 마음에 드는 걸로만 한다. 만일 제 마음에 안 드는 걸 주면 싫다고 온 몸을 뒤채고 짜증을 부린다. 심할 때는 물건을 집어던질 때도 있다.

"뭐? 이거? 이게 마음에 들어?"

손가락으로 가리키는 액세서리는 손톱 크기보다 약간 큰 핸드폰에 매다는 귀여운 곰 인형이었다. 그것을 손에 집어주자 아기가 금세 좋아했다. 지갑에서 돈을 꺼내들 때였다. 누군가 내 옆에서 아기를 만지더니 반가운 체를 했다.

"뭐, 그 나이에 늦둥이 낳은 거야?"

"누구?"

"나, 지금란. 지금란 몰라?"

"아닌 것 같은데……."

그러자 여자는 고개를 끄덕이며 말했다.

"그동안 하도 얼굴을 뜯어 고쳤더니 못 알아보는 사람이 많더라."

지금란은 짙은 쌍꺼풀에다 이마에 주름살이 보기에도 흉했다. 아무리 돈을 발라 얼굴을 뜯어고치고 화장술로 변장을 해도 인상만큼은 변하지 않았다. 지금란은 아기를 업고 있는 나를 보더니 부러워 어쩔 모르는 눈치였다.

"아유, 귀여워라. 요 코 좀 봐 오뚝한 게 암만 해도 엄마는 안 닮았고 아빠를 닮았나?"

"으응, 다른 사람들도 다 그렇게 말해."

나는 말을 하다 말고 얼른 아기를 얼렀다. 아기가 보챘기 때문이다.

"이모."

얼른 아기의 입을 막았다.

"나 그만 가 볼게."

"왜 그래? 내가 저녁밥 살게. 저기 오징어찌개 맛있게 하는 집 있는데."

"아냐, 안 돼 애 아빠가 오늘 일찍 들어온다고 해서."

"너 남편한테 꼭 붙잡혀 사는구나."

아기가 등 뒤에서 자꾸만 보챘다. 오줌을 쌌는지 발버둥을 했다. 조카는 내 머리칼을 쥐어뜯으며 빨리 빨리를 외쳤다.

"아아, 알았어."

나는 송희가 내게 했듯이 지금란을 바라보며 아기 자랑을 했다.

"아기가 막 보채네, 식사는 나중에 해."

나는 아기를 업고서 지하철을 향해 쏜살같이 달려갔다. 언젠가 방송에서 들은 이야기가 생각났다. 미국에서 가장 영향력 있는 여자의 이야기였다. 그는 흑인 여성으로 전 세계에서 가장 많이 시청하는 토크쇼의 여왕 오프라 윈프리였다. 전 세계로 방영되는 토크쇼의 여왕인 그녀의 지난날은 현재와는 정반대로 너무 참혹했다.

가난한 흑인의 사생자로 태어난 그녀는 외가와 편부모 사이를 오가며 살다 마약을 하고 난잡한 성관계의 결과로 미혼모가 되었다. 그뿐만이 아니었다. 가까운 인척에게 성폭행을 당하고 일찍부터 감옥도 드나들었다.

그 힘든 삶속에도 오프라 윈프리는 꿈을 꾸었다. 바로 하나님이 주신 꿈이었다.

"나도 언젠가는 사람들에게 뭔가를 할 수 있다는 것을 꼭 보여 주고 말겠다."

그녀는 강력한 소망과 함께 열정으로 살아갔다. 힘든 과거에도 불구하고 그녀가 성공할 수 있었던 이유는 바로 거기에 있었다. 그 상황에서 꿈을 꿀 수 있었던 것도 어쩌면 기적일 수 있다. 그녀는 자신의 자서전에서 다음과 같이 말했다.

"강간당하고, 학대당하고, 매질 당하고 거부당하는 상황 속에서 살아남을 수 있었던 것은 오직 하나님을 향한 믿음뿐이었어요, 오직 믿음으로 고난을 헤쳐 나올 수 있었어요."

나는 그때 방송을 들으면서 처음으로 신의 존재를 절감했다. 어떻게 그런 한 여자의 인생을 완벽하게 반전시킬 수 있단 말인가.

그건 신의 능력이 아니고서는 절대 불가능한 일이다. 나는 한때 생각한 적이 있었다, 과거와 현재의 삶을 팔자와 운명 탓으로 돌리면서 신을 원망했다. 그리고 강하게 신을 부정했다. 그러나 신을 원망하는 그거야말로 가장 신의 존재를 인정하는 것이 아니고 무엇이겠는가.

나는 정식으로 신의 존재를 인정하기로 했다. 조카가 두 돌이 되었을 때 나는 이상한 소식을 들었다. 부도를 내고 캐나다로 도망갔던 사촌오빠가 돌아왔는데 그가 예수꾼으로 변했다는 웃지못할 소식이었다. 그 사기꾼 자식이 드디어 귀국하자마자 또 신종사기를 칠 모양이었다. 나는 정신의 전열을 가다듬으며 바짝 긴장의 수위를 높였다. 그리고 아기를 들쳐 업고 나서 동생에게 말했다.

"우리 아기 절대 그 인간한테 보여주지 마라."

사악한 기운이 아기에게 스며들까봐 미리 경고한 것이다. 그러나 여동생의 생각은 달랐다.

“언니, 그렇게 생각하지 마, 사람은 누구나 변할 수 있는 거야.”

“아니, 그 인간은 그렇지 않아. 태생이 안 좋은 인간이다. 너도 조심해야 한다. 그 인간이 또 어떤 식으로 사기 치려고 들지 모르니까.”

“언니 그런 식으로 말하지 마. 그리스도 안에 있으면 누구나 새사람으로 거듭날 수 있는 거야. 내 과거를 봐도 그렇잖아.”

그 말은 맞았다. 음란에 미쳐 집을 뛰쳐나갔던 동생이 아니었던가. 그래도 그렇지 사촌은 사기 전과자가 아니던가.

“야! 난 제일 궁금한 게 왜 니가 믿는 하나님은 악독한 인간들을 죽이지 않고 살려두는 건지 모르겠다. 빨리 데려가지 않고.”

“하나님은 모든 인생을 고루고루 사랑하시는 분이셔. 악인과 선인에게 골고루 햇빛과 물과 공기를 주시는……. 그래서 악인들도 끝까지 사랑하셔서 당신 품으로 돌아오게 하시는 분이야. 또 악한 자도 적당한 날에 쓰시려고 지으셨대.”

그 말에 나는 더 이상 대꾸를 하지 못했다. 어느 날 이모의 소식이 들려왔다. 아들 장가보낸 뒤 며느리 시집살이시키려다 쫓겨난 이모는 화병(火病)으로 몸져눕고 말았다. 예로부터 화병은 백약이 무효였다. 분노로 머리가 지글지글 끓는다며 이모는 보는 사람마다 하소연했다. 나중에는 심장병이 발발 병원에 가 수술대 위에 눕고 말았다.

“내 이 연놈들을 그냥.”

이모는 수술대 위에서도 분노를 삭이지 않았다. 그때까지 아들 며느리는 얼굴도 내밀지 않았다. 그때였다. 병실 문이 열리고 생각지도 않은 얼굴이 나타났다. 바로 내 사촌이었다. 남의 돈 떼어먹고 캐나다로 날았다가 얼마 전에 귀국했다는 그 사기꾼. 그 사기꾼이 말했다.

"이모님, 너무 화 끓이지 마시고 용서하세요."

"아니, 사돈이 어떻게 알고서."

"네, 지나다 들렀습니다. 편찮으시다고, 기도나 해드릴까 하고요."

기도라니? 당장 내 눈에 쌍심지가 켜졌다. 저 사기꾼이 또 무슨 수작을 부리려는 건가. 나는 당장 뜯어말리고 싶은 심정이었다. 그러나 아무리 전력이 있다고 해도 그도 인격체를 지닌 한 인간이었다.

"이모님, 꼭 예수님 믿으셔야 합니다."

"일 없수."

이모는 원래 골수 불교 신자였다. 게다가 점치고 부적 붙이고 굿판 벌이는 데는 선수였다.

"그래도 믿으셔야 합니다. 예수님은 얼마나 좋으신 분인지 저 같은 인간도 구원해 주셨답니다. 전 언제 죽어도 여한 없습니다."

당장 험악한 소리가 날 줄 알았는데 전혀 뜻밖의 말이 나왔다.

"정말이쇼?"

이모는 믿기지 않는 듯 피식 웃었다. 나는 자리를 박차고 밖으로 나갔다. 사촌이 뭐라고 기도했는지 나는 모른다. 그러나 분명한 것은 이모가 달라진 것이다. 퇴원하자마자 지난날의 과오를 뉘우치며 울고불고 난리를 쳤다. 참 세상은 오래 살고 볼 일이었다. 우리 이모 같은 사람이 다 죄를 뉘우치다니 자다가도 깜짝 놀라서 뒤집어질 일이었다. 이모는 전혀 딴 사람처럼 변해가기 시작했고 이종 오빠부부도 서서히 변해 갔다.

그러고 보면 인생에 반전은 자주 있는가 보았다. 오프라 윈프리 뿐만 아니라 모든 사람에게 반전은 적용되는가 보았다. 그 반전이란 게 나에게도 적용된다면 아마도 그건 내가 사랑이라는 감정을 느끼면서부터가 아닐까. 그러나 내 마음속에도 어느새 평안과 함께 사랑이 흐르고 있었다. 조카가 최초였고 그 다음은 사람이 아닌 신의 능력이었던 것 같다. 뭔가 설명하기 어려운 복잡한 감정이긴 하지만 아마도 그런 것 같다.

나는 지금도 사람들을 대할 때면 매우 혼란스럽다. 세월이 그렇게 많이 흘렀는데도 도무지 사람들의 마음을 믿을 수 없다. 지난날 악의 경험으로 인한 피해의식이 아직도 내 생각을 주장하기 때문이다. 그러나 좋은 것도 있다. 그로 인해 어느새 내게도 분별력이 생긴 것이다. 판단력 분별력 제로였던 과거의 나에서 세월이 가져다 준 결과로 판단하는 능력이 생긴 것이다.

가끔씩 지금도 피해의식에다 정신분열 증세가 보이기도 하지만 그래서 두려움에 포로 될 때도 많지만, 지난날에 비하면 지금의 내 삶은 확실히 반전이다. 집안에 평안이 찾아왔고 이전에 보이던 악령의 정체도 보이지 않으니까.

그러나 과거는 흘러갔다지만 과거의 상흔은 가끔씩 내 의식을 점령하곤 한다. 그때마다 나는 외친다. 인생은 반전이라고. 오프라 윈프리처럼 나도 언젠가 할 수 있는 능력을 보여줄 것이라고.

(2012년 크리스천 문학)

무임승차

한때 봉고맨과 샤터맨이란 단어가 유행한 적이 있었다.

능력 있는 아내를 둔 남자를 부러워한 남자들이 만들어낸 단어였다. 봉고맨이란 미술학원을 하는 아내를 둔 남자가 학원생들을 봉고차로 실어다 주는 직업이다. 또 샤터맨이란 약국을 경영하는 아내를 둔 남자로 약국 문을 열고 닫을 때 나와서 도와주는 직업을 말한다. 옛날과 달리 요즘은 무능한 남자들이 여자 하나 잘 만나서 팔자를 고쳐 보려는 좀비족들이 많다.

자존심 뭉개고 오직 여자 하나 잘 만나서 빌붙어 살려는 얌체족들이 도처에 흔하다. 그들은 여자에게서 경제적 능력과 헌신적인 사랑을 동시에 요구하며 되지도 않는 신데렐라를 꿈꾸는 것이다. 더 나아가 다른 사람의 성공한 인생에 자신을 덧붙이려는 무임승차라 아니할 수 없다. 그 모든 배경에는 편하게 살려는 안일주의가 숨어 있다. 자기는 무위도식으로 지내면서 상대 배우자를 희생양으로 삼아 일생을 편하게 살겠다는 도둑심보인 것이다.

옛날에는 남자들이 결혼조건으로 여자의 외모를 꼽았다면 요즘은 경제적 능력을 최우선으로 꼽는다. 연상도 좋다, 못나도 좋다 오직 내 마음과 몸을 편하게만 해다오. 나에게 아무런 요구도 하지 말고 그저 편하게만 해다오. 그런 남자들이 맞선 현장을 누비고 다니는 것을 여자들은 잘 모를 것이다.

왜냐하면 그녀들조차 무조건 사랑 받고자 원하는 엄청난 환상에 사로잡혀 있기 때문이다. 사람들은 모두 미쳐 있다. 사랑 받고 싶어서 관심 받고 싶어서 환장을 한다. 그것이 인생의 최대 목표인 양 수단과 방법을 동원해 사랑 받고자 원한다. 인간의 욕구 중에서 가장 큰 욕구는 사랑 받고자 원하는 것이다. 사람들은 어떡하든 그 욕구를 채움 받고 싶어 한다.

그것이 채움 받지 못할 때 그 영혼은 정상궤도를 이탈한다. 그 대표적인 것이 불륜이다. 상대 배우자로부터 사랑이 채워지지 않았을 때 남의 여자 남의 남자에게 눈독 들이는 것이다.

개중에는 병적으로 애정결핍 증세에 시달리는 경우도 있다. 하루 온종일 자신을 사랑해 줄 상대를 찾아 미친 듯이 돌아다니는 것이다. 마음이 헤픈 그들은 몸도 돈도 헤프기 짝이 없다. 항상 어떻게 하면 상대의 마음을 나에게로 향하게 할까 몰두하기 때문에 일상적인 일마저 차질이 생길 정도다. 심리학적 용어로 성인 아이인 것이다. 그러니까 어릴 때 받지 못한 사랑을 성인이 되어 보상받고자 하는 마음이 발동하여 나타나는 현상이다.

그 현상은 다 늙어 꼬부랑이 되어도 없어지지 않는다. 그들은 늘 사랑을 갈구하기 때문에 욕구불만에 차 있다. 타인에 대해 늘 섭섭하고 서럽다고 말한다. 상대가 조금만 마음을 기울여 주면 간이고 쓸개도 다 빼내어 준다. 손익을 따질 겨를도 없다. 그야말로 사랑받고 싶어 미쳐 날뛰는 것이다. 무조건 자기에게 관심 가지고 사랑해 달라는 것이 그들의 주특기다.

사랑 받기 위해 노력하는 그들은 처참하기까지 하다. 어떤 여자는 남편이 살찌는 것을 싫어해 온종일 거의 굶다시피 한다. 마른 몸매를 유지하기 위해 죽음까지도 불사할 정도다. 배가 고파도 억지로 참고 운동에 매달린다.

남편에게 좀 더 사랑받기 위해 맞벌이는 물론 친정 돈까지 끌어와 친정이 부도 위기를 맞게 한 적도 있다. 그녀는 남편 사랑 앞세워 친정 부모 등골을 휘게 함으로 형제들의 원성을 받았지만 아직까지도 그 원인을 깨닫지 못하고 있다.

집안에서 매일 백수로 놀고먹는 남편을 위해 자신이 살신성인 한 것이다. 사람들은 그녀를 두고 반푼이, 머저리라고 부른다. 그럼에도 그녀는 여전히 남편을 바라보고 행복해 한다. 이후 그녀는 친정 식구들로부터 완전히 따돌림을 당했고 시효가 끝나자 남편이 딴 여자와 살림을 차리는 바람에 끝내 버림받고 말았다.

사랑에 목숨 건 그들은 때로 연기(演技)도 서슴지 않는다. 갑자기 몸에 암이 발생한 것 같다고 하며 위기감을 조성하는가 하면 일부러 뼈가 부서지도록 일하면서 상대에게 관심을 유도한다. 내가 이렇게 너를 위해 수고하니 좀 알아 달라며 온갖 쇼를 다 연출한다. 사랑을 얻기 위한 노력이 그야말로 눈물겨운 것이다.

수원에 사는 정미숙은 하루 종일 바쁘다. 그녀는 40대 중반으로 아이 둘을 낳은 몸매에도 여전히 섹시미를 풍기고 있다. 얼마 전까지만 해도 그녀의 관심은 오직 한가지였다. 남편과 자식이었다. 그런데 요즘 그녀는 엄청 많이 바빠졌다. 매일같이 만나는 사람들이 정해져 있기 때문이다.

홧김에 서방질한다고 그녀는 다른 여자에게 잠시 한눈을 판 남편에 대한 복수심으로 청량리에 있는 콜라텍을 드나들기 시작했다. 청량리 우체국 건너편에 난 콜라텍은 주로 60대 이상이 출입했다.

웬 노인네들이 콜라텍 출입이냐고 묻겠지만 요즘은 환락산업이 노년층에게도 불어 닥쳐 전혀 이상한 일이 아니다. 콜라텍은 4층 건물에 있는데 1층 엘리베이터 앞에서 표를 받는다. 마치 극장 매표소 같다. 입장료가 보통 이천 원인데 음료수 값은 내부에서 따로 받는다.

콜라텍은 입구부터가 번잡하다. 남자처럼 나비넥타이를 맨 50대 초로의 여자들이 손짓을 해가며 입장료를 판다. 한눈에 보기에도 그녀들은 싸움꾼, 아니 늙은 창부 같다. 안으로 들어가면 흐릿한 조명 아래 음악과 함께 남녀들이 스테이지를 미끄러지듯 춤을 춘다. 인생의 막장을 보는 듯 쓸쓸하기까지 하다. 노년의 외로움을 춤과 마지막 섹스로 끝내려는 듯 발악을 한다. 그들은 모두 가슴마다 메시지를 꺼낸다.

음료수를 마시며 운동도 예술도 아닌 뺑뺑이를 돌면서 노년의 애환을 달랜다. 황혼이 깃든 마지막 댄스. 쾌락을 위한 마지막 정욕의 몸부림. 그들은 모두 자기 최면에 걸려 혼을 놓는다. 그리고서 자꾸만 맴을 돈다. 추한 노년의 발악이 홀 안을 회오리처럼 휘몰아쳐 간다.

출생과 죽음의 의미가 무엇인지 허무가 태풍같이 그들 머리 위에 머문다. 그 허무의 도장에 정미숙은 과감히 발길을 내밀었다. 50, 60대 속에 젊은 40대가 나타나자 남자들은 모두 휘파람을 불었다. 그녀는 섹시한 엉덩이를 흔들며 시선을 모았다.

그녀는 천국과 같은 엑스타시를 느꼈다. 허무한 기쁨이 내부에서 뿜어져 나왔다. 배반과 분노로 찌들었던 가슴이 한꺼번에 해소되는 것 같았다. 뭇 남성의 시선을 받을 때마다 그녀는 여왕이 된 듯한 착각을 일으켰다. 모두가 자기를 향해 시선을 집중하고 있지 않은가. 황홀한 눈빛으로 자신의 몸매를 훑어 내리는 남자들을 볼 때마다 그녀는 쾌감을 느꼈다.

이것 보라, 온 남자들이 나 하나만 바라보면서 나를 원하고 있지 않은가. 그런데 이런 나를 두고 내 남편은 딴 여자를 봤다. 그게 어디 말이나 될 법이나 한 소린가. 그녀는 이번에는 콜라텍에서 만난 남자와 함께 도박판에 발을 들여놓았다. 수많은 현금이 오가는 도박판은 콜라텍보다 더 많은 재미가 있었다.

몸과 마음이 점점 환락에 빠지며 그녀는 미쳐가기 시작했다. 그러던 어느 날 갑자기 정신을 잃고 말았다. 누군가 그녀의 옆구리를 강한 둔치로 내리쳤기 때문이다.

상암동에 사는 민자혜는 올해 마흔 살로 꽉 찬 노처녀다. 그녀는 가난과 핍박, 멸시 속에 고등학교를 마치자마자 취업 전선에 뛰어들었다. 그 이전에도 온갖 악조건의 노동현장에 내몰리면서 갖은 설움을 다 당했다.

어린 나이에 그녀가 당해야 했던 설움은 비극의 드라마였다. 나쁜 머리 탓에 성적도 좋지 않았고 외모마저 떨어져 한 번도 대접받아 보지 못했다. 기껏해야 개인 사무실, 세일 매장, 회사 경리를 떠돌면서 입에 풀칠이나 하는 정도였다.

그나마 취직이 되는 걸 감사해야 했다. 연봉이 깎이고 퇴출당하는 현상이 비일비재했으니까. 월급은 받는 족족 아버지의 술값과 어머니의 병원비로 들어갔다. 그나마 돈이 모일라치면 형제들이 아귀처럼 달려들어 다 뜯어갔다. 가족은 모두 백수였다. 일가친척들도 마찬가지였다. 하나같이 술주정뱅이에다 노름꾼 아니면 막노동꾼

일용잡급직이었다.

친척들은 모일 때마다 싸움을 했다. 욕설과 주먹질은 예사였다. 마치 싸우기 위해 태어난 사람들 같았다. 입만 열면 악담이 저절로 쏟아져 나왔다. 누구랄 것도 없이. 모두가 트러블 메이커(trouble maker)였다. 한 사람도 피스 메이커(peace maker)는 없었다. 그건 치유받을 수 없는 상처와 저주의식을 불러 일으켰다. 언젠가 지인(知人)에게 가족 이야기를 꺼냈다가 정신병자 취급을 받은 적이 있었다.

상식적으로 이성적으로도 그녀의 집안 이야기를 이해할만한 사항이 못 되었다. 아무리 콩가루 집안이어도 그렇지 어떻게 사람의 탈을 쓰고 그런 짓을……. 사람들은 그녀의 이야기를 거짓말로 치부했다. 그리고 그 끔직한 상황 앞에 괴로워하는 그녀에게 다시 한 번 상처를 덧씌워 주면서 일갈했다.

세상에 그런 막되 먹은 집구석이 다 있담.

사람들은 누구나 남의 이야기는 쉽게 한다. 자신이 겪지 않은 상처에 대해서도 마치 잘 아는 것처럼 함부로 판단하고 지껄여댄다. 상대의 가슴에 대못을 박아 놓고는 의인인 양 우쭐댄다. 집에서 새는 바가지 들에서도 샌다고 민자혜는 어딜 가나 고난을 당했다. 어느새 그녀의 뇌리는 피해망상과 대인공포증으로 가득하게 되었다.

원한과 분노로 가득 찬 가슴속에도 나름대로 꿈이 있었다. 자신의 처지와는 상관없이 신데렐라가 되는 것이었다. 그것도 결혼이라는 도구를 통하여. 자신의 디딘 현실과 한계의 차이를 깨달은 그녀가 내린 결론이었다. 누가 들으면 언감생심 꿈도 못 꿀 얼토당토않을 일이었다.

"너 자신을 알라"

소크라테스의 명언을 꼽지 않더라도 자신이 생각해도 어림도 없는 일이었다. 그러나 비록 불가능해 보여도 그 가느다란 희망이라도 갖지 않고는 도저히 살아갈 힘이 생기지 않았다. 최상의 조건을 갖춘 남편을 만나 일평생 호강을 누리며 살겠다는 발상이었다.

성공한 남자에게 무임승차해 호의호식하겠다니 될 법이나 할 소린가. 그러나 바람과는 달리 현실은 날마다 악몽이었다. 알코올 중독에 빠진 아버지를 수용시설로 보내느냐를 놓고 가족들은 옥신각신했다. 물론 비용은 민자혜가 대는 것이었다. 나이 사십이 넘은 큰아들은 인터넷 도박중독에 빠져 제정신이 아니었다.

걸핏하면 주먹질에다 싸움을 해대는 통에 구치소를 제집 드나들듯했다. 어쩌다 게임에서 이기면 돈을 물 쓰듯 하면서 호기를 부렸다. 전과자 신세이면서도 조금도 부끄러운 줄도 몰랐다. 나이가 들자 이번에는 장가를 들겠다고 야단이었다. 그것도 영화배우나 탤런트에 견줄만한 외모여야 한다는 것이 전제조건이었다.

백수건달에다 전과자 출신인데 어떤 여자가 시집오겠냐고 하면 집안 살림을 때려 부수고 난리가 났다. 어머니는 한술 더 떠 며느릿감 선을 보겠다고 직접 팔을 걷어붙이고 나섰다. 사위 볼 생각은 먼지만큼도 없으면서 아들 장가들여 손자 볼 생각은 있는 것이었다. 가족 중 어느 누구도 민자혜의 결혼 따위는 안중에도 없었다.

그럴수록 민자혜는 더욱더 꿈에 집착했다. 그녀의 소원은 단 한 가지였다. 자신에게 손에 물 한 방울 안 묻히고 호강시켜 줄 남자와 결혼하는 것이었다. 이제 더 이상 몸을 움직여 돈을 번다는 것은 상상조차 하기 싫어했다. 현세에 돈이면 안 되는 일이 없었다. 죽을 목숨도 살리고 명예도 돈만 주면 다 해결되었다.

심지어 사랑마저도 돈이면 다 되었다. 아무리 못생기고 형편없어 보이는 남자라 할지라도 돈이 많으면 여자들은 달려가 너도 나도 안기는 세상이었다. 여자도 마찬가지였다. 못생긴 얼굴은 성형수술로 뜯어고치면 되고 몸매도 헬스클럽에 가 만들면 됐다. 그런 성형미인이 거리엔 얼마나 많은가.

남자들은 그런 여자에게 달려가 자기의 정욕을 풀어버리고 싶어 안간힘을 다한다. 옛날에는 남자들이 결혼조건으로 여자의 외모를 꼽았다면 요즘은 경제적 능력을 먼저 원한다. 그러한 풍조를 아는지 모르는지 민자혜는 천연덕스럽게 맘몬주의 사상에 빠져들고 있었다. 어릴 때 겪은 가난에 대한 뼈저린 원한이 그녀로 하여금 엉뚱한 상상에 휘말리게 한 결과였다.

반면 방석철은 올해 나이 오십 세로 노총각 중에서도 최악급 노총각이다. 찢어지게 가난한 집안 덕분으로 간신히 중학교를 마친 그는 일평생을 공장 생산직으로 전전했다. 구로동과 가리봉동을 오가며 눈물 젖은 빵을 먹었고 아둔해 보이는 인상 때문에 사기도 여러 번 당했다. 눈빛이 썩은 동태처럼 개개풀린 그는 한눈에 보아도 백치임을 실감케 한다.

눈치코치도 없고 판단력도 분별력도 없다. 그가 아는 건 자신에게 상처가 많다는 사실이다. 그러나 상처의 원인이 어디에 있는지 그것조차도 파악을 못하고 있다. 분명한 사실은 상처를 보완 받는 차원에서 예쁘고 능력 있는 여자를 만나 결혼하고 싶은 것이다. 더 나아가 자신을 진심으로 사랑해 주는 여자를 만나 이제까지의 한을 풀어버리고 싶은 것이다.

자신의 처지와 상관없이 그는 눈만 다락같이 높았다. 사람들의 비웃는 눈초리에도 만나는 사람마다 중매를 부탁하고 다녔다. 그런 그에게도 중매쟁이가 나타나기 시작했다. 화근을 자초할 중매쟁이는 속임수와 거짓말에 천재였다. 중매에 거짓말이 섞이는 건 당연한 일인지도 모른다. 어떨 땐 거짓말이 사실보다 더 많을 때도 있다.

재산 정도를 속이는 건 기본이고 학력, 직장 친구관계까지 속인다. 친구관계는 자신의 위상을 높이기 위해 억지로 상위그룹을 끌어다 대는 것이다. 그렇게 이력서를 온통 거짓말로 색칠하다 스스로 헷갈려 전력이 들통 나 버리는 경우도 있다. 거짓말은 꼬리가 길면 반드시 밟힌다는 말이 실감나는 순간이었다.

어떤 남자는 초등학교 여교사와 결혼하면서 고졸인 학력을 대졸로 둔갑시킨 일도 있다. 그는 아내가 직장에서 돌아오면 "이 가스나야 빨리 밥 안하고 뭐하노?"하면서 호령한다. 아내는 속이고 결혼한 남편을 자신을 사랑하기 때문이라고 억지로 자위하며 웃는다. 자식 둘 낳아 기르면서 그녀는 남편의 학력을 대졸로 가끔씩 둔갑시킨다.

방석철은 생산직에서 쫓겨나 백수 신세가 되었다. 기름때로 얼룩진 손은 허물이 벗겨지고 시커멓게 물들어 있었다. 언젠가 자신의 손을 본 여자가 어멋! 하며 놀라던 기억이 난다. 그는 그때 난생 처음으로 수치심을 느꼈다. 한 번도 자신의 처지에 대해 제대로 생각해본 적이 없었다. 온통 자신의 상처에 집착해 무조건 얼굴 예쁘고 몸매 좋은 여자만 원했기 때문이다.

그는 환상 속에 사느라 세월 가는 줄도 몰랐다. 여자가 자기를 싫어하는 건 인연이 아니기 때문이라고 생각했고 마음에 드는 여자가 나타나면 언제든지 프러포즈할 작정이었다. 그러느라 그는 전혀 자신을 돌아볼 여유가 없었다. 그런데 자신의 기름때 묻은 손을 보고 놀라자 그는 순간 아득한 절망을 느낀 것이다. 잠시 잠깐이었지만 그건 엄청난 충격으로 다가왔다.

생각다 못한 그는 성당을 나가기로 결심했다. 성당에 나가면 여자들을 만날 기회가 많을 것 같았다. 그리고 상대적으로 멸시도 덜 받을 것 같았다. 그는 성당에 나가자마자 주임신부를 찾아가 결혼하고 싶다는 의사를 밝혔다.

자신의 소망을 아주 소상하게 말하며 넌지시 중매의사를 비췄다. 그러나 신부는 처음 나타난 이상하게 생긴 남자, 그것도 추물에 가까운 남자가 얼토당토않을 말을 하자 대꾸도 않고 나가버렸다.

눈치코치도 없는 그는 이번에는 청년회에 들어가 말했다. 그것도 신입회원 소개 때에 말이다. 결혼 안한 자매들은 킥킥대고 웃느라 정신이 없었다. 그것을 방석철은 자신에 대한 관심으로 받아들였다. 그리고 시간만 나면 다가가 데이트를 신청했다. 때론 선물도 사다 주고 갖은 친절도 다 베풀어주곤 하면서.

여자가 단 한번만 웃어주어도 자신을 사랑해서 그러는 줄로 알고 착각해 프러포즈를 날리기도 했다. 한 마디로 그는 결혼 못해 환장한 노총각이었다. 그런데 이번에는 직장마저 잃자 그 잘난 결혼 조건에 한 가지가 추가되었다. 마음씨 착하고 예쁜 여자에다 평생 직장생활 할 수 있는 여자라야 한다는 것이었다.

떡 줄 사람은 생각은 않는데 저 혼자 김칫국부터 마셔대는 꼴이었다. 여자들은 아예 그를 상대조차 않으려 들었다. 조금만 관심 가져 주면 당장 결혼하자고 나서면서 온갖 해괴한 소문을 퍼뜨리고 다녔다. 내용은 여자가 자기를 못 견디게 좋아한다는 것이었다. 그저 인간이 불쌍하다 싶어 상대해 주면 낭패가 생겼다. 이제 나이 오십이 된 그는 더욱 조급해졌다. 아무래도 2세 걱정이 되었다.

아무리 어린 여자를 만나 결혼한다 해도 자신의 나이가 오십이니 2세에 대한 걱정을 안 할 수가 없는 것이다. 결혼하자마자 아이를 낳는다 해도 대학에 들어갈 때쯤이면 자신의 나이 칠십이 된다. 학비야 아내가 벌어서 대면 되겠지만 그래도 빨리 서둘러야 될 일이었다. 떡 줄 사람은 생각도 않는데 그는 허상을 꾸며대느라 야단이었다.

그럴지라도 그는 더욱더 꿈에 집착했다. 평생 꾸어온 꿈을 포기할 순 없었다. 그리고 그 허상을 진실로 믿고 행동했다. 이번에는 자기보다 나이가 열다섯 살쯤 어린 자매에게 다가가 프러포즈를 했다. 물론 2세를 염두에 둔 결과였다. 착하고 순해 보이고 연봉도 높은 직장에 다니는 자매였다. 그녀는 소위 일등 신붓감이었다.

하도 마음이 여리고 착해 남에게 싫은 소리 한 마디도 할 줄 모르는 여자였다. 그는 여자가 인물보다 마음씨가 착해야 한다는 어른들의 말에 착안한 뒤 그녀에게 다가갔다.

어느 날 느닷없이 걸려온 전화에 그녀는 적잖이 당황했다. 처음 듣는 목소리가 무조건 만남을 요구하고 있었다.

"글쎄, 누구시냐니까요?"

"정말 나를 모르겠어, 이거 실망인데."

미련한 그는 다짜고짜로 반말부터 했다.

"모르니까 묻죠."

웬만큼 참을성 있는 그녀도 단단히 화가 났다.

"나, 우리 청년회 방석철."

그는 실망한 듯 약간 풀죽은 목소리로 말했다.

"네에? 누구라고요?"

"다음 주 우리 어머니 생신이신데 함께 갔으면 하고. 일가친척들 다 모이거든. 내가 어머니께 루시아 자매님 말씀드렸더니 데리고 오라고 하셔서."

"뭐예요?"

하도 기가 막혀 말이 나오지 않았다. 그런데 다음 말은 더 기가 막혔다.

"루시아 자매님도 나 좋아하는 거 아니었어? 지난번에 나보고 웃었잖아."

그는 마치 여자가 자신을 사랑이라도 하는 것처럼 당당하게 말했다. 화가 난 여자는 전화를 끊었다. 그리고 다음 주 일요일 본당 신부를 찾아갔다. 가보니 인물 좋고 능력 많기로 소문난 자매들이 먼저 와 기다리고 있었다. 모두 방석철에게 프러포즈 당한 여자들이었다. 그들은 너무도 창피스러워 도저히 성당을 못 나오겠다고 말했다.

방석철에 대한 시비는 끊임없이 일어났다. 그는 봉사한다며 각 기관에 나타나 쓸데없이 참견을 하고 되지도 않는 의견을 제시하면서 자신을 인정해 달라고 떼를 썼다. 마치 나 잘나지 않았느냐. 나 똑똑하지 않느냐며 시위하는 꼴이었다. 나이 오십이 작기나 한가. 그는 체면도 눈치도 최소한의 이성적인 상식도 없었다.

그런 꼴이 가여워 조금만 관심을 가지고 대해주면 기가 살아 팔팔 뛰었다. 차츰 자매들이 성당에서 사라지기 시작했다. 그러자 그는 어떻게 연락처를 알았는지 문자메시지를 보내고 수도 없이 통화를 시도했다. 해가 바뀌었다. 그는 이제 돈이 완전히 바닥이 났다. 그나마 다니던 공장이 부도나는 바람에 월급 한 푼 못 받고 쫓겨난 것이다. 사글세방도 곧 내주어야 할 판이었다.

온 나라가 경제 한파에 떠밀려 못살겠다고 아우성이었다. 대졸자는 물론 막노동 현장마저도 일감이 현격하게 줄어들었다. 그는 다시 취직하기 위해 이리저리 뛰어 다녔지만 소용없었다. 쌀독이 비고 교통비마저 바닥나기 시작했다. 핸드폰은 요금이 연체돼 정지되기 직전이었다. 방석철은 난감했다. 때마침 한파가 몰아치기 시작했다.

춥고 배고팠던 시절이 생각났다. 어린 시절, 그의 집안은 남의 땅을 붙여먹던 소작농이었다. 일 년 내내 농사지어 봐야 남는 게 없었다. 간신히 입에 풀칠이나 하고 사는데 부모는 자식들의 공부 따위는 아예 관심도 없었다. 형은 초등학교를 마치고 농사일을 돕다 읍내로 나가 택시 운전기사가 됐다. 여동생은 열일곱 나이에 이웃마을에서 농사를 크게 짓는 집 맏며느리로 시집갔다.

그는 초등학교를 마치고 농사일을 거들다 읍내에 있는 대장간의 머슴으로 들어갔다. 각종 농기구를 만드는 법을 배우면서 그는 수없는 지청구를 들었다. 주인 영감은 그를 아예 반편 취급했다.

“내 세상 살다가 저런 반편은 처음 본다니까, 밥이나 축내는 밥버러지 같으니.”

그는 멍청한 눈을 껌뻑이며 주인을 바라보았다.

“뭘 봐? 이 등신아, 저런 걸 사람 만들어 보겠다고 데리고 있는 내가 미쳤지.”

어린 그를 두고 주인영감은 별별 악담을 다했다. 불 다루는 기구를 잘못 건드리다 화재가 날 뻔한 적이 있었다. 돈 계산을 잘못해 농기구를 헐값에 판 적도 있었다. 같은 동작을 수십 번씩 가르쳐 주어도 실수를 밥 먹듯 했고 마침내 대장간을 쫓겨나고 말았다.

그 후 마음씨 좋기로 소문난 장씨가 운영하는 목공소에 취직했다. 나무는 철에 비해 다루기가 편했다. 사고 위험도 적었고 잔꾀 부리지 않고 열심히 일만 하면 되었다. 더구나 그는 정직하여 눈속임을 하거나 주인의 심기를 건드리지도 않았다. 그런 그를 불쌍히 여긴 탓일까. 주인 장씨가 읍내에 있는 야간 중학교를 보내 주었다. 낮에는 목공소에서 일하고 밤에는 학교에 가 공부하는 주경야독이 계속 되었다.

물론 공부는 꼴찌였다. 간신히 중학교를 졸업했다. 친구들은 그를 빙충이라고 놀렸다. 걸핏하면 때리고 못살게 굴어도 그는 한 번도 화낼 줄 몰랐다. 서러워서 눈물은 많이 흘렸지만 같이 욕을 하거나 몸싸움은 안 했다. 순했다. 그래서 더 많이 당했다. 중학교를 졸업할 무렵 동네서 예쁘기로 소문난 영희를 짝사랑하게 되었다.

그녀는 면장의 딸로 공부도 잘하고 영리했다. 그래서 그의 부모는 딸을 서울에 있는 고등학교로 보내 대학공부를 시킬 작정이었다. 그것도 일류대학을 보내 일등 사윗감을 맞을 작정이었다. 그런데 그 영희가 그의 마음속에 들어온 것이다. 방석철은 무조건 그녀에게 다가갔다. 좋아서 입을 헤벌쭉 벌리며 "예쁘다 정말 예쁘다"란 말만 반복했다.

동네에서고 어디에서고 그녀가 보이기만 하면 뒤를 졸졸 따라다녔다. 영희는 창피해 미칠 지경이었다. 소문이 일파만파로 번져 나갔다. 빙충이 방석철이가 면장님 외동딸 영희를 사랑한단다. 동네 꼬마들은 그의 뒤를 따라다니며 놀렸다.

"빙충아, 빙충아."

어느 날 면장이 목공소를 찾아왔다.

"저 녀석을 멀리 쫓아 보낼 순 없겠소, 내 남사스러워서."

마음씨 착한 장씨는 주저주저했다. 모자라기는 해도 착하고 우둔한 그를 함부로 내칠 순 없었다. 그러자 면장은 그에게 봉투 한 장을 건네주고 사라졌다. 다음날 방석철은 목공소에서 사라졌다. 그 대신 매일 아침마다 영희의 집 앞과 학교 앞에 나타나 동네 망신거리를 다했다. 그땐 나이도 어렸고 철이 없다 보니 또 영희가 너무 좋다 보니 저도 모르게 나온 행동이었다.

그럼에도 그는 영희와 그녀의 가족으로부터 엄청난 핍박과 멸시를 당했다. 영희 부모는 딸을 당장 서울에 있는 고모 집으로 올려 보냈고 그는 그것도 모른 채 아침마다 영희 집 앞으로 달려가 눈이 빠지게 기다렸다. 나중에 영희가 서울로 가버린 사실을 알자 대성통곡을 했다. 그 이후 그는 영희처럼 예쁜 여자가 아니면 거들떠보지도 않았다.

그는 그 가슴 아픈 사연의 한을 품고서 어떤 일이 있더라도 결혼만큼은 예쁘고 날씬한 여자와 하겠다고 굳게 다짐했다. 그리고 그런 여자를 찾기 위해 눈에 불을 켜고 다녔다. 못나고 무능한 주제에 눈만 다락같이 높아진 것이다. 그러느라 그는 세월 가는 줄도 몰랐다. 이제 나이 오십이 된 그는 그 잘난 결혼조건에다 경제적인 능력까지 추가했다.

자기가 벌이가 없어 노는 날이 많다 보니 경제적인 능력이 뛰어난 아내의 필요성이 더욱 절실해진 것이다. 해서 미인은 아니더라도 마음씨 착하고 돈 잘 버는 아내를 택하기로 마음먹은 것이다. 아무리 마음을 다잡아먹어도 그에게 마음을 건네주는 여자는 없었다. 그럴지라도 그는 꿈을 포기하지 않았다.

결혼 조건을 놓고 여자를 문제 삼았으면 삼았지 자신에게서는 전혀 문제점을 발견하지 못했다. 그만큼 아둔했고 모든 게 자기중심적이었다. 매일같이 허름한 잠바 떼기나 걸치던 그가 어느 날 양복을 입고 다니기 시작했다. 누군가의 충고에 귀를 기울인 것이다.

"옷이 날개라고, 니가 그렇게 잠바나 걸치고 다니니까 여자들이 거들떠도 안 보는 거다. 양복 정장을 입고 다녀 봐라 사람이 달라 보인다."

그는 그 말에 적극 순종했다. 그리고 없는 돈에 양복을 사 입고 날마다 여자들 앞을 서성였다. 여자들은 갑자기 양복차림으로 나타난 그를 보고 비웃었다.

"호박에 줄긋는다고 수박 되는 줄 아나, 가지가지 한다."

눈치 없는 그는 마음에 드는 여자가 나타나면 커피를 뽑아준다 구두를 닦아 준다 별별 서비스를 다 베풀었다. 그러나 여자들은 기절초풍을 하고 달아났다. 만일 응해 주었다간 무슨 소문을 퍼뜨리고 다닐지 모르기 때문이었다. 여러 가지 시도를 다 해보았지만 결과는 똑같았다. 공연히 헛돈만 날리고 무일푼 신세가 되고 말았다.

이제는 자기를 좋아해 주는 여자가 나타난다 해도 차비가 없어 못 만날 지경이었다. 굶는 날이 많아졌고 성당도 나가지 못했다. 그는 루시아 자매가 간절히 그리웠다. 마음씨 착하고 예쁜 루시아 자매는 평소에도 불쌍한 사람만 보면 도와주고 싶어 안달을 했다. 아름다운 선행으로 소문이 나 형제들이 모두 그녀를 좋아했다. 더구나 직장도 튼튼했다.

동네에 있는 신용금고에 다녀 월급도 많았다. 그래서 방철식은 은근히 그녀를 아내감으로 점찍어 두고는 이제나 저제나 하고 기회만 노리고 있던 터였다. 만일 자매가 내 처지를 안다면 한걸음에 달려와 도와줄 텐데.

루시아 자매. 루시아 자매.

어리석은 그는 눈물을 흘리며 자신의 처지를 한탄했다.

핸드폰은 이미 정지된 상태라 전화를 할 수도 없었다. 생각다 못한 그는 거리로 나가 노숙자 대열에 끼어들었다. 영등포와 청량리에 가면 공짜로 밥을 먹여주는 곳이 있다고 했다. 눈 내리는 겨울밤이었다. 일회용 식기에 밥과 국을 받기 위해 많은 사람들이 눈을 맞으며 기다리고 있었다. 그도 그 대열에 끼어들었다. 눈물이 하염없이 나왔다.

어릴 때 집에서 구박받고 자란 기억이 새록새록 떠올랐다. 대장간에서 일하다 불에 데었을 때 주인은 심한 면박과 함께 빙충이라고 놀렸다. 동네 꼬마들도 그가 지나기만 하면 빙충이라고 놀렸다. 영희와 그녀의 가족은 말해 무엇 하겠는가. 그 한을 못 잊어 오직 얼굴 예쁜 아내를 만나는 게 소원이었는데 그로 인해 또 얼마나 많은 상처와 멸시를 당했던가.

따지고 보면 자신의 불찰이 컸다. 제 주제도 모르고 천방지축 날뛰었으니 화근을 자초한 것이다. 공연히 되지도 않을 헛꿈만 꾸다가 오십 평생을 흘려보낸 것이다. 그럴지라도 그도 사람이었다. 한 사람으로서 인격적인 대우를 받고 싶었고 그 누구보다 예쁜 아내를 만나 사랑 받으며 살고 싶었다. 아들 딸 낳아 잘 먹이고 가르치고 싶었다.

그는 지나간 세월이 너무도 억울해 엉엉 울고 말았다. 그러자 줄을 서 차례를 기다리고 있던 노숙자들 사이에서 험한 말이 튀어 나왔다.

"울 것 같으면 당장 꺼져버려, 재수 없는 새끼."

그는 그곳에서도 찬밥이었다. 아무데서도 자신의 존재를 인정해 주는 사람이 없었다. 그는 대열을 빠져나가 백화점이 보이는 쪽으로 올라갔다. 거기에는 크리스마스 캐럴과 함께 많은 연인들의 모습이 보였다. 그들은 손에 손에 선물 보따리를 들고서 행복한 미소를 짓고 있었다. 부러웠다. 그 중 한 부부가 눈에 들어왔다. 밍크코트를 입은 미모의 여자가 뱃살이 늘어진 중년남자와 함께 대기해 놓은 체어맨 승용차에 오르고 있었다.

여자는 긴 부츠를 승용차에 올려놓다 말고 갑자기 이쪽을 바라보았다. 순간 그와 눈이 딱 마주쳤다. 여자의 미간이 약간 꿈틀했다. 뭔가 생각나는 듯 고개를 갸우뚱하더니 이내 승용차 안으로 모습을 감췄다. 아주 짧은 순간이었지만 30여 년의 기류가 두 사람 사이에 오갔던 것 같다. 승용차가 떠난 자리에 함박눈이 내리기 시작했다. 방석철은 눈을 맞으며 오랫동안 진한 감동으로 눈물을 흘렸다.

그녀는 어린 시절 그가 좋아했던 동네 면장집 외동딸 영희였다. 그녀가 어느새 중년이 되어 크리스마스 선물을 사기 위해 백화점에 왔다가 남편과 함께 돌아가는 길이었다. 가슴이 뻥 뚫린 것 같았다. 삼십여 년의 세월이 한꺼번에 압축되면서 설움이 폭발하듯 내부에서 일어났다.

'억억, 못 먹고 못 배운 것도 서러운데, 억억.'

생각해 보니 그는 지난 오십 평생 동안 사람대접 받고 살아본 적이 없었다. 늘 제 한입 해결하기에도 역부족이었고 모자란 두뇌 때문에 더 설움을 당해야 했다. 구로동과 가리봉동을 오가며 공장생활을 할 때도 그는 동년배로부터 따돌림과 멸시를 당했다. 그가 낄 때 안 낄 때 분간 못하고 달려들었기 때문이다. 그는 멸시받으면 받을수록 더 인정받고 싶은 욕구에 시달렸다.

그래서 사사건건 남의 일에 끼어들어 참견했던 것이다. 그래도 그땐 꿈이 있어 외롭지 않았다. 여공들 중에 예쁜 여자애들이 많이 있었는데 어리석은 그를 불러내 용돈과 선물을 달라며 사람대접 해주었기 때문이다. 그때마다 행여나 하고 결혼의사를 비춰 보았지만 여공들은 실컷 이용해 먹고는 이내 돌아섰다.

오직 미인인 아내를 만나 결혼하는 게 소원이었는데…….

그는 모든 방법이 다 수포로 돌아가자 마지막으로 신(神)의 힘을 빌려서라도 꿈을 이루고 싶었다. 그러나 신마저 그의 소원을 끝내 외면하고 말았다. 이제 무일푼 신세가 된 그는 막다른 골목에 이르렀다. 그는 걸음을 돌이켜 다시 노숙자 대열에 끼어들었다. 그리고 허겁지겁 밥을 먹으며 또 울었다.

"에이, 썅."

옆에서 밥을 먹던 노숙자가 침을 퉤 뱉더니 자리에서 일어났다. 그리고는 들고 있던 일회용 식기를 바닥에 내팽개쳤다.

"에이, 재수 없는 시키."

그는 참아야 한다고 생각했지만 또다시 울음이 터져 나왔다. 그것도 대성통곡이었다. 그러자 이번에는 주변에 있던 노숙자들이 한꺼번에 자리에서 일어났다. 그들은 들고 있던 식기를 그에게 쏟아부으며 온갖 욕설을 퍼부었다.

"씨팔 새끼, 청승 떨고 지랄이야."

주먹질과 발길질이 사방에서 날아들었다. 같은 동년배로서 위로 받고 싶었을 뿐인데 오히려 역효과가 나고 말았다. 그는 매사가 그랬다. 어릴 때부터 따듯하게 사랑 받고 싶었고 관심 받으며 살고 싶어 나름대로 머리를 굴려 노력했는데 결과는 언제나 싸늘한 외면과 멸시뿐이었다.

비천하게 인생막장을 살아온 것이다. 그는 옷에 묻은 밥과 음식 찌꺼기를 털어냈다. 그리고 낙심한 표정으로 천천히 차량이 질주하는 도로로 걸어갔다. 그 걸음은 누가 보아도 죽음의 행진곡을 연상케 했다. 그 뒤로 한 남자가 따르고 있었다. 그는 다름 아닌 노숙자 전도를 위해 봉사활동을 벌이고 있는 대원이었다. 방석철이 질주하는 차량을 행해 막 몸을 날리려는 순간이었다.

봉사대원은 잽싸게 몸을 날려 그의 몸을 덮쳤다. 그리고 한 팔로 그를 안고 인도(人道)로 끌어냈다.

"살다 보면 좋은 날 옵니다. 하느님을 만나십시오."

그러면서 종이쪽지를 그의 손에 건네주었다. 거기에는 「수고하고 무거운 짐 진 자들아, 다 내게로 오라, 내가 너희를 쉬게 하리라」 짧은 글귀가 적혀 있었다. 그는 그 종이를 들고서 하염없이 울었다. 그리고 오던 길을 되돌아 걷기 시작했다. 다음 주부터 그는 성당에 다시 나가기 시작했다. 청년회는 나가지 않았고 미사와 성경 공부에만 참석했다.

인간의 사랑이 아닌 신의 사랑을 간절히 기대하며.

민자혜는 거울 앞에 서서 화장을 정성들여 했다. 두 눈은 움푹 꺼져 마치 울고 있는 듯한 인상이었다. 욕구불만으로 마구 먹어댄 탓에 배가 나와 남산만 했다. 머리칼은 산발한 것처럼 사방으로 뻗어 있었다. 종아리는 핏줄이 터져 툭툭 불거져 있었다. 마트 매장에서 오랜 시간 서서 근무하느라 생긴 하정맥 현상이었다. 화장을 끝낸 그녀는 분무기로 머리를 적신 채 오랫동안 드라이로 머리를 매만졌다. 간신히 화장을 끝낸 그녀는 현관에서 부츠를 찾아 신었다.

말 장화처럼 긴 부츠는 원래 갈색이었는데 때에 찌들어 시커멓게 변해 있었다. 핸드백을 어깨에 메고 일어서는데 다리가 휘청했다. 순간 눈앞에 별이 몇 왔다 갔다 했다. 요즘 따라 이런 현상이 반복됐다. 그녀는 허리를 들어 앞을 보았다. 갑자기 시커먼 물체가 그녀의 앞을 가로막았다.

"어딜 가냐? 저녁밥 하지 않고."

"어딜 가긴요, 마트에 일 가죠."

"밥부터 해놓고 가라."

"늦었어요, 엄마보고 하라고 하세요."

"이년이."

우악스런 손길이 그녀의 목을 움켜쥐었다.

"쓰잘데없는 딸년 키워 놨더니, 애비 굶어 죽일 셈이냐."

노인의 우악스런 손길은 그녀의 머리채를 사정없이 움켜쥐고는 놓아주지 않았다. 드라이로 말리고 간신히 모양을 낸 머리가 갈퀴처럼 흩어졌다. 등 뒤에서 사나운 목소리가 들려왔다.

"야, 이년아, 돈 내놓고 가. 나 오늘 저녁 때 약속 있단 말이다."

사나운 도적 같은 인상이 그녀에게 손바닥을 내밀며 말했다. 메기처럼 입이 튀어나오고 거무죽죽한 낯 색이 금방 감옥에서 탈출한 범죄자 인상이었다. 손에 칼만 들면 당장 살인사건이 발생할 것만 분위기였다.

"나 돈 없어."

"돈 없는 년이 어떻게 부츠는 사 신니?"

이번에는 노인과 아들이 한꺼번에 달려들었다. 화장이 짓뭉개지고 있었다. 결국 그녀는 있던 돈 몽땅 다 빼앗기고 나서야 집을 나설 수 있었다. 옷매무새가 흐트러지고 머리칼이 산발을 한 그녀가 지나가자 사람들이 흘끔흘끔 쳐다봤다. 그녀는 너무도 서러워 길거리에 서서 한참을 울었다. 그러자 양아치로 보이는 남자로 다가오더니 그녀에게 술병을 휘두르며 행패를 부리기 시작했다.

"못된 마귀 새끼들."

그녀는 몸을 날려 남자의 술병을 빼앗아 바닥에 내팽개쳤다. 그리고 깨진 병조각을 들고서 난데없는 활극을 벌였다.

"덤벼, 이 새끼야. 사내놈들이라면 이가 갈린다. 다 때려죽이고 말 테다."

그녀는 양아치를 향해 돌진했다. 양아치는 이미 술에 취했는지 비틀거렸다. 양아치의 머리를 향해 병조각을 내리 꽂고 싶었다. 양아치의 머리에서 흘러내리는 핏물을 보고 싶었다. 있는 힘을 다해 내리치려는데 몸이 말을 듣지 않았다. 눈앞에 수많은 별들이 왔다 갔다 했다. 그러는 사이 구경꾼이 새까맣게 몰려들었다. 그녀는 현기증으로 자리에 주저앉고 말았다.

"내 이년을."

양아치는 그녀에게서 깨진 병조각을 빼앗아 들었다. 그리고 사나운 짐승처럼 달려들었다. 폭풍같이 질주하며 그녀의 정수리를 향해 병조각을 내리치려 하는 데도 그녀는 미동도 하지 않았다.

"그래 죽여라, 그 편이 차라리 낫겠다."

구경꾼들은 그 장면을 숨죽인 채 지켜보고 있었다. 그때였다. 구경꾼들 뒤로 호루라기 소리가 들려왔다. 마침 순찰 중이던 경찰관이 나타난 것이다.

"그 손 당장 내려놓지 못해?"

양아치는 놀라 뒤로 물러났다. 게슴츠레한 눈빛으로 경찰을 바라보더니 손을 부들부들 떨었다. 경찰이 양아치에게 다가가더니 말했다.

"너 본드 흡입했지?"

양아치의 눈이 뒤집어지고 있었다.

"내 그럴 줄 알았지."

사람들이 웅성댔다. 경찰이 구경꾼들을 향해 손을 내저으며 말했다.

"무슨 구경거리 났다고 이 난리요. 당장 돌아들 가요."

구경꾼들은 좋은 구경거리를 놓친 것이 몹시 아쉬운 듯 돌아서 가며 말했다.

"저 여잔 왜 저러는 거야?"

세상은 온통 악인들 천지였다. 약자를 향한 돌팔매와 악담과 저주로 가득한 지옥문 입구 같았다. 그런 인간들로부터 사랑과 위로를 기대하며 산다는 건 얼마나 우스운 일인가. 민자혜는 회한에 찬 눈물을 흘리며 거리를 걸어갔다. 멀리서 체어맨 승용차가 그녀를 향해 사나운 짐승처럼 돌진하고 있었다. 차량은 비싼 외제차임을 시위하듯 그녀에게 비키라고 명령하고 있었다. 클랙슨을 빵빵 울려대며.

그러나 그녀는 꼼짝할 수가 없었다. 또다시 눈앞에서 수많은 별들이 왔다 갔다 했다. 몸에 중심을 잡을 수가 없었다. 뚱뚱한 몸체가 높은 부츠 굽 위에서 춤을 추고 있었다. 자동차의 서치라이트가 그녀의 몸을 비추며 클랙슨을 더 요란하게 울려댔다.

빵, 빠앙!

그녀는 손으로 눈을 가리며 승용차를 바라보았다. 그 안에는 그녀가 원하고 선망하던 부와 명예가 있었다. 젊고 잘생긴 남자가 승용차 뒷좌석에 앉아 짜증난 표정으로 빨리 비키라고 명령하고 있었다. 그래 바로 저 남자다. 그녀는 머릿속에 번쩍 스치는 영감(靈感)을 보았다. 그리고 정신없이 자동차를 향해 돌진했다.

끼이익 쾅! 꺄악!

승용차는 급커브를 시도했으나 마주 오는 차량을 미처 발견하지 못한 채 정면충돌하고 말았다. 그리고 그녀의 몸뚱어리는 공중에서 한번 빙글 회전을 한 뒤 바닥에 철썩 떨어졌다. 잠시 후 경찰 사이렌이 들리고 구경꾼들이 소리 없이 몰려들었다. 구급차는 쓰러진 그녀를 태우고 어디론가 급히 사라졌다. 그리고 그녀는 그 동네에 다시는 모습을 드러내지 않았다.

식물인간으로 변한 그녀를 두고 가족들은 보험회사 직원들과 수차례 협상을 벌였다. 그러다 어느 날 구치소를 여러 번 드나들었다는 그녀의 오빠가 나타나자 협상이 급물살을 타기 시작했다. 이윽고 보상액과 위자료가 결정됐다. 그 돈은 가족들에 의해 갈가리 찢겨졌고 또 다른 불씨로 변했다. 한 달이 지났다. 보상금은 휴지조각이 되어 날아갔다. 도박단의 판돈이 되어 사라진 것이다.

집은 경매에 붙여졌고 가족은 뿔뿔이 흩어졌다.

정미숙은 어디론가 급히 가고 있었다. 그녀의 손에는 노란 사각봉투가 들려져 있었다. 그것을 소중히 가슴에 안고서 그녀는 낮은 한숨을 토해냈다. 얼마나 긴장을 했던지 팔과 다리가 후들후들 떨렸다.

'이번만, 이번만. 이번이 마지막이야.'

그녀는 주문을 외우듯 공포에 잔뜩 질린 나머지 하이힐에 걸려 넘어지고 말았다. 때마침 거리에 눈보라가 몰아치기 시작했다. 바닥은 어느새 빙판으로 변해 있었다. 그녀의 미니스커트 위로 눈송이가 자꾸만 달라붙었다. 언 손을 호호 불며 그녀의 발걸음은 어느새 청량리 바닥을 헤매고 있었다.

얼굴은 초췌하여 두려움으로 가득했다. 낯선 골목길로 접어들면서 그녀는 자꾸만 뒤를 돌아다보았다. 이윽고 그녀의 모습은 자취를 감추고 말았다. 이제 청량리는 하얀 눈 천지로 변해가고 있었다. 상인들은 휘장을 걷고 사라졌다. 이따금씩 들려오던 무도장의 음악도 뚝 끊겼다. 차량마저 드문드문 이어졌다. 행인들은 눈 쌓인 거리를 엉금엉금 기다시피 해 지하도로 사라졌다.

다만 롯데 백화점이 뿜어내는 전광판만이 어두워 가는 거리를 등대처럼 비추고 있었다. 노점상들도 서서히 철수하기 시작했다. 눈이 너무 많이 쌓여 다시 거리로 나오게 될지도 불투명했다. 정적이 깔리는 거리에 느닷없이 고함소리가 들려왔다. 욕설과 함께 째지는 듯한 비명이 연이어 들려왔다.

"아아악!"

"이년아 당장 경찰서로 가자. 두 눈 시퍼렇게 뜨고 살아 있는 서방 두고 샛서방질이라니, 자식들 보기에 부끄럽지도 않더냐."

이어 퍽! 하고 내리치는 소리와 함께 이내 잠잠해졌다. 여자가 쓰러진 것이다. 눈 위에 나뒹굴어진 여자를 두고서 남자는 그대로 돌아섰다. 여자의 입가에 피가 흐르고 있었다. 남자는 여자의 손에서 빼앗은 사각봉투를 들고서 휘파람을 불었다. 그리고 어디론가 급히 핸드폰을 걸었다.

"자기야 난데 방금 전에 일 끝냈거든. 이따 호텔에서 만나자구."

여자의 간드러지는 웃음소리가 들렸다. 남자는 만족한 미소를 지으며 달려오는 택시를 향해 손을 번쩍 들었다.

택시!

남자는 택시에 올라 흐뭇한 미소를 지었다. 운전기사가 그를 보더니 말했다.

"손님, 오늘 무슨 좋은 일 있으셨나 보군요?"

남자는 눈 내리는 거리를 내다보며 말했다.

"거참, 눈이 엄청 내리네요. 이런 폭설은 내 생전 처음입니다. 내년 농사는 풍년들겠는데요."

"그러게 말입니다."

남자는 핸드폰을 만지작거리며 말했다.

"거 오랫동안 해결 못한 일이 있었는데 방금 전 끝냈거든요. 모처럼 눈도 많이 내리고 기분 좋습니다."

"무슨 일인지 모르지만 축하드립니다."

눈길을 한참 달리던 택시가 이윽고 목적지에 도착했다. 남자가 만 원짜리 지폐를 운전기사에게 건네며 말했다.

"거스름돈은 필요 없습니다."

"아이구, 이거 감사합니다."

남자는 택시에서 내리자마자 호텔을 향해 급히 뛰어 갔다. 얼마나 급히 뛰었는지 발이 허공을 차는 듯싶더니 그대로 나뒹굴어지고 말았다. 쿵! 소리를 내고 넘어진 남자는 다시 일어서기 위해 안간힘을 썼지만 번번이 실패했다. 허리를 크게 다친 데다 다리뼈에 금이 갔기 때문이다.

그때 한 여자가 앞으로 다가왔다. 검정색 코트 자락으로 몸을 가린 여자는 얼굴 표정이 표독하고 비웃음으로 가득했다. 그에게 다가가더니 가만히 손을 내밀었다.

남자는 여자의 손을 붙잡고 간신히 일어섰다. 남자의 상태를 눈치 챈 여자가 회심의 미소를 지으며 말했다.

"고마워, 이 봉투는 내가 알아서 처리할게, 그럼 안녕."

"뭐? 안녕, 안녕이라구?"

"이제 우리 볼일은 다 끝난 거 아닌가."

여자가 그의 얼굴에 키스를 하며 말했다.

"그동안 수고했어, 그리고 고마워."

여자는 돌아서더니, 지나가는 택시를 급히 불러 세웠다.

"택시."

칼바람이 그녀와 남자 사이를 세차게 지나갔다. 남자는 다시금 통증을 느끼는지 아픈 허리와 다리를 질질 끌면서 여자가 사라진 곳을 향해 서서히 걸어갔다. 호텔 앞 광장에 다시금 함박눈이 내리기 시작했다.

(2009년 한국작가)

풍치

얼마 전 전동차의 새로운 개통 소식을 들었다.

1호선 전철이 천안에서 온양 온천까지 개통된 것과 국철이 청량리에서 양수리 넘어 국수리까지 개통됐다는 소식이었다. 7호선 전철 온수역에서 전동차를 기다리고 있는데 우연히 그 소식이 전해온 것이다.

아하! 이제는 전철이 천안은 물론 아산 온양 온천까지 가게 되었구나. 내가 그리도 자주 가고 싶어 하던 양수리도 전철 한번만 타면 가게 되었구나.

순간 마음속에서 쾌재라 하는 음성이 들리는 것 같았다. 그런데 잇몸에서 찌르르하고 신호가 왔다. 잇몸에서 통증이 연거푸 전해져 오는 것이었다. 누가 그랬던가. 이 아픈데 장사 없다고. 통증이 머리를 강타하고 정신마저 분산시키는 듯했다. 아이구 나 죽네. 나는 정신없이 약국 안으로 뛰어 들어갔다.

다음날이었다. 나는 전철을 용산에서 내려 갈아탔다. 용산역은 음에서 양으로 바뀐 느낌이었다. 천장에서 부서져 내리는 불빛에 역 전체가 환한 불바다 같았다. 상가가 꽉 들어차 격세지감을 느끼게 했다. 개찰구 왼쪽으로 국철로 갈아타는 입구가 있었다. 높은 계단을 에스컬레이터를 타고 내려가니 국수리로 가는 전동차가 대기하고 있었다.

나도 모르게 발걸음이 빨라졌다. 발걸음이 전동차 앞에 서는 순간이었다. 열려져 있던 문이 스르르 닫히는 게 아닌가. 이런 이런…….

나는 발을 구르고 안타까워했다. 옆에 서 있던 남자도 발을 구르고 있었다. 다음 전동차는 10분 후에 도착할 예정이었다. 이전에는 20분마다 출발했는데 국철이 국수리까지 연장되고 나서 10분 간격으로 당겨진 모양이었다. 살벌한 겨울바람이 목을 휘감고 늘어졌다. 그때였다. 믿기지 못할 현실이 벌어졌다.

금세 출발할 줄 알았던 국철이 문이 스르르 열리는 게 아닌가. 기관사가 추위에 떨고 서 있는 우리가 불쌍했는지 다시 문을 열어 준 것이다.

감사합니다.

나는 전동차 안으로 뛰어들며 나도 모르게 외쳤다. 살면서 그때처럼 고마운 순간도 없지 싶었다. 전동차 안은 이미 승객들로 꽉 차 있었다. 훈훈한 열기가 가슴에 전해 오면서 전동차가 출발했다. 눈이 쌓인 좁은 벌판이 창밖으로 다가왔다. 갑자기 전동차가 왼쪽으로 꺾어지더니 낯선 풍광이 나타났다. 칠이 벗겨진 낡은 기와집이 굴뚝과 함께 나타난 것이다.

먼지가 쌓이고 곧 허물어질 듯 보이는 기와집과 슬레이트집은 세월을 40년 이상 되돌려 놓은 듯했다. 가난이라는 명사(名辭)가 언뜻 떠올랐다. 기찻길 옆이라 재개발도 되지 않고 그냥 방치해 놓은 모양이었다. 하긴 하루에도 수십 번도 더 지나는 전철의 소음을 겪으며 살아야 하니 누가 그런 곳에서 살고 싶겠는가.

전동차는 그 좁은 담벼락을 지나 동진(東進)했다. 기찻길이 여러 갈래가 나타나더니 이번에는 고층아파트가 보였다. 벌거벗은 나뭇가지 뒤로 형성된 아파트군은 이상하리만치 고즈넉해 보였다. 이촌역을 지나 서빙고역에 닿자 88고속도로를 끼고 흐르는 한강이 보였다.

"지하철은 지날 때 엄청난 소리가 나는데 이 전동차는 지상으로만 달리기 때문에 별 소음이 안 들리는 거야. 왜냐하면 소리가 분산되기 때문이지."

옆자리에 앉은 중년남자들이 하는 이야기가 내 귓가에 들려온다. 전동차는 이제 잠수교를 지나 응봉역을 향하고 있다. 초등학교가 눈앞에 다가온다. 전동차는 도심의 뒤쪽을 열심히 달리고 있다. 왕십리를 지난 전동차가 목조다리를 건너고 있다. 답십리를 지나 청량리를 달리면서 복잡한 시장 골목과 가난안 교회가 보인다.

「기찻길 옆 오막살이
아기 아기 잘도 잔다.
치익 폭폭. 칙칙 폭폭.
기차 소리 요란해도 아기 아기 잘도 잔다」

어렸을 때 불렀던 동요가 생각났다. 나는 가방에서 찐빵을 꺼내 우걱우걱 씹어 먹었다.

"아얏."

나도 모르게 째지듯 비명이 터져 나왔다. 통증을 잊고서 마구 씹

어댄 것이다. 잇몸에서 찝찔한 액체가 흘러 적셨다. 잇몸의 통증은 가히 살인적이다. 머리 전체가 통째로 날아가는 것 같은 통증으로 얼굴 전체가 고통의 도가니로 변했다. 음식도 조심해 먹어야 한다. 덕분에 나는 먹는 것으로 스트레스 해소하던 것을 중지해야 했다.

폭식은 나의 주된 습관이었다.

눈만 뜨면 하루 종일 먹어댔다. 화가 나거나 스트레스가 쌓이면 더 많이 먹었고 마음이 슬프거나 절망스러워도 마구 먹었다. 불안해도 마찬가지였다. 슬픔이 가득 찬 마음속에 음식물을 들여보내면 약간의 위로가 느껴졌다. 실컷 먹고 나면 포만감으로 마음속에서 슬픔이 증발되는 것 같았다. 이래저래 난 죽기 살기로 먹어댔다. 그러던 어느 날 몸에서 신호가 왔다.

위장이 더부룩해지고 잇몸에서 자꾸만 통증이 느껴지는 것이었다. 참다못해 찾아간 치과에서 젊은 의사가 말했다.

"풍치입니다."

"네, 풍치라뇨? 그게 무슨 병인데요?"

"일종의 잇몸병인데 치주염이라고도 합니다. 잇몸에 염증이 발생해 생기는 병인데 특별한 치료약이 없습니다. 수술이 있긴 한데 그나마 완전한 건 아닙니다. 그래도 하는 게 낫습니다. 그냥 놔두었다간 염증이 잇몸 전체로 번져 호미로 막을 거 가래로도 못 막습니다. 그러니 수술을 하세요."

"수술이라면 어떻게?"

나는 수술이라는 말에 오금이 저려왔다.

"잇몸을 째고 농을 제거하는 수술입니다. 한시라도 빨리 수술을 받으십시오."

처음에는 수술의 의미가 가슴에 와 닿지가 않았었다. 잇몸을 째다니, 농을 제거하다니, 그러나 한 시가 급하다 하니 수술을 받을 수밖에 없었다. 일주일 후 대학 병원에 가 마취 주사를 맞고 수술에 들어갔다. 마취 주사를 잇몸과 얼굴 안쪽에 6-7대는 맞은 것 같다. 얼굴 전체가 굳어지는데 마치 석고상이 된 것 같았다.

30분쯤 지나자 의사가 칼로 잇몸을 째는데 악력(握力)이 느껴졌다. 강한 힘이 잇몸을 누르는데 턱이 내려앉는 것 같았다. 잇몸에서 흘러나온 피가 혀를 적시는데 찝찔했다. 잇몸을 째고 날카로운 금속기구로 이뿌리에 있는 농을 제거하는데 턱 전체가 달아나는 것 같았다. 기구가 이뿌리를 건드릴 때마다 신음소리가 저절로 났다. 시간이 얼마나 지났을까.

바늘로 잇몸을 봉합하는 모양이었다. 푸욱! 하고 바늘의 깊이가 느껴지면서 팽팽한 실이 얼굴을 스쳤다. 껌 같은 이물질이 잇몸 위에 붙여지고 수술이 끝났다. 수술대에서 내려오는데 지옥을 여러 차례 왕래한 기분이었다. 병원을 나가 버스를 기다리고 서 있는데 머리가 깨지는 것같이 아팠다. 마취가 풀리면서 또다시 통증이 시작되는데 입을 벌릴 수조차 없었다.

신경질이 나면서 통증이 자꾸만 정신을 분산시켰다. 사랑니를 빼고도 진통제 없이 잘 견딘 나였는데 풍치수술에는 견딜 재간이 없었다. 그 끔찍한 수술을 네 번에 걸쳐 받는데 그 부위가 부어올라 얼굴이 완전 기형으로 변했다. 계속 진통제를 먹는데도 통증이 일주일이나 이어졌다.

어느 날 나는 또다시 전동차를 타고 한강변을 지나고 있었다. 봄기운이 남실남실 창밖으로 전해져 들어왔다. 파릇한 새싹이 나른한 봄기운과 함께 나를 지겹도록 설레게 하고 있었다. 옆자리에 앉은 남자가 핸드폰으로 인터넷 뉴스 창을 보고 있었다. 군포에서 여대생을 살해한 38살 먹었다는 희대의 살인마 소식이 전해지고 있었다.

그는 여대생뿐 아니라 전처와 다른 여자를 포함 8명이나 죽였다고 한다. 여자만 보면 살해 욕구가 끓어올라 견딜 수 없었다고 한다. 이미 4번이나 결혼 경력이 있는 그는 악마의 본체 그 자체였다. 끓어오르는 살해욕구를 억누를 수 없다니, 인간의 탈을 뒤집어 쓴 사탄이었다.

곧이어 북한의 남측에 대한 도발성 발언이 뉴스 창에 떠오르고 있었다. 요즘 들어 북한은 군사적 위협조짐을 시시각각으로 전하고 있었다. 서해에 군사위협을 일으키더니 이제는 아예 노골적으로 남측 수뇌부를 공격하고 군사적 도발의지를 밝히고 있다.

그런가 하면 경제 한파가 미국은 물론 전 세계로 알파만파 번지더니 파열음이 나지 않는 곳이 없다. 경제 성장을 낮춰 잡더니 이제는 아예 마이너스 성장으로 돌아서고 있다며 매체마다 앞 다퉈 보도하고 있다. 내놓는 경제 정책마다 현실성 없고 부적절하다고 비난 일색이다.

세상은 냉정한 현실논리 앞에 납작 엎드린 채 마음을 닫고 있다. 출판 시장은 얼어붙어 기사회생의 기미마저 보이지 않는다. 먹고살기도 힘든 판에 무슨 예술이냐고, 독자들은 서로 외면하고 있다. 그러나 예술인은 현실에 가장 둔감한 모양이다. 씨도 안 먹힐 예술타령이나 주워대고 있으니. 봄바람이 불면서 나는 또다시 여행을 떠나고 싶은 욕구에 시달린다.

낭만이라고 시간을 마구 흘려보내면서……. 나는 전업작가다. 여기서 전업작가라 함은 글을 써서 밥을 먹는다는 뜻이 아니고 글 쓰는 일을 업(業)으로 삼는다는 뜻이다. 그러니까 창작, 곧 예술행위를 자기의 직업으로 삼고 살아간다는 뜻이다. 언젠가 참석한 문인들 모임에서 한 시인이 말했다.

"시인과 소설가는 잘 어울릴 수 없다. 시인들은 환상적인 이야기만 하는데 소설가는 현실적인 이야기만 한다."

맞는 말이었다. 소설은 현실적 바탕 위에서 가능한 이야기만 쓰니까. 그렇다면 예술은 환상적인 것인가, 아님 현실적인 것인가. 아무래도 결론은 환상적인 것에 머문다. 그렇다면 시(詩)가 더 예술적 문학인가.

소설과 영화 속에 단골 메뉴처럼 등장하는 청량리가 눈앞에 다가서고 있다. 플랫폼을 내려 하늘을 올려다본다. 회색 하늘이다. 임시로 만든 철 계단을 오르며 나는 마음이 설렌다. 오른쪽으로 민자 역사가 한창 건축 중이다. 계단이 끝나는 곳에 전광판이 보인다. 중앙선 열차 도착 역명이 전자 불빛으로 사람들의 시선을 당기고 있다.

승차권 예약 판매소가 설치된 곳에 수많은 발걸음이 머물고 있다. 인터넷으로 승차권을 판매하는 곳이다. 이젠 인터넷을 하지 않고서 도무지 움직이지 못할 세상이 되어 버렸다. 의류와 패스트푸드점이 좁은 공간 안에 여럿 차지하고 있다. 사람들의 발걸음이 분주하게 움직이고 있다.

떠나는 사람들의 발걸음이다. 덩그마니 혼자 남겨진 발걸음도 있다. 수많은 발걸음이 계단을 내려가 청량리 역 광장으로 흐르고 있다. 싸한 바람이 떠나는 자와 남아 있는 자 사이에 흐른다. 나는 바쁘게 발걸음을 옮기며 한 문장을 떠올린다.

"나는 항상 떠나는 자이고 싶다."

왜? 라는 질문 앞에 엉뚱한 상상이 떠오른다. 작가니까. 작가는 항상 미지의 세계를 동경하고 그것을 서사화 하고 드라마화 하는 게 직업이니까. 롯데백화점 앞 풍경은 영화의 한 장면 같다. 시외로 빠지는 버스정류장과 노점상, 백화점으로 빠지는 인구와 588거리, 청량리 시장은 인생드라마의 현주소 같다.

카메라 앵글이 액션! 하고 빙글빙글 돌아가며 사람들 발걸음을 일일이 추적하는 것만 같다. 인파와 차량이 한데 뒤엉켜 한 커트 한 커트를 만들며 인생을 추억하라고 부추기고 있는 듯 보인다. 영화 〈고래사냥〉이 이곳 청량리역 주변상황을 묘사했던 이유를 알 것만 같다.

대학 시절과 친구들과 함께 간 디스코텍에서 남자 DJ가 말했었다.

"여러분 사랑을 하려면 588로 가세요."

그때는 그게 무슨 소린가 했다. 나중에 세월이 흐르고 난 뒤 내 입에서 거친 말이 튀어나왔다.

"망할 자식. 소돔과 고모라 성에서 그랬던 것처럼 소금기둥이나 되거라."

나는 시외로 빠지는 버스정류장 앞에 서 있다. 덕소, 양수리, 의정부, 청평, 마석으로 떠나는 버스가 줄줄이 도착하고 있다. 나는 그중 아무 버스나 올라탔다. 어차피 내겐 계획이란 게 없다. 그때그때 즉흥적으로 떠남과 만남을 결정하고 환상적인 분위기 속에 나를 맡기고 마는 것이다.

여행의 특징은 자아(自我)를 잊는 데 있다. 자기 본성을 잊고 시간과 공간의 타율에 나를 잠시 맡겨두는 의미일 수도 있다. 이미 내 소설 속에 수없이 등장했던 청량리가 버스 창밖으로 밀려나 북진(北進)하고 있다. 나와 마찬가지로 승객들의 대부분은 창밖으로 시선을 던지거나 아예 푹 잠에 빠진 사람도 있다.

버스가 석계역을 지나고 있다. 어둔 그림자가 이곳엔 많이 뜬다. 몇 년 전 이곳 근처에서 풍물시장이 열렸었다. 노천 음식점과 각종 장사치가 몰려들어 성황을 이루었을 때 마치 시골 장을 연상케 했었다. 굴다리 밑으로 옹기장수가 항아리를 산더미를 쌓아놓아 보기에도 아슬아슬했던 기억이 난다.

그곳을 지날 때면 가슴이 조마조마하며 애를 태웠었다. 가을이면 그곳 주변을 빨갛게 물들이던 단풍과 고즈넉한 분위기도 한몫 했었다. 그때는 세월이 온통 정체된 것 같더니 벌써 이십 년이 흘렀다. 월계동을 지나던 버스가 어느새 경기도로 들어서고 있다.

'미래창조'

고가도로를 지나는 밑에 상호 간판이 눈에 들어와 박힌다. 미래창조, 얼마나 생동감 넘치는 단어인가. 거대한 아파트 군단이 수락산 자락을 끼고 도시 전체를 감싸고 있다. 서울에서 가장 가까운 위성도시가 이방인의 가슴을 왈칵 열어 제치며 달려든다. 수락산 끝자락에 살았다던 시인 천상병의 귀천이란 시가 생각난다.

귀천
나 돌아 가리라
새벽빛 와 닿으면 스러지는
이슬 더불어 손에 손을 잡고

나 하늘로 돌아가리라
노을빛 함께 단 둘이서
기슭에서 놀다가 구름 손짓 하며는

나 하늘로 돌아가리라
아름다운 이 세상, 소풍 끝내는 날
가서, 아름다웠더라고 말하리라

도시의 편리함과 낯섦에서 오는 해방감이 거리거리마다 물 흐르듯 가슴에 전해온다. 역사(驛舍) 지하도에는 의류상가가 거미줄처럼 형성돼 있다. 계단을 나와 지상으로 나오면 핸드폰 기기를 파는 상가가 곳곳에 눈에 띈다. 고급 의류상가와 패스트푸드점 뒤로 중앙시장이 사람들의 발걸음을 무한정 빨아들이고 있다.

그런데 어찌된 노릇인지 극장가가 보이지 않는다. 길을 잘못 들었나? 사방을 헤매어 보지만 여전히 극장가는 보이지 않는다. 대신 상가가 차지하고 있다. 중앙시장도 일대 변모를 계속해 높다란 천장을 한 채 행인들을 굽어보고 있다. 찐만두와 냉면을 팔던 음식점은 베이비 옷 전문점 자리를 달리했다.

산지에서 직접 날라 왔다는 농산물이 트럭에서 내려져 소매상으로 배달되고 있다. 시장 골목이 끝나는 곳에 롯데리아 건물이 보인다. 일층은 한우 전문 음식점이고 이층과 삼층이 롯데리아다. 그 맞은편에는 켄터키 프라이드치킨이 경쟁자로 떡 버티고 서 있다. 그 사이에 일차선 도로가 역 부근까지 뻗어 있다.

16년 전, 나는 그 롯데리아 3층에서 바깥 풍경을 내다보며 글을 쓰거나 소설을 구상하곤 했었다. 언젠가 될지 모르겠으나 나의 문학 인생을 꿈꾸며 미래창조에 골몰했었다. 나는 지금 그곳 계단을 오르며 그때 꾸었던 문학의지를 재생시키고 있다. 도로 건너편 뒤, 역사(驛舍)가 미군부대와 함께 보인다. 이제 미군부대는 도시에서 사라져 빈터만 남아 있다.

어둠과 안개가 건물과 도로 사이를 흐르고 있다. 낭만과 정신적 부요를 꿈꾸는 방랑객들의 발걸음도 그곳을 오가며 헤매고 있다. 해방감과 이탈감 속에서 무의미한 행진을 거듭하고 있다. 그때 나도 그들 발걸음 속에 묻혀 고뇌를 거듭하고 있었다. 그의 감정의 실체를 도무지 알 수 없었다.

그의 감정은 항상 오리무중이었다. 진실인지 거짓인지 위선인지 연기인지 도무지 알 수가 없었다. 그런 모호한 감정을 두고서 목숨 걸 듯 모험하는 나 자신도 이해가 안 되기는 마찬가지였다. 눈과 귀를 막고도 나는 나 자신과 그를 이해할 수 없었다. 나는 그저 그가 건네주는 기쁨이 소중했는지 모른다.

슬픔과 고뇌에 지쳐 있던 내 마음 속에 처음으로 건네졌던 기쁨이 내겐 그 무엇과도 바꿀 수 없는 진실이었다. 빈한하고 쓰린 가슴 속에 처음으로 기쁨과 행복감이 물결쳤었다. 그 이전까지 행복과 나는 전혀 무관한 사이였다. 압박감과 편집증에 짓눌려 제대로 숨 한 번 못 쉬고 살았으니까. 지쳐 있던 가슴에 기쁨이 넘쳐 나자 나는 자신에게 물었다.

"네가 이렇게 행복해도 괜찮은 거니?"

나는 무조건 내 감정이 소중했다. 세상에 태어나 처음으로 나를 위해 살아야겠다고 생각했다. 극도의 이기심이 상황에 대한 분별력을 떨어뜨렸는지 모른다. 나는 스스로 꾸며낸 내 감정에 집착했고 이성(理性)을 상실했다. 그런데 집착하면 할수록 자꾸만 눈물이 났다. 그건 이미 예고된 불행을 의미하는지도 몰랐다. 세상에 태어나 그렇게 많이 울어보기도 처음이었다.

그와의 사이에 불협화음이 보일 무렵, 나는 강남역에서 전철을 타고 시청 앞에서 1호선 전철로 바꿔 타고 있었다. 문득 소요산이 가고 싶었다. 아니 도봉산이나 수락산이라도 상관없었다. 산으로 올라가 도심의 때를 말끔히 벗어내고 산 공기에 맘껏 취하고 싶었다. 땅굴 같은 지하도를 지나 전철이 지상을 달리기 시작했다.

석계, 성북역, 창동, 장수원, 호원, 그리고 마지막 종착역에 닿았다. 전철이 지날 때 도심의 우중충한 분위기와 벌판과 도심의 외곽지대가 순서대로 지나갔다. 전철이 ○○○역에 닿자 나는 기다렸다는 듯 내렸다. 역사를 나와 거리를 걷는데 해방감이 가슴에 터질 듯 다가왔다. 횡단보도를 건너자 화장품 할인코너와 안경점이 나타났다.

도로는 동두천과 포천으로 가는 시외버스가 대부분 차지하고 있었다. 내부에서 환호성이 울렸다. 이 도시는 처음 와 보는 낯선 곳이다. 도시의 화려함도 그렇다고 농촌의 정겨움도 아닌, 도시와 농촌의 중간지대 같았다. 한참을 걷다 보니 거리가 칙칙하고 어두웠다. 상가 골목 끝으로 중앙시장이 보였다. 리어카에 짐을 잔뜩 부려놓은 노점상들이 가운데 길목을 차지하고 앉아 행인들의 발목을 낚아채고 있었다.

왼쪽으로 극장가가 보였다. 소규모지만 연이어 극장이 보였다. 그 중 한곳에 무작정 발걸음을 내밀었다. 매표구에서 표를 받아들자마자 안으로 들어섰다. 어둠이 내 시야를 덮자마자 들려온 건 엄청난 굉음이었다. 시작을 알리는 시그널 음악이었다. 화면이 압권이었다.

칠흑같이 어두운 홍콩 거리에 바바리코트를 걸친 남자 배우가 장총을 어깨에 메고 걸어가고 있었다. 스산한 바람이 거리를 스치는 순간 여기저기서 복병이 나타났다. 요란한 폭발음과 함께 총구에서 불이 뿜어져 나왔다.

아! 나는 짧은 신음과 함께 화면에 몰입했다. 영화는 폭력적인 장면과 함께 젊은 남녀의 사랑을 노래하고 있었다. 사랑을 위해 위험을 무릅쓰고 적진에 뛰어드는 남자, 그는 가슴에서 총탄을 연거푸 꺼내 장전하면서 적을 초토화시켰다. 사랑을 위해 자신의 모든 것을 아낌없이 던지고 있었다. 심지어 자신의 목숨까지.

영화가 끝났을 때 나는 영화 속의 남자 주인공과 그를 비교하느라 정신이 없었다. 그는 나를 위해 과연 저 남자 주인공처럼 행동할 수 있을까. 모든 위험을 뛰어넘어 나를 보호하기 위해 움직일까.

노우.

내 안에서 강한 울림이 있었다. 부정적 대답이 내 안에서 울리자 갑자기 나는 몹시 슬퍼졌다. 그렇다면 나는 지금까지 헛꿈만 꾼 걸까. 영화 속의 남자주인공처럼 시선을 고정시키는 출중한 외모는 아니었지만 그에겐 강한 카리스마가 있었다. 매서운 눈빛에 마른 체격을 한 그는 누가 봐도 강성(强性) 이미지였다.

나는 그 카리스마를 사랑했다. 위압적이고 상대의 기선을 제압하는 당당함과 굳건함을. 그에게는 태산과 같은 의지가 느껴졌다. 나는 나약한 남자는 죽어도 싫었다. 소심하고 유약해 여자에게서 모성애를 유발하는 남자는 꼴불견으로 취급했다. 못나고 무능한 남자도 질색이었다.

내 이기심과 맞아떨어지지 않기 때문이었다. 한 마디로 그는 내 이상형이었다. 그의 감정에 정신 못 차리고 있는데 어느 날인가부터 그에 대한 감정의 색깔이 변하기 시작했다.

"그 사람은 너 좋아해? 혹시 너 혼자만의 짝사랑 아니니?"

노골적으로 비웃으며 영현이가 말했다. 그녀는 일평생 도움이 안 되는 친구였다. 시기와 질투로 이간질의 명수였다. 그런데도 사람들은 그녀를 내치지 않고 받아주는 것도 이상했다. 때때로 그녀의 말은 비수를 꽂듯 절망의 화살이 되어 폐부를 깊숙이 찔렀다. 그런데 그 말을 듣는 순간 가슴이 쪼개지듯 아프면서 정신이 공황 상태가 되는 것 같았다.

나는 내 감정에만 충실했지 나를 향한 그의 마음에는 전혀 무관심했던 것이다. 세상에 이럴 수가, 이런 멍청한 경우가 또 있을까. 나는 거리를 헤매다가 문득 하늘을 올려다보았다. 회색 하늘이 건물마다 그림자가 되어 드리워져 있었다. 도로 편에 롯데리아 건물이 보였다. 일층은 액세서리 전문상가고 이층 삼층이 패스트푸드점이었다.

이층으로 올라가 창가에 자리를 잡고 앉았다. 가방에서 노트를 꺼내 놓고는 무심코 거리를 내다보았다. 일차선 도로와 그 뒤로 보이는 역사(驛舍)가 한꺼번에 압축돼 시야 가득히 들어왔다. 어깨를 웅크리고 걷는 남자와 아이 손을 잡고 걷는 여자와 힘없이 걷는 노인 부부가 차례로 내 눈에 들어왔다.

70년대를 연상케 하는 엿장수가 울릉도 호박엿을 외치며 차도를 건너고 있었다. 나는 창밖을 향하던 시선을 거두어 노트로 향했다.

커피 잔을 만지작거리며 글을 써 나가던 중 눈물이 노트 위로 툭 떨어졌다. 스스로 연민의 감정에 취한 것일까. 난 그때 그의 감정의 실체를 보았다.

무관심.

나는 거리를 바라보며 몇 개의 문장을 끼적거리다 밖으로 나왔다. 1차선 도로를 건너고 지하상가를 쇼핑했다. 그때 내 옆으로 커다란 짐 보퉁이를 들고 지나는 여자가 보였다. 얼핏 보아 그는 50대 중반쯤으로 걸인이었다. 오갈 데 없이 길거리를 떠도는 노숙자 같았다. 헝클어진 머리칼과 주근깨로 가득 덮인 얼굴이 광기로 번득였다.

발을 질질 끌고 걷는 걸로 보아 동상이 걸린 듯 보였다. 그녀가 내 곁을 지나 저만큼 멀리 가는가 싶더니 다시 이쪽으로 다가왔다. 계단을 막 오를 때였다.

"저기 저……."

머뭇거리며 나를 빤히 올려다보는데 순간 두려움으로 가슴이 덜컥했다.

"네? 저요?"

"네, 혹시."

그녀는 두려움으로 가득한, 그러나 애잔한 눈빛으로 나를 향해 무언가 말하고 싶은 눈치였다. 나도 모르게 저절로 주머니에 손이 갔다. 나는 천 원짜리 지폐 몇 장을 꺼내 그녀 손위에 올려 주었다.

"고맙습니다."

여자는 눈물이 글썽한 채 나를 올려다보더니 이내 지하도 속으로 사라졌다. 그 뒷모습을 바라보는데 엄청난 후회감이 가슴을 강타하고 있었다. 후회가 충격이 되어 머리에 각인되는 순간, 현재와 과거, 미래를 무한정 오가면서 혼동이 시작되었다. 나는 가던 길을 멈추고 과거를 돌아다보았다. 거기에 가다가 만 옛길이 있었다.

다음 달 나는 다니던 출판사를 그만 두고 신학대학원에 들어갔다. 대학원 2년 차를 다니던 중 휴학 중이었기 때문이 곧바로 복학할 수 있었다.

그동안 나는 의미와 무의미, 허무와 참 만족 사이에서 무던히도 방황하고 있었다. 결론 내지 못할 그 질문 앞에 서서히 지쳐가던 어느 날, 돌연 신학대학원에 재등록한 것이다. 무려 사백만 원이 넘는 등록금과 까다로운 학부 과정이 있었지만 무사히 통과할 수 있었다.

그리고 이듬해에는 석사 논문이 통과됐고 영광스런 졸업장과 함께 강남에 있는 모 교회 전도사로 시무하게 되었다. 공교롭게도 그 교회는 전에 근무하던 출판사와 인접해 있었다. 버스에서 내리면 출판사가 곧바로 보이고 가끔씩 그곳을 지날 때면 옛 동료들과 마주칠 때도 있었다.

"여기는 웬일?"

그러면 나는 난감했다. 불신자인 그들에게 교회 전도사가 되었다고 일일이 설명하기가 여간 곤혹스러운 게 아니었다. 출판사 직원에서 목회자로 신분이 완전히 바뀐 걸 그들이 어떻게 이해해 줄지 몰랐다. 그 출판사를 지나 교회로 들어설 때마다 나는 과거라는 세상 짐에 눌려 허덕댔다.

대학 청년부 담당 교역자로 시무하던 중, 우연히 동료 교역자들과 함께 백화점에 간 적이 있었다. 그 백화점은 강남의 부유층이 자주 드나드는 곳이었다. 제품마다 동그라미가 얼마나 많이 쳐져 있는지 눈이 휘둥그레질 뿐이었다. 간단한 일용품 하나도 수십만 원을 호가하는데 입이 떡떡 벌어졌다.

동료 전도사의 어머니가 그 백화점 맨 위층에서 레스토랑을 운영하고 있었다. 식당을 방문하기 전 작은 선물을 마련하는데 너무 가격이 비싸 입이 다물어지지 않았다. 도대체 강남 사람들은 수입이 어느 정도기에 저런 고가의 제품을 힘도 들이지 않고 척척 사는 걸까.

교인들도 마찬가지였다. 사회에서 성공한 하이클래스 멤버가 그 교회의 대부분을 차지하고 있었다. 당회장 목사는 최고급 리무진을 타고 다녔다. 재벌 그룹에 속하는 교인이 선물했다고 한다. 일류대 출신 아니면 명함도 못 내밀고 어디에도 낄 수가 없었다. 내가 전도사로 시무하게 된 것도 학벌이 좋았기 때문이라는 평판이었다.

그날 레스토랑에서 저녁식사를 거하게 마치고 밖으로 나왔을 때, 거리는 타오르는 조명으로 완전 불야성을 이루고 있었다. 압구정동 전체가 부와 명예의 상징으로 빛나고 있었다. 골목마다 성형외과 건물이 들어서 있었고 도로마다 외제 승용차가 굴러 다녔다. 젊은이들 역시 하나같이 고급 일색이었고 그 외의 것들은 모두 지상에서 사라진 느낌이었다.

그 거리에 가슴에 보퉁이를 든 노파가 다리를 질질 끌며 걸어가고 있었다. 머리칼은 재를 뒤집어 쓴 듯 헝클어지고 지저분해 보였다. 몸빼 바지는 시궁창을 뒹굴다 나왔는지 얼룩이 지고 젖어 있었다. 슬리퍼도 한 축이 떨어져 나가 건들거렸다. 검정색 점퍼는 가까이 가기만 해도 냄새가 풀풀 났다. 완전 거지 형상이었다.

노파가 극장 앞을 지나 지하철역을 향해 힘없이 발걸음을 옮기고 있었다. 세찬 바람이 동호대교 쪽에서 불어왔다. 고가도로 밑에는 여전히 외제 자동차가 씽씽 달리고 있었다. 여자는 두 눈에 흰자위만 보였다. 풀어헤친 머리는 납량특집에 나오는 귀신이 연상될 정도였고 얼굴은 시커멓게 그을어 주근깨가 다닥다닥했다.

주근깨인지 안 씻어 그런지 몰라도 불쌍하다기보다 무서웠다. 여자에게서 악령의 공포가 느껴졌다. 신은 저 여자의 고통을 알고 있을까. 전능하다는 신의 능력으로 저 여자를 고통에서 건져줄 수는 없는 걸까. 여자는 몸이 사선(斜線)으로 기울어진 채 걸어가고 있다. 쓰러질 듯 쓰러질 듯 위태한 걸음걸이가 보는 이로 하여금 눈물을 자아내게 한다.

"수고하고 무거운 짐 진 자들아, 다 내게로 오라 내가 너희를 쉬게 하리라."

그리스도의 외침이 들리는 것만 같다. 사람들은 모두 그녀를 외면한 채 돌아간다. 그리스도는 저 여자의 고통을 알고 있을까. 인생을 기가 막힐 웅덩이에서 건져주시는 초자연적인 능력으로 저 여자를 구해 줄 수는 없는 걸까. 나는 나의 신분을 잊고서 허공에 대고 외쳤다.

여자 가까이 다가갔다. 여자는 울고 있었다. 시커멓게 글은 얼굴 위로 눈물방울이 계속 흘러내리고 있었다.

"저어."

나는 손대신 돈을 내밀었다. 그러나 내심 알고 있었다. 그녀가 원하는 건 돈이 아닌 사랑임을.

"얼마 안 되지만 식사라도 하세요."

여자는 만 원짜리 지폐를 받아들고서 또 울었다.

"고맙습니다."

그 다음 말은 차마 할 수가 없었다. 난 어쩌면 위선자인지도 모른다. 회칠한 무덤 같은 바리새인, 겉만 번지르르하고 속은 텅 빈, 말뿐인 허장성세.

목회자는 사람 대하는 게 직업이다. 수많은 동료 교역자와 교인들을 대하면서 말에 대한 무한대의 책임을 져야 한다. 수많은 눈길들이 지켜보면서 책임을 묻고 질문을 던진다. 일거수일투족에 의미를 던지고 자신들의 기대에 어긋났을 때에는 비난의 화살을 퍼붓는다. 대접받는가 하면 외면당하고 존경의 대상이 되었다가도 하루아침에 삯군으로 전락한다.

수없이 사랑과 위선의 가면을 써야 하고 함부로 감정을 표출했다간 언제 퇴출당할지 모른다. 때로 수모도 감수해야 하고 무불통지의 지략도 발휘해야 한다. 칭찬받는다고 우쭐대선 안 되고 약속은 반드시 지켜야 한다. 힘센 교인 앞에 머리 숙이고 그렇다고 가난한 교인이라고 외면해서도 안 된다.

언제 어느 때 삯군으로 몰릴지 모르기 때문이다. 어딜 가더라도 감시의 눈길이 따라붙는다는 사실을 잊어서는 안 된다. 더구나 말실수는 통하지 않는다. 말 한번 잘못 내뱉었다가 낭패 보는 일은 허다하다. 교만한 말은 절대금물이고 항상 겸손과 온유로 포장해야 한다. 위로와 사랑이 가득 담긴 말로 믿음을 심어주고 윗사람에게 절대 복종해야 한다.

사방에서 수많은 눈길이 지켜보고 있기에 잠시의 자유도 허용되지 않는다. 나는 교역자로 시무하는 동안 자아(自我)가 점점 타아(他我)로 바뀌는 것 같은 착각에 휘말렸다. 상대의 분위기에 따라 내 감정을 조정해야 하고 실수하지 않기 위해 조심하느라 초긴장 상태를 유지해야 했다.

스트레스는 위험수위를 넘어섰고 이대로 가다간 언제 폭발할지 몰랐다. 게다가 시도 때도 없이 여행 가고 싶은 욕구가 불쑥불쑥 차올랐다.

작가와 교역자.

얼마나 상반된 직업인가. 작가가 자유의 상징이라면 교역자는 부자유와 의무의 상징이라 할 수 있다. 자유의 바다에서 놀다가 감옥 안으로 뛰어든 느낌이었다. 그것도 정신없이.

서서히 아니, 급속도로 나는 지쳐가고 있었다. 소설 탈고한 지가 언제인지 기억도 나지 않았다. 잠시도 창작에 집중할 수 없을 만큼 스케줄이 항상 빡빡했다. 성경묵상과 기도, 상담만으로도 나는 이미 한계상황을 지나고 있었다. 자유가 마음속에서 소진되면서 탈출구가 필요했다. 창작의 바다에 푹 빠져 다신 나오고 싶지 않았다.

나는 절감했다. 나의 본업은 창작이다. 자꾸만 자신에게 외치고 있었다. 내 안에서 그 소리가 커질수록 나는 바리새인의 겉옷을 벗고 싶었다. 그리고 그 위에 자유의 옷을 입히고 싶었다. 결국 나는 삼 년을 버티지 못하고 교역자의 옷을 벗고 말았다. 당회장실에 막 사퇴서를 제출하고 나오던 날이었다.

엘리베이터에서 내려 교회 뜰을 걷고 있을 때였다. 대학생으로 보이는 여자 성도 둘이 이야기를 하고 있었다. 그건 마치 필연과도 같이 내 귓가에 전격적으로 들려왔다.

"H대의 김형국 교수 말야, 작년에 이혼했다며?"

"너 그 소식 어디서 들었어."

"그거 모르면 간첩이지. 그 카사노바 교수가 그간 얼마나 염문을 뿌리고 다녔게, 시를 씁네 하고 수많은 문학도를 울리더니 드디어 부인에게 꼬리를 밟혔다는 게야, 그런데 문제는."

"문제는 뭐?"

"김형국 교수가 그냥 잘못했다고 빌고 넘어 갔으면 좋았을 것을 묻지도 않은 과거를 밝혔다는 거야."

"과거? 무슨 과거?"

"뭐, 자기가 결혼 전에 좋아한 여자가 있었는데, 그 여자를 잊기 위해 현재의 부인과 결혼했다나, 그런 말도 안 되는 소릴 왜 하냐? 차라리 그냥 이혼하고 말지."

"그런 카사노바한테 과연 진정한 사랑이 존재했을까? 말이 되는 것 같기도 하고, 안 되는 것 같기도 하고."

"어떤 여자였을까?"

"아마 작가였다지."

"내가 알기론 평론가라 하던데, S여대 전임강사라고 하던데."

"하긴 그게 뭐가 중요해. 암튼 그 카사노바가 독신이 되었으니 앞으로 또 얼마나 염문을 뿌리고 다닐지 기대된다, 기대돼."

천둥치는 듯한 그 소리가 내 귓가에 전해 오면서 나는 그 자리에서 고꾸라지고 말았다. 온몸에서 힘이 쫙 빠져나가면서 정신이 허공을 맴도는 것 같았다. 후회가 엄청난 후회가 마음속에서 소용돌이처럼 일어났다. 오리무중과 진실이란 단어가 서로 숨바꼭질하면서 내 심중을 어지럽혔다. 수많은 억겁의 시간이 순식간에 내 뇌리를 스쳐 지나갔다.

잇몸에서 찌르르하고 신호가 왔다. 찝찔한 액체가 잇몸 사이에서 흘러나오더니 골이 흔들리기 시작했다. 양치를 하는데 피가 한 움큼

나왔다. 자세히 보니 앞니가 툭 튀어나와 있었다. 마치 뻐드렁니처럼. 입을 다물었는데 드라큘라처럼 송곳니 끝부분이 허옇게 보이는 게 아닌가. 풍치가 수술한 지 7년 만에 재발한 모양이었다.

아! 머리가 지끈지끈 아파 오기 시작했다. 또다시 풍치수술 받을 생각을 하니 머리가 터지는 것 같았다. 튀어나온 앞니 때문에 입이 잘 다물어지지 않았다. 왼쪽 입술이 위쪽으로 약간 올라가 있어 얼굴 전체가 기형으로 보일 정도였다. 특히 웃을 때면 튀어나온 송곳니가 유난히 적나라하게 보였다. 거울을 보면 흉하게 튀어나온 송곳니 때문에 저절로 탄식이 나왔다.

할 수 없이 풍치수술을 받은 대학병원으로 달려갔다.

"또 풍치수술 해야 하는 건가요?"

가슴이 무진장 떨렸다.

"풍치는 아니고 이 뿌리가 약해져 그런 거니까 임플란트를 해야겠습니다. 우선 가짜 이빨 본부터 뜨시고."

"네에 임플란트요?"

순간 나는 기절하는 줄 알았다.

"아니, 왜 그렇게 놀라세요?"

"그 엄청나게 아프다는 임플란트 말인가요?"

"예, 그럼 이렇게 흉하게 튀어나온 이를 그냥 둘 작정이신가요? 빼고서 임플란트하고 나면 감쪽같아질 겁니다."

의사는 너무도 태연히 당연하다는 듯 말했다.

"다, 다음에 할게요."

나는 너무도 놀라 그 자리를 뛰쳐나오고 말았다.

임플란트라니, 잇몸을 째고 턱뼈를 드릴로 뚫어 인공 이를 심는다는 수술 아닌가. 말만 들어도 너무 끔찍했다. 임플란트 하면 우선 연상되는 게 엄청난 통증과 수술비용이다. 수술 과정이 워낙 고난도의 기능을 요하는 것이라 그만큼 힘들고 비용도 비싸다. 의료보험 혜택이 안 되기 때문이다.

임플란트를 한 여자들은 아이를 낳는 것보다 더 힘들었다고 하는 경우도 있다. 어떤 사람은 수술을 한 뒤, 3일 밤낮을 누워 지냈다고 한다. 수술 후유증이 심각했던 모양이다. 요즘은 임플란트도 많이 발전해 레이저 무통 클리닉이란 게 생겼다고 한다. 단번에 레이저로 구멍을 뚫고 임플란트를 심는 방식이다. 전혀 통증도 없고 시술 방법도 간단하다.

또 한 방법으로 브릿지라는 게 있다. 이는 이를 빼 심은 다음, 양쪽 이를 깎아 매다는 형식으로 하는 방법이다. 불편한 건 양쪽 이를 깎아서 하기 때문에 보철물에 치석이 더 잘 낄 수도 있다. 그래서 7년마다 다시 보철물을 해 달아야 한다. 무통 클리닉, 즉 레이저 임플란트는 잇몸 뼈가 튼튼할 경우에만 가능하다.

보통 임플란트 환자의 경우, 풍치가 심해 잇몸 뼈가 녹아 있는 상태가 많아 뼈를 보충해 준 다음 시술이 가능하다. 보통 인공뼈나 합성 뼈를 사용하는데 우선 심을 공간을 확보한 후 뼈를 보충한 다음 드릴로 잇몸 뼈를 뚫는다. 그리고 임플란트를 심고 뚜껑을 닫고 잇몸을 꿰맨 다음 가짜 치아를 붙인다.

나는 인터넷을 뒤져 임플란트에 대한 지식을 쌓았다. 그리고 지인(知人)들에게 전화를 걸어 임플란트에 관한 각종 정보를 수집했다. 시술 비용과 고통의 강도에 대해서였다. 생각보다 훨씬 비쌌다. 보험혜택이 안 돼 약값마저 비싸다고 했다. 예금통장을 뒤져 간신히 비용을 마련했다. 튀어나온 앞니가 흉해 하루라도 빨리 시술받고 싶었다.

임플란트를 전문으로 한다는 치과에서 시술을 받기로 했다. 우선 구강 전체를 찍는 파노라마 엑스레이 사진을 찍었다. 치아의 상태를 확인하고 임플란트 심을 위치와 뼈의 양과 밀도를 관찰하기 위해서였다. 엑스레이 사진 판독 결과 나는 레이저 임플란트가 아닌 기존 방법으로 해야 한다는 결과가 나왔다. 풍치로 잇몸 뼈가 녹아 흘러 뼈를 보충해 준 다음 시술해야 하기 때문이었다.

아랫니와 달리 윗니라 치료 기간이 더 길었다. 보통 아랫니는 턱뼈가 튼튼해 3-4개월이면 보철물을 올릴 수 있지만 윗니는 뼈가 약해 6개월이 걸린다. 시술 후 중간 중간 레이저를 쪼여주면 뼈가 더 잘 아물 수 있다고 한다. 또한 앞니는 심미적인 효과를 위해 더 많이 손이 간다고 한다. 입을 벌리면 곧바로 보이기 때문이다. 의사의 설명이 끝난 뒤 곧바로 시술에 들어갔다.

마취를 한 뒤 30분쯤 지나 또다시 마취를 했다. 강한 집게 같은 걸로 이를 빼는 모양이었다. 잘 빠지지 않는지 강한 악력이 느껴졌다. 으윽. 저절로 신음이 났다. 이가 빠지자 잇몸을 절개하고 다음 수순이 이어졌다. 아마도 인공뼈를 집어넣는 것 같았다. 한참이 지나자 이번에는 드릴 소리가 났다. 뼈 깊숙이 드릴로 뚫는데 이와 귀가 가까워서인지 그 소리가 천둥치는 소리처럼 크게 들렸다.

드릴로 뼈 뚫는 소리가 한동안 들려왔다. 한참을 뚫고 나자 임플란트가 식립되는가 보았다. 나사 같은 게 뼛속으로 들어가더니 뚜껑을 조여 닫는 소리가 났다. 안전을 확인하고 잇몸을 꿰매는가 보았다. 팽팽한 실이 얼굴 위로 스쳐 지나갔다.

그 위에 본을 뜬 가짜 치아가 붙여졌다. 1시간여 만에 시술이 끝났다. 앞니 부분이 얼얼했다. 그러나 생각만큼 아프지는 않았다. 풍치수술보다 훨씬 안 아팠다. 중간 중간 레이저로 쪼여주기 때문에 출혈도 심하지 않았다. 숙련된 베테랑 의사라 그런지 시술이 순식간에 끝난 것이다. 수술실 밖으로 나오자 간호사가 얼음 팩을 주었다. 수술 부위에 대고 찜질을 하라고 했다.

"당분간 죽을 드시고 단단한 음식이나 뜨거운 것을 삼가 드세요, 출혈이 심하면 지혈제를 드시고요."

밖으로 나오자마자 약국으로 갔다. 지혈제와 소염진통제 값이 무려 칠천 원이었다.

"임플란트 하셨나 봐요, 보험혜택이 안 돼 약값이 비쌉니다."

"아! 짜증 나."

나는 수술 부위에 얼음 팩을 갖다 대며 신경질을 부렸다. 통증이 잠시 정신을 분산시켰다.

"아! 하나님."

밖으로 나오자 제일 먼저 눈에 띈 건 포장마차였다. 호떡과 떡볶이가 맛있는 냄새를 풍기며 다가왔다. 먹는 데 대한 욕구가 그렇게 강렬하게 다가온 건 처음이었다. 이전에도 폭식하는 습관이 있었지만 그때와는 비교도 되지 않았다. 무언가 먹고 싶은 걸 먹을 수 있다는 건 축복이었다. 엄청난 신(神)의 은총이자 배려였다.

나는 아픈 이를 감싸고 포장마차 앞을 지나갔다. 지하도를 건너자 이번에는 커피 전문점과 피자 전문점이 나타났다. 향긋한 커피향과 피자 냄새가 그야말로 죽여줬다. 저절로 발걸음이 가는 걸 나는 억지로 되돌렸다. 붕어빵 장수와 구운 옥수수, 만두와 튀김냄새도 코를 찔렀다.

아아! 세상은 온통 먹을 것 천지였다. "당분간 죽만 드세요." 간호사의 말이 계속 귓가에서 맴돌았다. 계속 눈앞에 먹을 것이 나타났다. 그러나 내겐 그림의 떡이었다. 피곤이 몰려왔다. 통증은 점점 가라앉는데 배에서는 연신 꼬르륵 소리가 났다.

거리는 완연한 봄이었다. 아직 칙칙하긴 했지만 봄기운이 땅속에서 모락모락 피어오르고 있었다. 여자들은 얇은 스커트 자락을 날리며 거리를 지나갔고 성급한 젊은이들은 벌써 반팔을 입은 경우도 있었다. 사거리 쪽에서 청소년들이 떼거리로 몰려왔다. 그들은 험한 말을 내 쏟으며 종횡무진 차도와 인도를 오갔다.

"야! 이빨 까지 마."

"구라 까고 있네."

"또 노가리 까면 죽을 줄 알아."

"빡세게 까부실까부다."

"씨발 니기미 다 쥐기는 수가 있어."

청소년들이 이번에는 짝을 지어 욕을 해댔다. 듣기에도 끔찍한 욕설이 공중에 메아리처럼 떠다녔다. 절망과 공포에 찬 말은 파괴력이 되어 심중에 와 박혔다. 행인들이 슬금슬금 그들을 피해 달아났다. 급한 발걸음으로 버스 정류장으로 향할 때였다. 느닷없이 내 안에서 욕설과 허언(虛言)들이 떠올랐다.

위선과 가증에 찬 거짓말들도 떠올랐다. 특히 임기응변으로 둘러댄 수많은 거짓말들이 내 뇌리에 똑똑히 떠올랐다. 남의 고통쯤 아랑곳 않고 여행과 방종에 빠져들던 옛 모습도 떠올랐다. 나에게 따지고 반항하던 사람들에게 겉으로는 천사의 방언을 하면서도 속으로 저주와 악담을 퍼붓던 기억도 떠올랐다. 노숙자들을 대할 때마다 저절로 눈살을 찌푸리던 기억도 났다.

실연의 상실감으로 신(神)의 품을 찾아들었던 나는 신을 속이고 나 자신마저 속이던 교만한 바리새인이 아니었던가. 걸인의 손에 지폐 몇 장 쥐어주고 나서 나는 어딜 가나 선한 사마리아인 노릇을 했다. 그러면서 또 입버릇처럼 회개를 외쳤다. 갑자기 얼굴이 뜨거워지기 시작했다.

오! 주여 내 입술의 죄악을 도말하소서.

성전 마당에서 쓰레기통을 뒤지는 여자가 있었다. 때가 덕지덕지 묻은 검정색 점퍼에 발가락이 비쭉 나온 슬리퍼를 신고서 여자는 연신 쓰레기 더미를 뒤졌다. 한참을 뒤지더니 마침내 일회용 도시락 용기를 건져 올렸다. 그것을 손에 쥐고서 먹을 것이 남아 있나 살피는 모양이었다. 눈물이 핑 돌았다.

가까이 다가가 보니 도시락 안에는 하얀 쌀밥과 깻잎이 놓여 있었다. 그 일회용 도시락을 들고서 여자는 감사기도를 올리고 있었다.

"저어, 이거."

나는 지폐를 여자의 손에 쥐어주려 했다.

"아직 밥이 따듯합니다. 같이 드시죠."

나는 돈을 건네다 말고, 부끄러움에 덜덜 떨고 있는 손을 보았다.

"괜찮습니다. 돈은 저에게도 있습니다."

또박또박 여자는 말을 잘라 하면서 문득 내 눈을 쳐다보았다. 그러더니 당황해 어쩔 줄 몰라 했다.

"아! 당신은 당신은……!"

나는 그녀의 눈을 똑바로 쳐다볼 수가 없었다. 마음속에서 쾅! 하는 굉음이 들려왔다.

"죄송합니다."

나는 부끄러운 손을 거두고 겨우 한 마디 했다.

6개월 후, 나는 드디어 가짜 이를 떼어 내고 송곳니를 해 달았다. 그동안 무시로 흔들거리던 가짜 이는 휴지통으로 들어갔다. 간호사가 열심히 갈고 닦아서 만든, 하얗고 고른 이를 임플란트 보철 위에 붙이고 거울을 보여 주었다. 진짜 이와 구별이 안 갈 정도로 똑같았다. 신기했다.

"마음에 드세요?"

"네에, 어쩜 이리도 똑같죠?"

간호사가 만족스러운지 활짝 웃었다. 그녀는 진정 직업의 보람을 느끼는 모양이었다. 언젠가 탄식처럼 내뱉던 기도가 생각났다.

오! 주여 내 입술의 죄악을 도말 하소서.

8월이었다. 거리를 지나는데 습한 바람이 얼굴을 간질이며 날아갔다. 아파트 앞 화단에서는 활짝 핀 분꽃 향기가 사람들 가슴속으로 퍼져갔다. 그런가 하면 건너편 중앙시장에서는. 삼겹살 굽는 냄새가 진동을 했다. 거리는 맹렬한 더위와 음식 냄새가 뒤엉켜 사람들의 발걸음을 재촉하고 있었다. 멀리 달아났던 식욕이 생각난 듯 다가왔다. 나는 방금 치과에서 나온 사실도 잊은 채, 포장마차를 향해 정신없이 달려갔다. 폭식하는 습관이 되살아난 모양이었다.

(2010년 순수문학)

미련

버스가 강남역 부근을 지나고 있었다.

각종 모양의 빌딩이 눈을 찌를 듯이 다가왔다. 예전에는 직사각형 빌딩이 대부분이었는데 지금은 기하학적 모양의 빌딩이 마치 하나의 예술군락을 나타내 주는 것만 같다.

이제 건물은 예술적 기능마저 감당해 거리를 럭셔리하게 치장하고 있다. 식을 줄 모르는 부의 경쟁과 밀집된 학원가가 여전히 강남역 거리를 차지하고 있다. 수없는 영어간판과 직사각형의 전광판에서 뿜어내는 빛이 행인들의 마음을 쏘고 있었다. 거리를 완전 세팅한 느낌이었다.

차로에는 신형 에쿠스와 벤츠가 꽉 메우다시피 하고 매체마다 떠들어대는 경제논리가 이곳에서는 완전히 비껴나 있다. 나는 차창 밖을 내다보며 잠시 심호흡을 했다. 15년 전, 나는 이 거리 중간쯤에 있는 유학 센터에서 근무했었다. 강남역이 환히 내려다보이는 젊음과 유행과 부와 명예가 집합된 곳이었다.

또한 이 강남 거리는 내 소설과 시나리오가 무진장 산재돼 있는 곳이다. 내 최초의 시나리오가 이곳에서 탄생되었고 수많은 중 단편이 이곳에서 태동되었다. 또한 내 과거와 현재가 한데 뭉쳐 내 의식을 여전히 조종하고 있는 곳이기도 하다. 거리는 흡사 외국을 방불케 한다. 머리칼을 노랗게 물들인 젊은이들이 원서를 가슴에 끼고 횡단보도를 건너고 있다.

강부자라는 신조어가 생겨날 만하다.

럭셔리(luxury)라는 단어가 이곳에서 출발하지 않았나 싶다. 영상매체에서 미용실 간판에서 유행어로 럭셔리라는 단어를 대했을 때 처음에는 신조어인 줄 알았었다. 심지어 젊은 세대들이 꾸며낸 비속어인 줄 알았다. 그러나 자세히 그 뜻을 알아보았더니 전혀 의외의 것이었다.

사치 호화롭다는 뜻이었다. 그래, 그렇다면 이 거리는 럭셔리 그 자체이다. 버스가 뱅뱅사거리를 지나 양재역을 지났다. 시민의 숲을 지나자 차량이 정체되기 시작했다. 건물은 아직도 럭셔리하게 내 눈에 비쳐지고 있었다. 초록을 몰아내고 세워진 건물은 세월의 흐름을 감각적으로 일깨우고 있다. 공허감이 가슴속에 밀려왔다.

나는 조금 전에 생각했던 대사를 다시 한 번 끄집어냈다.

"딱 한 번만 만나자. 더도 없이 딱 한 번만."

"어떻게 만날 건데?"

"무슨 이유로?"

"만나서 무슨 이야기를 할 건데?"

"그보다도 만나주기나 할까?"

의문표가 계속 꼬리표를 달고 마음속에 날아왔다. 불안과 후폭풍으로 예상되는 상처와 후회라는 단어도 연이어 마음속에 전해졌다. 나는 반복적으로 자문자답하며 자신에게 주문을 걸었다.

후회할 때 하더라도 만나보자. 설사 상처받는 일이 발생한다 할지라도 꼭 만나보고 싶다. 그를 만나지 않으면 아무래도 미칠 것만 같다. 그를 보고서 꼭 묻고 싶은 말이 있다.

그것이 뭔데?

지금은 잘 모르지만 아무튼 그를 만나서 할 말이 있다. 가슴속에서 쾅! 하는 굉음이 울리는 것 같다. 창밖으로 서울 어린이 병원이 지나가고 있었다. 십 년 전, 봉사하는 청년을 만나 저곳에 간 적이 있다. 태어난 지 몇 개월 안 되는 어린아이들이 좁은 침대에 갇혀 누워 있는 병동이다.

선천적 기형으로 태어나 간신히 생명을 연장하고 있는 불쌍한 어린 영혼들이다. 부모에게조차 버림받고 본능은 살아 있으나 제 기능을 못하는 탓에 누워 지내다 죽는 가엾은 영혼들이다. 그들도 사랑받고 싶어 몸부림친다는…….

문득 서경숙이 생각난다. 말기암의 통증으로 몸부림치던 그녀는 죽기 직전 내게 말했었다.

"작가님, 난 평생 죽을 생각만 하고 살았어요. 그런데 이제 나이 오십이 넘어 암으로 생명을 마치게 되네요. 내 이 기막힌 이야기를 소설로 써줄 수 있나요?"

그녀를 보면서 죽음이라는 실체를 조금은 알 것도 같았다. 한 생명이 스러져 간다는 것. 병원에서 더 이상 손 쓸 수 없으니 죽음을 준비하라는, 당사자의 심정과 상관없이 찾아오는 죽음, 죽음이라는 단어 앞에서는 모든 게 힘을 잃는다. 부와 명예도, 미모와 젊음도. 현재도 과거도 미래도.

사람들은 흔히들 말한다. 죽음을 앞두고 정리해야 할 것들이 많다고. 그 의미를 난 요즘 깨닫고 있다. 그래서 그를 만나려고 하는 것이다. 간암 말기가 내 몸에서 빠른 속도로 진행되고 있었다. 이젠 정말 시간이 얼마 안 남은 것이다.

지나간 시간은 돌이킬 수 없다. 현실은 냉정한 것이다. 자신의 감정을 타인에게 이입시키지 마라. 자아 중심적이고 이기적인 사고에서 탈피하라. 현실은 소설이 아니다. 냉정하게 현실을 분석하고 행동하라. 내 감정보다 상대의 입장을 먼저 고려하라.

지인(知人)들은 내게 점잖게 충고했다. 만일 그들이 내 병 상태를 알았어도 그렇게 말했을까. 그럴지도 모른다. 그들이 할 수 있는 말이란 게 뻔하다. 기껏해야 '다시 한 번 생각해 보라', '꼭 그럴 필요가 있겠는가' 정도일 것이다. 하긴 죽음을 앞둔 사람의 심경을 누가 알겠는가. 당사자 외엔.

그런데 나는 왜 죽음이라는 단어 앞에 그를 먼저 떠올렸던 걸까. 신앙 양심상, 천국을 먼저 떠올렸어야 마땅하지 않은가. 어쨌든 그를 만나야 한다. 그를 만나서 꼭 해둘 말이 있다. 이미 결혼해서 가정을 꾸리고 있는 남자를 만나 어찌해 보겠단 심사는 아니다. 여기서 윤리는 들먹거릴 필요조차 없다.

삶의 마지막 순간에 딱 한번 만나겠다는데 이것쯤은 눈감아 줄 수 있지 않겠는가. 그나저나 그는 아직도 나를 기억하고 있을까. 아마 내 이름을 잊었을지도 모른다. 벌써 세월이 십오 년이나 흐른 탓이리라. 만일 내가 그에게 "저 영현이에요." 했다 치자. 그런데 그가 내 목소리는커녕 이름조차 기억 못하다면, 이런 낭패가 어디 있단 말인가. 그렇다면 어떤 방법으로 나를 기억나게 할 것인가.

만일 옛날 기억을 하나하나 끄집어냈는데도 그가 계속 모른 척한다면? 설사 알았다고 치자. 만일 못 만나주겠다고 나오면 그땐 어떡한단 말인가. 그러다 마지막 순간, 죽음이라는 카드를 꺼내 든다면, 그는 과연 어떤 식으로 나올까? 만나줄까? 만일 끝까지 만남 자체를 거부한다면?

나는 갖가지 시나리오를 머릿속에 구상하면서 극심한 혼미상태에 들어갔다. 아무리 생각해도 쉽게 만나줄 것 같지 않다. 그는 감정의 오차를 전혀 허용하지 않는 사람이다. 이성적이고 냉철한 두뇌는 예외의 법칙을 인정하려 들지 않을 것이다. 그는 생각할 것이다. 벌써 세월이 15년이나 흘렀는데 홀연히 나타나서 만나달라니, 그게 어디 될 법한 이야긴가.

웬만한 남자 같으면 만나줄 수도 있는 문제지만 그는 다르다.

15년, 전 그와 헤어지고 나서 전화한 적이 있었다. 헤어진 지 두 달쯤 되었을까. 짙은 가을날이었다. 일부러 공중전화 부스에서 걸었는데 처연한 가을비가 내리고 있었다. 신호음이 가자 여직원이 받았다. 그를 바꿔 달라는 말에 여직원은 누구냐고 꼬치꼬치 캐물었다. 기분이 몹시 나빴지만 참았다.

그보다도 가슴이 무진장 뛰고 있었다. 그가 어떻게 나올지 몰라 심장 박동 수가 빨라지고 있었다. 어릴 때부터 부정맥(不整脈)을 앓아온 나는 그와 헤어진 후 증세가 심화되고 있었다. 여직원이 전화기를 바닥에 탁! 내려놓는 소리가 났다. 잠시 후 전선을 타고 그의 음성이 들려왔다.

"전화 바꿨습니다."

두려움으로 가슴이 바작바작 타들어 가는 느낌이었다.

"저예요."

"……."

그 잠깐의 침묵이 고문처럼 느껴졌다. 내 정신을 향해 그가 엄청난 핍박을 가하는 것 같았다. 한편으론 차라리 다행이란 생각도 들었다. 그가 누구냐고 물을 줄 알았는데. 가슴 밑바닥에서 울음이 터져 나왔다.

"어쩐 일로……."

"지난번에 갔었는데 못 뵙고 왔어요."

"언제 왔었는데?"

"지난 화요일요."

"그래, 요즘 어떻게 지내십니까?"

사무적인 질문에 나는 가슴이 탁 막혔다.

"새로운 직장에 다니고 있어요."

"잘됐군."

"건강은 어떠세요?"

"덕분에, 아직까지 나를 생각해 주니 고맙습니다."

더 이상 할 말이 없었다. 몇 마디 대화가 더 오갔던 것 같다. 잘 기억나지 않는다. 하지만 그가 나에 대한 거부 의사를 분명히 밝혔던 것 같다. 추호의 미련도 갖지 말라고 그가 단정적으로 명령하듯 말했었다. 조금치의 여지도 두지 않았다. 말의 요지는 이러했다. 네 마음대로 떠날 때는 언제고 이제와 전화질이냐.

그는 다른 여자들과는 농담이나 여담을 잘했다. 함께 술을 마시고 담배까지 나누어 피우고 자정이 넘은 시각에 여자 후배를 집 앞까지 태워다 준 적도 있다. 호탕하게 웃고 거리낌 없이 행동했다. 그러나 내게는 달랐다. 단 한 번도 농담을 하거나 지나가는 말로도 허튼 소리 한번 하지 않았다. 엄격하고 냉정하게 행동했고 말실수 한번 없었다.

그러면서 언제나 내 표정이나 행동을 예의주시했다. 최상의 예의를 갖추는가 하면 어느 부분에 가서는 철저히 무시했다. 여자가 무슨……. 하는 식이었다. 술을 마시는 건 고사하고 술잔 잡는 것도 싫어했다. 남들에겐 개방적이면서 내게는 봉건적 폐쇄적으로 일관했다.

나는 성격상 남을 쉽게 좋아하지 못한다. 어릴 때부터 잔정이 없고 무엇보다 까다로웠다. 그래서 누구보다 감정조절에 익숙했고 때에 따라선 냉혹하기까지 했다. 하지만 일단 사람을 좋아하게 되면 그땐 문제가 달라진다. 물불을 가리지 않고 심지어 목숨까지 건다. 그가 그랬다. 어느 사이엔가 나는 그의 꼭두각시가 되어 행동하고 있었다.

"어젯밤 너무 과음했나 봐, 속이 쓰려."

어느 여름이었던가. 에어컨 바람이 세찬 카페에서 그가 손바닥으로 가슴을 쓸어내리며 말했다. 동시에 그의 날카로운 눈빛이 내 표정을 살피고 있었다.

"왜 또 안색이 변하는 건가? 감정이 상했나?"

나는 고개를 돌려 외면했다. 하구한날 술만 마셔대니 속이 안 쓰리고 배겨? 속으로만 말했다.

"얼굴이 왜 그래? 또 잠 못 잤군?"

"네에."

이번에는 그의 안색이 싸악 변했다. 부담스럽군. 그의 눈빛이 말했다. 뭐가? 내 눈빛이 말했다.

"요즘 너무 바빠서."

"알아요."

그는 품에서 담배를 꺼내 물었다. 왼손으로 머리칼을 매만지더니 거리가 보이는 창가로 다가갔다. 일류 모델 못지않은 훤칠한 남자가 모델 같은 포즈를 하고서 담배를 피우고 있었다. 카페 안에 있던 여자들이 그를 향해 앞 다퉈 시선을 던졌다. 그는 담배를 피우면서 여전히 머리를 매만졌다.

그의 뒷모습에서 강력한 카리스마가 느껴졌다. 강인함과 빈틈없는 철저함. 아무리 흔들어도 변할 것 같지 않은 요새와 같은 굳건함. 나는 그런 그의 카리스마를 사랑했다. 세상에 태어나 내가 가장 많이 사랑한 사람이었다. 내 감정과 이성을 통틀어 시간과 정성 모든 걸 다 내놓고도 아깝지 않을 그였다. 한 마디로 그는 내 전부였다.

또한 나를 지탱해주는 불꽃이었다. 그가 아니라면 나는 지구 밖으로 밀려날 것만 같은 위기감마저 느꼈다. 사랑이 위기감으로 위기감이 집착으로 변해 가면서 그의 눈빛이 점점 변해가기 시작했다. 그러나 나는 그를 절대 포기할 수 없었다. 왜냐하면 그에게서 안정된 기쁨이 끊임없이 내게로 공급되고 있었기 때문에.

긴장된 순간에서 오는 격한 감정의 물결은 사랑에 대한 확고한 의지였다. 시간아 멈추어다오란 유행가 가사가 생각날 정도로 나는 그의 감정에 몰두했다. 아니, 아예 목숨을 걸었다. 감성이 최고도로 달하자 영감(靈感)이 폭발적으로 떠올랐다.

아! 그때 분명 신은 내 편이었다. 그를 통해 그렇게 훌륭한 영감을 내 글속에 쏟아 부어 주었으니까. 나는 신이 시키는 대로 작품을 완성하는데 힘썼다. 감정에 충실할수록 작품의 완성도는 높아졌고 나는 어느새 작가의 반열에 들어서고 있었다. 그의 감정 따윈 안중에도 없었다.

세월이 가면 다 잊혀진다고. 세월만큼 좋은 치료제는 없다고. 살다보면 또 다른 기회가 오기 마련이라고. 그깟 거 지나고 보면 아무것도 아니라고. 환경을 바꾸고 취미생활에 몰두하면 옛일은 어느새 잊혀지기 마련이라고. 사람들은 수시로 내 귀에 대고 말했다. 그러나 내겐 아무 소용없었다. 워낙 집착의 끈이 강했기 때문이다.

나는 수없이 자살 사이트를 드나들었다. 도무지 감정조절이 안 돼, 전철 속에 뛰어 들고, 동맥을 끊는 소동을 벌이며 삶과 사투를 벌였다. 죽으면 이 지긋지긋한 고통에서 헤어날 것이라는 암시 때문이었다.

그러던 어느 날 홀연히 신(神)의 음성을 들었다.

"내가 너를 사랑한다."

그 음성을 들음과 동시에 나는 무한의 고통을 신과 창작의지에 쏟아 부었다. 창작에 몰두하느라 시간의 여백이 없었다. 끊임없이 떠오르는 영감을 소설과 시나리오로 완성해 책자와 영상매체에 올렸다. 기자 인터뷰를 하느라 때 아닌 골머리를 앓기도 했고 독자라며 다가오는 남자들을 따돌리기도 바빴다.

그러느라 그를 추억할 시간도 없었다. 점차 망각의 세월로 접어들었다. 그도 세월 속에 파묻혀 어디론가 사라져 버렸다. 15년이란 세월이 인생 판도를 완전히 뒤바꿔 논 셈이다. 가끔씩 내 이름 석자가 매체(媒體)에 오르내리던 어느 날, 피곤이 강도처럼 몰려들었다. 처음에는 글을 쓰느라 피곤이 누적된 줄 알았다.

그런데 피곤이 온몸에서 힘을 빼앗아 가더니 급기야 쓰러지는 사태가 발생하고야 말았다. 뜨거운 여름날이었다. 내가 졸업한 대학병원 응급실로 실려 가던 날은 유난히 비가 많이 내렸었다. 응급차 사이렌 소리를 시나리오의 한 장면으로 생각한 나는 의사가 하는 말도 대사의 하나로 생각했다.

"어쩌다 이 지경까지……."

의사는 내 직업이 작가라는 것을 아는 모양인지 뒷말은 아예 생략했다. 나머지는 알아서 판단하라는 것인지 잠시 말이 없었다.

"무슨……?"

나도 의사처럼 뒷말을 아끼며 물었다.

"여태 건강검진도 안 받고 뭐한 겁니까?"

"네?"

"간암 말기입니다."

"네? 지금 뭐라구?"

나는 잘못 들기라도 한 것처럼 되물었다.

의사는 가운 자락을 한손으로 움키더니 자리에서 일어났다.

"빨리 입원수속하십시오."

"……."

암 말기라며 입원수속을 하란다. 나는 남의 일인 양 헷갈린다. 잠시 후 생각해 보니 의사가 내게 소설을 쓴 게 아닌가 싶다. 저 의사가 왜 하필 내게 소설을 쓰지. 그만큼 죽음이라는 현실이 믿기지가 않았다. 내가 죽다니……. 그동안 소설로 시나리오로 실컷 우려먹었던 죽음이 아니었던가. 15년 전, 죽기 위해 별별 수단을 다 쓰던 기억이 떠올랐다.

그런데 그 죽음이 실제로 나를 찾아왔단 말인가. 일주일이 지났다. 병원에서 가망이 없다고 해서 퇴원했다. 다시 열흘이 지났다. 그제야 조금씩 죽음이 실감나기 시작했다. 몸 전체로 전이된 암이 통증을 호소해 왔기 때문이다. 그때 나는 신의 은총을 생각했어야 했다. 그러나 엉뚱하게 그가 먼저 떠올랐다.

그는 이미 결혼해 아내와 두 아들이 있었다. 미모의 아내는 광고업계에서 유망주로 주목받는 위치에 있었고 그는 자기가 속한 분야에서 능력을 인정받아 탄탄대로를 달리고 있었다. 4-5년 전, 그 소식을 들었을 때 내 입에서 생각지도 않은 말이 튀어 나왔다.

"죽어! 박형태. 너 당장 죽어버려. 니 처자식과 함께 죽어 버리라구."

분노로 가슴이 덜덜 떨리고 있었다. 내 눈에서 그렇게 많은 눈물을 뽑아내고 죽음 예행연습까지 시킨 그가 아니었던가. 그런 인간은 죽어야 한다. 이 지구상에 남아 있어선 안 된다.

"박선생이 왜 죽어야 하는데? 무슨 죄가 있어서? 박선생이 죄가 있다면 널 좋아한 죄밖에 더 있니?"

친구는 어이없다는 듯 말했다.

"난 이러고 있는데 그 인간은 처자식하고 잘사니까 그렇지."

"그럼 니 생각만 하고 박선생이 평생 독신으로 늙어야 한단 말이니?"

나는 순간, 가슴이 찢어지는 듯한 통증을 느꼈다. 부정맥에 난류가 발생한 모양이었다. 심장은 통증을 견디다 못해 마비 증세까지 나타내고 있었다. 이제 겨우 나이 사십을 넘겼을 뿐인데.

막상 죽는다 생각하니까 하고 싶은 일이 많았다. 무엇보다 사람을 미워한 게 마음에 걸렸다. 진즉 용서했어야 했는데. 그러나 이제

와서 후회한들 무엇 하겠는가. 그보다도 살아 있는 사람들과 이별할 날도 얼마 남지 않았다 생각하니 그가 간절히 보고 싶어진 것이다. 마지막이라는 단서를 붙여 나는 그가 몹시도 보고 싶어졌다.

그와 헤어지기 전 하고 싶은 말이 있었는데, 그 말을 못한 게 너무도 아쉽게 느껴진다. 입안에서만 맴돌던 그 말.

당신은 내게 처음이었어요. 무슨 뜻인지 아시죠? 처음이었다구요. 내가 세상에 태어나 처음으로 사랑한…… 정말이지 그 말을 꼭 하고 싶었는데, 세월이 15년 흐르고 나서 이제 말하네요. 아무 소용없는 그 말을. 남의 남자가 되어버린 당신에게 이 말이 무슨 얼토당토한 말인지 잘 알지만,

대학시절 책에서 읽은 내용이 생각나요. 사람이 이 세상을 이별할 때 신은 인간에게 마지막 배려로 가장 사랑하는 사람을 보여준대요. 이 세상에 살아 있든 아님 이미 죽었든지 상관없이 보고 싶은 사람을 말하면 반드시 보여준대요. 그런데 당신 얼굴이 제일 먼저 떠오르는군요.

세월이 15년이나 흘렀는데. 그를 만나고 싶다는 건 욕심일까. 죽음을 앞두고 벌이는 치기(稚氣)일까. 아니 죽음이라는 핑계로 그에게 나를 각인시키려는 나의 속임수일까. 나는 극심한 통증 속에서도 그를 만나는 상상 시나리오를 쓰느라 여념이 없었다. 이제 시간이 얼마 남지 않았다. 어서 시나리오를 완성해야 한다.

손끝에 핸드폰이 만져진다. 숫자를 누르려다 잠이 쏟아진다. 혼곤한 잠 속에 꿈이 출몰한다. 수정 바다가 보이고 열두 진주문이 청옥 벽옥 남보석 녹보석 홍마노 등 각종 보석이 빛으로 뿜어져 나오고 있다. 흰옷 입은 천사들이 보인다. 형체는 분명 사람인데 언어가 없

고 마음과 마음이 가슴으로 전해져 통한다.

한쪽으로 생명수 강가가 보이고 생명책이 보인다.

그곳에는 고통도 슬픔도 그리움도 없다. 강 같은 평화만 있을 뿐이다. 세상의 연(連)이 끊겨져 나간 자리에 오직 평강과 기쁨이 있을 뿐이다. 이 세상이 끝나는 날 나는 저 수정 바다와 황금 길을 걸으리라. 그와 함께.

꿈에서 깨어난 나는 몸에 날개를 단 듯 가뿐하다. 몸에서 빠져나간 통증이 이젠 환희로 다가온다. 이 세상의 모든 미련이 다 사라진 듯 평화가 내 가슴에 흐른다. 어디선가 유행가 가락이 들려온다.

"사랑해요, 떠나지 말아요, 이별은 정말 싫어요."

15년 전, 그에게 당부하고 싶은 말을 여가수가 대신 호소하고 있다. 그와 헤어지기 6개월 전이었다. 겨울날이었다. 그의 자동차를 타고 논현동을 지날 때였다. 저녁 무렵이었는데 이상하게 차로가 한산했다. "웬일이지?" 그가 의아한 표정을 짓더니 엑셀을 힘껏 밟았다. 자동차가 언덕을 넘어 내리막길을 폭풍처럼 질주했다.

"오랜만에 시원하게 달려보는구먼."

그래, 더 실컷 밟아라. 너와 함께라면 저 세상인들 못 가랴. 너를 다른 여자에게 보내느니 차라리 같이 죽는 게 낫다. 그의 감정에 변수가 생길 때마다 생각한 말이었다. 나는 속으로 탄원했다. 그때였다. 일제 신형 오토바이가 우리가 탄 자동차 앞을 빙글빙글 돌며 새치기하는 것이었다. 속도를 한껏 높이며 위험천만한 경쟁을 하고 있었다.

"야! 이 망할 자식아, 죽으려고 환장을 했냐?"

그가 자동차 창문을 열고 소리쳤다. 그러자 오토바이가 지그재그로 곡예 운전을 하더니 계속 옆에서 맴돌았다. 그러더니 쌩! 하고 사거리 쪽으로 달려갔다.

"망할 자식."

그는 한바탕 욕설을 내뱉더니 말했다.

"괜찮아? 놀라지 않았어?"

"괜찮아요."

"보기보단 담대하군."

그는 속도를 줄이더니 자동차를 우회전해 동호대교 쪽으로 들어섰다. 자동차가 한강을 지나자 그가 스테레오 볼륨을 높였다. 그때 양하영이 부르는 노래가 들려왔다.

"사랑해요, 떠나지 말아요, 이별은 정말 싫어요."

그는 노래를 따라 부르며 어깨를 움직였다. 손으로 핸들을 탁탁 치며 박수까지 맞춰 가면서. 그때 예감했다. 그와의 이별을. 운명으로 다가오는 전주곡을 들으며 가슴에 엄청난 통증이 전해지고 있었다. 이대로 죽을 수 없다. 그리움이 마지막 그리움이 미련을 당긴다.

"한 번만 한 번만 저를 만나 주세요, 부탁이에요."

"……."

"마지막 부탁이에요, 이제는 부탁하고 싶어도 할 수가 없어요, 이 세상에서의 내 삶이 다 했으니까,"

"……."

"마지막으로 하고 싶은 말이 있어요, 그러니 한번만 만나주세요 꼭 당신을 만나 할 이야기가 있어요."

곧바로 숨이 멎을 것만 같다.

"내 생명이 2-3개월도 남지 않았대요, 곧 숨이 멎을 것만 같아요, 시간이 없어요, 당신 아무리 바쁘더라도 날 만나주세요, 마지막 제 부탁이에요."

"……."

"거짓말이 아니에요, 의사가 그랬어요, 이제 마지막으로 삶을 정리하라고, 재산정리는 다 해놓았어요. 유고집도 다 탈고해 놓았고요. 이젠 마음 정리만 하면 돼요. 마지막으로 당신만 만나면 ……."

"정말 숨쉬기가 힘들군요, 암세포가 뇌로 전이됐는지 정신이 혼미해요, 더 이상 말할 기운도 없어요, 너무 힘드니까 웃음이 나오네요, 당신, 당신 말예요. 하아, 하아."

"눈앞에 요단강이 보이는 것 같아요. 이젠 끝이에요. 꼭 당신을 만나고 싶었는데 하지만 걱정은 안 해요. 이다음에 천국에서 만나면 되니까요. 그 전에 꼭 하고 싶은 말이 있어요, 당신을, 당신을……."

"당신으로 인해 나는 원 없이 행복한 인생이었어요, 죽어도 여한이 없어요, 이 말을 이 말을 꼭 하고 싶었어요."

신을 배반하는 그 말을 마치자 내 몸속에서 무언가 거대한 힘이 빠져나가는 것 같았다. 아! 이젠 정말 마지막이구나. 어디선가 양하영의 노래가 들려온다.

"사랑해요 떠나지 말아요, 이별은 정말 싫어요."

"우리가 탄 자동차가 동호대교를 건널 때 저 노랫소리가 들려왔었는데. 난 죽어도 후회는 없어요, 나의 삶에 최선을 다했고 당신이 내 마음속에 항상 있었으니까."

이제 시나리오는 모노드라마로 변신하고 있다. 나는 대사 한마디 한마디를 마지막 숨결을 가다듬으며 써내려 간다.

"내가 다니는 직장에서 당신이 근무하는 곳은 지척이었어요. 어둔 밤 형광등이 켜지면 당신이 근무하는 사무실과 우리 사무실이 곧바로 보였죠, 아주 자세히."

"당신은 몰랐겠지만 난 당신 일거수일투족을 감시하고 있었어요. 어떤 여직원과 이야기를 하고 차를 마시고 누군가에게 전화를 하고 그러다가 호탕하게 웃는 당신을 볼 수 있었어요."

"난 당신의 출근시간과 퇴근시간을 늘 체크해 두었어요. 그래서 우연을 가장해 당신 앞에 나타나곤 했어요, 당신은 몰랐겠지만."

"장맛비가 내리던 날 생각나요. 당신이 지하 주차장으로 들어가기 위해 기어를 변속하는데 난 쏜살같이 내려갔죠. 우산을 들고서. 당신 그때 내게 뭐라고 했는지 아세요?"

"아? 당신 당신이 여길 어떻게?"

"그 놀라는 표정이라니. 전 그때 말했죠. 모르셨어요, 저 바로 옆 건물 유학센터에 근무하잖아요."

"그랬나? 그렇다면 앞으로 자주 보게 되겠군."

"얼마 안 가 당신은 내 의도를 눈치 채기 시작하더군요. 내가 일부러 당신에게 접근했다는 것까지. 지금 이렇게 말하는 데 무진장 떨려요. 그리고 행복하구요."

"사랑은 그 자체로 만족이에요— 사랑엔 이유가 없어요. 선택이 아닌 저절로 파생되는 감정의 결과이니까요."

"그러니까 우리 사랑은 순전히 제가 먼저 시작한 거예요. 제가 먼저 당신을 알아보고 다가갔어요. 당신은 전혀 눈치 채지 못했겠지만 이별도 내가 준비한 겁니다. 당신이 이별을 꺼내는 게 너무도 두려운 나머지……. 그런데 당신이 너무 당황해 하길래 전 순간 당황했어요, 내가 잘못 짚었나."

"당신은 이별을 받아들이기 힘들어하는 것 같았어요. 눈에 띄게 수척해지고 폭음에다 방황까지……. 그러나 때는 이미 늦었어요. 시간이 흐르자 이번에는 내가 당황하기 시작했어요. 이별이란 사실이 실감나자 곧 쓰러져 죽을 것 같았어요. 그래서 전화했던 건데 당신은 이미 감정 정리가 끝나고 주변에 벌써 여자들이 보이기 시작하더군요. 마치 기다렸다는 듯이."

"난 한동안 유학을 갈까도 생각했었어요. 제가 근무한 직장이 유학센터였잖아요. 그러나 이내 포기했죠. 유학을 간들 무슨 소용이 있겠어요. 그리움만 더해질 뿐이죠. 대신 나는 내 본업을 찾았어요, 소설과 시나리오를 썼어요. 내 소설을 시나리오로 각색해 크랭크인되던 날 영화관 근처에서 당신을 본 적이 있어요. 얼굴이 몹시 야위고 비대칭으로 몸은 어느새 불어 중년이었어요. 당신이 그 영화관 근처에 나타난 이유를 난 아직까지 몰라요. 내 편한 대로 해석하려다 그만 두었어요."

"아무튼 난 몹시 바쁜 나날을 보냈어요. 창작생활을 하기 잘했다는 생각이 들었어요. 온통 작품에 매달리느라 세월 가는 줄도 몰랐으니까요. 그래서 당신이 다 잊혀진 줄 알았어요."

"작품에 당신 이야기를 쓰지 않았냐고요? 왜 안 썼겠어요, 처음에 주인공은 다 당신이 차지할 정도였으니까요. 하지만 얼마 안 가 바닥이 나더군요. 새로운 소스가 필요했어요. 참으로 많은 곳을 다녔어요. 많은 사람들을 만나고 새로운 환경과 접촉하고. 그런데 그때마다 당신 생각이 언뜻언뜻 나는 거예요. 난 다 잊혀진 줄 알았는데."

"그래도 견딜 만했어요. 시나리오가 영화가 내 애인이고 남편이라 생각 들었으니까. 심지어 당신 대신이라 생각했으니까."

"사람은 늘 감정의 속임수 속에 살아가나 봐요. 다른 사람의 감정을 속이기고 하고 속기도 하고, 심지어 자기감정에 자기가 속아요. 그건 생각이 교만할수록 더 그런 것 같아요. 성경에도 나와 있잖아요. 네 중심의 교만이 너를 속였도다."

"이제 정말 시간이 얼마 안 남았어요. 꼭 해둘 말이 있어요. 당신을 처음으로 사랑했어요. 당신을 만나 여한 없이 행복했구요. 비록 당신을 다른 여자에게 보내긴 했지만 난 당신의 여자나 마찬가지였어요. 꼭 잠자리를 같이 해야만 그 사람의 소유가 되는 건 아니에요. 정신이 하나로 모아지면 그땐 서로의 끈이 되는 거예요. 마음과 마음을 이어주는 끈 말예요."

나는 지금 무한의 절망과 싸우고 있다. 그를 만나야 한다는 절박감과 그리움이 마음을 압박하고 있다. 의식이 점점 혼미해져 간다. 모르핀이 이젠 아무 소용이 없다. 통증을 가라 앉힐만한 마지막 수단까지 바닥났다. 세상에 올 때는 순서가 있어도 떠날 때는 순서가 없다더라. 누군가 내 귀에 대고 한 말이 생각난다.

수많은 독자들의 얼굴이 떠오른다. 내 문학 강연에 참석했던 후배 동료들과 지난 세월의 흔적이 파노라마처럼 머릿속을 훑고 지나간다.

"우리 천국에서 만나요."

그 순간 나는 기적처럼 자리에서 일어났다. 알 수 없는 힘이 내 몸속에 부어지고 있었다. 정신이 명료해지면서 기운이 샘솟는다. 내 몸에서 악마가 빠져나간 모양이다. 빛이 내 몸과 마음에 부어지고 있었다.

"이제 마지막 여행을 떠나야겠어요. 한번 가면 다시 못 올 이 세상이 아니던가요? 당신과의 추억이 묻어 있는 그 길을 보고 싶어요. 그동안 창작생활에 몰두하느라 한 번도 찾지 못했던 곳이에요. 당신과 함께 걷던 그 거리, 온통 화려함으로 치장한 그곳을 가보고 싶어요. 얼마나 많이 변했는지 그 거리를 마지막으로 머릿속에 담고 싶어요."

"방금 내가 근무하던 그 건물을 지났어요. 유학센터가 치과 병원으로 바뀌었군요. 당신이 근무하던 건물은 리모델링을 다시 해 입시학원과 성형외과가 들어섰네요. 이 거리는 정말 럭셔리해요. 이곳에선 고가(高價)가 당연하게 통해요. 럭셔리한 건물, 럭셔리한 여자, 럭셔리한 자동차."

"이 거리 풍경을 마음에 담겠어요. 당신과의 기억도 새롭게 리모델링해 마음속에 담겠어요. 죽음과 함께 저 천국까지 가지고 갈 거예요. 창밖의 거리가 너무도 신선하게 느껴져요. 저 푸른 나무 잎사귀 좀 보세요. 생명의 기운이 느껴지지 않나요? 저들은 새파랗게 생명의 축제를 벌이다가 씨앗을 퍼뜨리고 다른 생명체에까지 영향력을 끼쳐요. 공생하면서 대자연의 아름다운 섭리를 사람들에게 일깨워요."

"문득 당신 아이들이 궁금해지는군요. 어떻게 생겼을까. 광고업계에서 능력과 미모를 자랑하는 당신 아내도 보고 싶어져요. 당신을 차지한 그 여자를 남몰래 부러워한 여자들이 많았어요. 내가 차지하고 싶었던 그 자리를……. 하지만 다행이에요. 당신 수준에 걸맞는 훌륭한 아내를 만났으니 나랑 헤어진 게 오히려 다행이지 뭐예요."

"이미 그렇게 된 걸 알고 신은 가장 공평한 처사를 내리신 거 같아요. 아! 지금 창밖으로 양재동이 지나고 있어요. 내 영화 속에 나오는 거리예요. 왼쪽으로 교육문화회관이 보이네요. 시민의 숲도 보여요. 내 영화 속의 남녀 주인공이 저 곳에서 만나 데이트하는 장면을 찍은 곳이에요. 비록 흥행에는 실패했지만 평론가들로부터 좋은 평가를 받은 작품이에요."

"그 영화가 시내 극장가에서 상영되던 날, 내게 발신번호가 찍히지 않은 문자메시지가 여러 통 날아들었어요. 영화 개봉을 축하한다는, 꼭 대히트 치라는……. 난 당신이 보낸 메시지로 받아 들였어요. 그리고 충무로 뒷길을 걷는데 당신 모습이 내 눈앞을 어뜻 스쳐 지나는 것이었어요. 처음에는 환상인 줄 알았어요."

"몸집이 몹시 불어나 있는 데다 얼굴빛이 초췌해서 당신이 아닌 줄 알았어요. 그런데 골목길을 돌아서는데 당신의 그 미소가……."

"난 그 순간, 내가 살아 있음에 감사했어요. 죽지 않고 살아 있으니까 다 만나게 되는구나. 이제 사실일까 꿈일까. 당신은 내 눈빛을 의식하는지 못하는지 골목길을 돌아 청계천 쪽으로 빠지더군요. 아마 그곳에서 누군가를 만나기로 했었나 봐요."

"그날은 영화 시사회도 있었고 영화 관계자들과도 많은 만남이 약속돼 있었어요. 정신없이 바빴지만 나는 핸드폰을 계속 주시했어요. 당신이 꼭 연락을 보내오거나 아님 당장 눈앞에 나타날 것 같았어요, 기적처럼."

"당신을 사랑할 수밖에 없었어요. 내게 다가오는 당신의 눈빛, 언어, 행동 자체가 모두 예술작품이었어요. 나는 속으로 끊임없이 대사를 썼어요, 당신은 물론 내 영화 속 주인공이었어요. 나는 가능하면 영화를 해피엔딩으로 끝내고 싶었어요."

"운명적인 사랑을 그렸는데 결론은 비극으로 끝났어요. 관객들의 카타르시스를 위해 갑자기 반전을 시도한 거예요. 비극적인 장면 앞에 관객들이 손수건을 적시며 우는 장면을 상상했죠. 그런데 그 마지막 장면이 내 이야기가 될 줄이야, 이렇게나마 마음을 털어 놓고 나니까 참 홀가분하네요."

"참 아까 여한이 없다고 말씀 드렸었죠. 그 점 당신께 감사해요. 세상에 태어나 목숨 건 사랑 한번 못 해보고 떠나는 사람이 얼마나 많은가요? 그러고 보면 난 참 행운이에요. 비록 사랑을 이루지는 못했지만요. 이젠 정말 시간이 얼마 남지 않았군요. 마지막 감정 정리를 끝낼 때가 된 거 같아요."

"살면서 죄를 안 지을 수는 없겠죠. 그리고 서로 원수 맺는 일도 비일비재하게 발생해요. 용서라는 단어를 사용하긴 하지만 제일 하기 힘든 것도 용서예요. 솔직히 고백하자면 난 용서에 서툴었어요. 한번 원수지면 그걸로 끝일 때가 많았거든요."

"초등학교 다닐 때부터 지금까지 풀지 못하고 지낸 사람들이 너무 많아요. 결과를 따지고 보면 모두 내 잘못인데 난 모두 상대방에게 전가해버렸죠. 일부러 친구에게 생채기 준 적도 많았어요. 약점을 들추어 내 망신 준 적도 있었고 끝끝내 내가 잘했다고 우긴 적도 있었어요. 나중에 신 앞에 나갔을 때 제일 먼저 회개했지만 친구는 이미 소식이 끊긴 뒤였어요."

"이제라도 만나면 간절히 용서를 빌고 싶어져요. 의도적으로 지은 죄를 고범죄라 하더군요. 실수로 지은 죄와는 확연히 구분되죠. 그러고 보니 헤아릴 수 없는 많은 죄를 지은 것 같아요. 아무리 회개

해도 끝이 없군요."

"이제 버스가 막 분당을 지났어요. 버스가 회차 지점이라 다시 서울로 간답니다. 들판에 꽃나무가 아름다워요. 개나리와 진달래 목련이 한창이군요. 화려한 색채가 거리 전체를 뒤덮고 있네요. 고속도로에는 떠나는 차량들이 전 속력을 올리고 그 주변에 핀 꽃나무가 너무도 화려해 어지러울 정도예요. 다시는 못 볼 지상의 아름다운 모습이에요. 세상이 이렇게 아름다운 줄 처음 느껴요."

"어린 아기들도 마찬가지예요. 아기들은 천진난만 순진무구 그 자체예요 행복의 요람 같은 느낌을 줘요. 이제 떠나기 전 모든 이들과 화해하고 용서하고 축복하고 싶어요. 이 땅에서 맺힌 것 모두 풀어버리고 하늘의 평강을 빌고 싶어요. 그래서 내 남은 재산을 장애자와 고통 받는 이들에게 희사했어요."

"아! 벌써 서울로 들어섰네요. 분명 밤인데 온통 환한 빛이 내 마음 속에 쏟아지고 있어요. 환희의 음악이 내 안에서 들려오고 있어요, 지금이 부활절인가? 칸타타 음악 같기도 해요."

"그러고 보니 생각나는 게 있어요. 죽음은 끝이 아니래요. 죽음 뒤에는 부활이 기다리고 있다는……. 영생의 부활이 나는 믿어져요, 이제 비로소 알았어요. 왜 죽음에 소망이 있는지. 이제 내가 사는 동리 앞이에요. 그런데, 그런데."

"거기 내 집 앞에 서 있는 사람, 당신 아닌가요? 환상인가? 아! 잠시 착각했었나 봐요. 가족들이에요. 내 마지막을 지켜 줄, 내 몸이 침대 속으로 빨려 들어가는 느낌이에요. 아! 너무도 편안해요."

"귓가에서 음악이 들려오는군요. 천국 음악 같아요. 당신 모습도 보이네요. 그런데 당신 울고 있네요. 울지 말아요. 우린 곧 천국에서 만날 거잖아요. 흰옷 입은 천사가 내려오고 있어요. 너무도 평안해요. 아! 저기 요단강이 보이네요."

"이젠 삶의 모든 미련을 접어야 할 시간이 된 것 같아요. 당신 사랑해요. 모두 다 사랑해요. 내게 상처와 아픔을 주었던 사람들까지 모두 다. 가장 후회되는 것은 그동안 살면서 사랑하지 못한 거예요. 좀 더 열심히 살고 사랑했더라면 덜 후회할 텐데."

"C S 루이스란 학자가 말했대요. 고통이란 육체적이든 정신적이든 원치 않는 경험을 말하는 것이라고."

"이제 모든 고통이 끝나는 순간이에요. 죽음 뒤의 소망이 보여요. 얼마나 감사한지. 앞서거니 뒤서거니 하면서 만나는 죽음이란 이별 속에 소망이 있다니, 당신도 이 소망 잊지 마세요. 그리고 지상에서의 아름다운 삶을 신과 함께 하세요. 아! 정말 마음이 편해요. 빛이, 빛이 점점 내 마음 속에 다가오고 있어요."

미련이 모든 미련이 완전히 사라지고 있었다.

(2011년 코스모스 문예)

분노

순간순간 분노가 솟아오른다.

내재된 상처가 응축된 분노와 함께 생각을 점령한다. 정체성에 대한 극심한 혼란과 경망스러운 행동이 자신도 모르게 툭툭 튀어나온다. 절제할 수 없는 언사는 험한 인상과 함께 저절로 기피대상이 된다.

그는 지금 길을 가고 있다. 거리는 봄소식으로 가득했다. 두터운 겨울 외투를 내던지고 얇은 옷으로 몸단장을 한 사람들이 거리를 지나고 있었다. 나른한 봄기운 속에 개나리와 진달래가 꽃망울을 막 터치고 있었다. 차도는 9호선 전철 막바지 공사를 하느라 곳곳이 파헤쳐져 교통 혼잡의 원인이 되고 있었다.

맞은편에서는 버스 중앙차로 공사를 하느라 인도가 좁아지고 있었다. 그런가 하면 길 건너편 가파른 지하 계단에서는 에스컬레이터 공사가 한창 진행 중이었다. 거리는 온통 공사 중이었다. 그러고 보면 경제 불황이라는 세계적 공감대도 다 남의 말 같았다.

그는 여의도 고수부지를 지나 KBS 앞길을 지났다. 교각을 건너 영등포 시장 쪽으로 천천히 걸어갔다. 카바레 경음악이 바람결에 들려왔다.

"빗속의 여인. 그 여인을 잊지 못하네. 다정하게 어깨를 부여잡고 한 없이 한 없이 걸었네. 빗속의 연인, 그 여인을 잊지 못하네……."

다닥다닥 붙은 포장마차 사이로 역한 튀김 냄새가 풍겨왔다. 삼겹살 굽는 냄새와 커피 향기도 뒤엉켜 날아왔다. 값싼 중국제품을 늘어놓고 폭탄세일을 알리는 현수막이 거리를 도배하다시피 하고 있었다. 인도 블록에는 카바레 광고 전단지가 행인들의 발길에 짓뭉개지고 있었다.

유명 연예인의 전신사진을 담은 카바레 광고는 영등포 거리를 춤과 향락으로 물들이고 있었다. 이상했다. 경제가 곤두박질칠수록 환락사업은 더욱 기승을 부렸다. 또 한 가지는 점술이었다. 경제난국은 미래의 두려움을 일으켰고 사람들은 너도 나도 점집으로 달려가 사탄의 하수인이 됐다. 자신들의 미래를 사탄에게 맡겨놓고 갈 바를 알지 못하고 우왕좌왕했다.

그는 익숙한 발걸음으로 시장 뒷골목으로 들어섰다. 문구상과 식품 도매상을 지나자 한강 성심병원이 눈앞에 나타났다. 고물상과 기계 공구를 파는 가게들도 눈에 띄었다. 흙먼지가 리어카를 끌고 가는 노인 등 뒤로 가 엉켜 붙었다. 걸음을 좁은 골목길로 옮기자 LPG 가스통이 달린 낡은 주택가가 나타났다. 낮은 슬레이트 지붕이 비만 오면 그대로 빗물이 골목길로 떨어지는 40년 전 그대로였다.

이곳에서만큼은 세월이 정체된 것 같았다. 싸구려 음식점과 미용실, 철물점이 도심의 후미진 모습을 그대로 담고 있었다. 골목 끝을 지나자 동네 병원이 나타났다. 노인 요양을 전문으로 하는 병원이었다. 병원 주차장 바로 옆이 장례식장이었다. 팔에 삼베완장을 찬 젊은 남자들이 그곳 주변을 어슬렁거리는 모습이 보였다. 어깨들이었다. 얼굴에 조직폭력배라고 써진 듯 하나같이 인상이 험상궂었다.

그는 발걸음을 옮기다 말고 멈칫했다. 오금이 저렸다. 향냄새가 바람을 타고 날아왔다. 장례식장 앞에 늘어선 대형 화환이 조문객들의 기(氣)를 압도하고 있었다. 나이트클럽 대표라고 써진 화환 앞에 어깨들이 담배를 피우며 잡담을 나누고 있었다. 아마도 조직의 일원이 급사한 것 같다. 아님, 조직의 보스가 죽었던가. 곡소리는 들려오지 않고 있었다.

하긴 검은 돈을 위해 불의와 거래하는 그들에게 무슨 눈물이 있겠는가. 그들에겐 오늘만 존재할 뿐, 내일은 관심 밖의 일일 것이다. 그런데도 그들은 죽음의 예식을 위해 검은 정장을 착용하고 있었다. 고인에 대한 마지막 배려라고 생각했던 걸까. 그렇다면 저 안에 있는 망자(亡者)는 분명 조직의 우두머리일 것이다.

똘마니 하나 죽었다고 해서 정장 차려 입고 죽음을 배려할 저들은 아닐 테니까. 흡사 레슬링 선수 같은 체격을 한 남자들이 장례식장 안으로 계속 발걸음을 디밀었다. 병원 정문은 버스 정류장과 마주하고 있었다. 병원 측은 그것을 고려했는지 장례식장을 뒷문 후미진 곳으로 내주고 있었다. 어깨들은 피우던 담배를 바닥에 비벼 끄고는 귀엣말을 나누었다.

영화의 한 장면처럼 그들은 죽음을 놓고 모종의 거래를 하는지도 몰랐다. 심각한 표정으로 보아 금방이라도 무슨 일이 터질 것만 같았다. 그들 앞으로 검은 세단이 소리 없이 와 섰다. 에쿠스 신형이었다. 순간, 어깨들의 얼굴에 긴장이 감돌았다.

"어서 오십시오."

어깨들의 허리가 일제히 숙여졌다. 동시에 얼굴에 칼자국 난 중년남자가 어깨들의 호위를 받으며 차에서 내렸다. 그는 대낮임에도 검은 선글라스를 착용하고 있었다. 신분노출을 꺼리는 어깨들의 고유 습관이었다. 그는 허리를 굽히는 어깨들을 향해 손을 내저으며 지하 장례식장으로 들어섰다.

어깨 몇 명도 따라 들어갔다. 밖에서는 여전히 건장한 어깨들이 주변을 살피며 망을 보았다. 불시에 닥칠지도 모르는 위기를 미리 대비하는 것이었다. 언제나 살벌하고 위험천만인 그들 삶을 증명해 주듯이.

경철은 어깨들이 담배를 피우며 잠시 한눈을 파는 사이 주차장 옆을 쏜살같이 뛰어 달아났다. 걸리면 그때는 피 박살나는 걸 그는 잘 알고 있었다. 그는 한때 조직의 끈이었다. 그의 분노를 이용한 조직책은 거머리처럼 그의 피를 빨아먹고는 내팽개친 그야말로 인간 사탄이었다.

그러고도 모자라 그들은 그가 눈에 보이면 박살을 내겠다고 으름장을 놓았다. 똘마니 시절, 그는 영등포 바닥을 박박 기면서 죽음예행 연습을 했다. 항상 죽음을 담보로 조직이 거래를 해왔기 때문이다. 조직 운반책. 그것이 그의 임무였다. 안에 무슨 물건이 들어 있는지 그건 보스만 알았다. 거래는 점조직으로 이루어졌기 때문에 그가 알 수 있는 건 아무것도 없었다.

그러나 거래가 경찰에 의해 탄로 나면 그가 모든 걸 뒤집어 써야 했다. 그건 말단 시다바리가 겪는 당연한 순서였다. 그는 그 순서에 의해 감옥을 여러 번 들락거렸고 그러다 인생 종치는 줄 알았다. 조직에선 철저하게 감정을 무시했다. 동료가 무지막지하게 칼로 난자

당해 죽어도 숨소리 하나 내지 않고 지켜봐야 했다.

조직에서의 이탈이나 배신은 곧 죽음이었다. 의리를 주장하지만 그건 조직의 이탈방지를 위한 허울 좋은 구실일 뿐이었다. 아니 끝까지 충성해도 마지막은 죽음이었다. 조직원은 소모품에 불과했다. 보스라 해 안전한 것도 아니었다. 불만을 품은 배신자나 청부살인자에 의해 감쪽같이 사라지기도 했다.

어느 날 공식석상에 나타나지 않으면 그는 벌써 저 세상 사람이 된 것이었다. 그런 식으로 조직이 와해되면 이탈자가 생기기 마련이었다. 그들은 대부분 밀항선을 타거나 상대 조직으로 가 몸을 담았다. 대부분의 조직이 그렇듯이 겉으로는 합법적인 단체였다. 합법적인 거래를 통해 뱃속을 불리고 있었다, 조직원의 피를 쏟고서.

대개는 담합하는 형식으로 공사를 따내고는 돌아가면서 이득을 취했다. 그런가 하면 경매 붙여진 상가나 빌딩을 담합해 사들였고 규모가 커지자 유흥업에까지 손을 뻗쳤다. 카바레, 중년나이트, 룸살롱, 심지어 연예계까지. 그들의 손이 닿지 않는 곳은 없었다. 사람들의 명예욕과 출세욕 재물욕은 그들의 손안에서 놀아났다. 무소불위였다. 그때마다 그들은 사람들의 분노를 교묘히 이용했다.

음습하고 칙칙한 길을 그는 좋아했다.

왠지 자신과 잘 어울리는 것 같았다. 밝고 고급스런 분위기는 껄끄럽고 잘 맞지 않았다. 그는 아예 예의범절이나 흔한 겉치레 인사말도 할 줄 몰랐다. 배고프면 밥 먹고 졸리면 아무 데나 쓰러져 잤다.

누군가 기분 나쁘게 하면 주먹이 먼저 나갔고 욕설이 뒤따랐다. 그에게 미래란 없었다. 그저 본능이 시키는 대로 움직이고 살았다.

그나마 생존본능 의지가 있는 것만으로도 다행이었다.

취생몽사하며 살아온 지난날이었다. 맨 땅에 헤딩하며 참 고달프게 살았다. 왜 사는지 어디로 가는지 알지 못하고 세월만 떠나보냈다. 물 위에 떠 있는 개구리밥처럼 그렇게 어영부영 살았다. 좋은 게 뭔지 나쁜 게 뭔지 선악에 대한 개념도 없었다. 소원도 없고 꿈도 없었다. 한 가지 알 수 있는 건, 마음 속 깊은 곳에 있는 슬픔의 우물이었다.

의지가지없는 어린 영혼의 슬픔, 억울해도 어디 한군데 호소할 데 없는 절망뿐인 슬픔, 한 걸음도 내딛을 수 없는 위기로 가득한 슬픔, 배고프고 서러운 것보다 더 슬픈 건 사랑받지 못하고 보호받지 못한 막다른 감정이었다.

어린 날, 생부의 손에 이끌려 본가에 들어갔을 때 그는 자기를 지켜보는 수많은 눈길을 보았다. 적의와 분노를 품은 그 눈길은 어린 그에게 상처를 덧씌워 주고 있었다. 연탄아궁이 딸린 방 셋에 좁은 부엌 한 칸이 그 집 살림의 전부였다. 간신히 밥 먹고살면서 생부가 딴 집 살림을 차린 것이었다. 생모는 그를 고아원에 갖다 주라고 했다.

그러나 생부는 그럴 수 없다고 했다. 그가 아들이라는 이유 때문이었다. 본처에게서 난 아들은 뇌성마비 장애인이었다. 목과 팔이 저절로 돌아가고 말이 어눌해 도저히 알아들을 수가 없었다. 본처가 딸 넷을 낳은 끝에 낳은 아들이었다. 6대 독자였다. 본처는 아이가 그렇게 된 건 순전히 남편 탓이라 했다.

없는 살림에 계집질에 미쳐 하늘이 벌을 내린 것이라 했다. 처음에는 아들을 시설요양소에 맡기려 했으나 돈이 없어 포기하고 말았다. 특수학교에 보내고자 했지만 그나마 여의치 않았다. 수업료가 비싼 탓이었다. 그 궁색한 살림에도 끊임없이 여자와 놀아나는 생부는 마침내 아들을 낳아 본가로 데리고 들어온 것이었다.

조금치의 미안한 감도 없었다. 오히려 개선장군처럼 당당했다. 니가 낳지 못한 아들 내가 밖에서 낳아 왔으니 차라리 잘 된 거 아니냐는 식이었다. 본처는 남편에게 못한 분노를 서자(庶子)에게 몽땅 퍼부었다. 딸들과 합세해 밥을 굶기는 건 예사였고 남편이 들어오지 않는 날에는 밖으로 내쫓고는 문을 잠가 버렸다. 생부는 아이를 본처에게 맡겨 두고도 여전히 엽색행각을 벌였다.

그건 그의 집안 유전이었다. 조상 대대로 축첩을 일삼은 내림이었다. 그의 아버지도 조부도 증조부 고조부도 모두 축첩을 했다. 살림이 넉넉하거나 지체가 높아서가 아니었다. 타고난 어쩔 수 없는 끼 때문이었다. 배다른 자식들이 한 집안에서 자라면서 불씨도 함께 자라 항상 불화가 끊이지 않았다.

밖으로 쫓겨난 그는 몸부림쳐가며 울었다. 아무리 문을 두드려도 열어주지 않았다. 밥을 먹을 때도 그에겐 찬물 한 모금 먹여주는 사람이 없었다. 누이들은 돌아가며 그를 학대했다. 한 겨울 옷을 몽땅 벗긴 채 밖으로 내 쫓는 건 예사였다. 온갖 악담과 저주를 퍼부으며 빗자루로 머리통을 쾅쾅 내리치기도 했다.

하도 머리를 많이 얻어맞아 피멍이 가실 날이 없었다. 뇌성마비 장애를 앓는 배다른 형이 가끔 그에게 다가와 먹을 것을 갖다 주는 게 유일한 낙이었다. 형은 가족 몰래 먹을 것을 가져와 그에게 내밀며 눈물을 흘렸다. 손짓으로 빨리 먹으라며 눈치를 보았다.

생부는 어린 그를 본처에게 맡겨두고는 한 번도 돌아보지 않았다.

생모도 마찬가지였다. 생모는 귀찮은 짐 덩어리 내팽개친 듯 홀가분한 표정으로 재가를 했다. 그는 부모 있는 천애고아였다. 울분과 슬픔, 소외감으로 그의 어린 시절이 흘러갔다.

성장한 누이들은 하나 둘 집을 따나갔고 어느 날 생부는 시체가 되어 돌아왔다. 객사한 것이다. 술에 취해 길거리에 쓰러져 자다 지나가던 오토바이에 치여 직사한 것이다.

본처는 눈물 한 방울 흘리지 않고 장례를 치렀다. 죽어서도 여편네 고생시키는 인간은 남편도 아니라며 장례비용을 최소로 줄였다. 벽제 화장터에서 한 줌의 재로 변한 생부는 주변의 야산에 아무렇게나 뿌려졌다.

"천하에 망할 놈의 집구석이구먼, 대대로 계집질에 놀아난 오색잡놈들이여."

생부의 본처는 이를 갈며 말했다. 누이들은 집을 떠나 살면서도 전혀 어머니를 돌보지 않았다. 원한 맺힌 집구석 꼴도 보기 싫다며 아예 발걸음도 안 했다. 생활비 한 푼 내놓는 자식이 없었다. 본처는 이를 갈며 말했다.

"서방 복 없는 년 자식 복도 없다더니 그 말이 꼭 맞구먼."

하긴 그 엄마에 그 딸이었다. 본처는 취로사업에 다니며 간신히 풀칠이나 하다, 어느 날 스스로 한강으로 달려가 생을 마감하고 말았다. 살아생전 남편 사랑 한번 받아보지 못하고, 뇌성마비 장애아들을 둔 탓에 첩실의 자식을 받아들여야 했던, 그래서 더 패역하고 그악스런 삶을 살았던 그녀였다.

경철은 열다섯 살에 집을 나왔다. 누이들이 달려와 어머니의 시체를 치우자마자 집을 팔아치운 것이다. 그녀들은 어머니의 장례를 치르면서도 하나같이 싸게싸게를 들먹였다. 장례비용을 한 푼이라도 아끼려는 심사에서였다. 과연 그 어머니의 그 딸이었다. 생전의 어머니가 아버지의 장례를 치르면서 하던 행동을 딸들이 똑같이 되풀이한 것이다.

집을 팔아 네 딸이 나눠 갖고는 그에겐 이제껏 키워 준 것만으로도 감사하라며 나가라고 명령했다. 배 다른 형은 누이들에 의해 어디론가 보내졌다. 그는 차라리 홀가분했다. 어디 간들 이곳만 못하랴 싶었다. 무일푼으로 쫓겨나면서도 하나도 서럽지 않았다. 안락이 주는 편안함을 몰랐기에 그는 슬픔조차 몰랐다.

열다섯 어린 나이에 그가 할 수 있는 일은 많지 않았다. 사람들은 그를 비행 청소년 취급했고 경원시(敬遠視)했다. 많은 보호시설과 기관이 있었지만 그완 전혀 상관없었다. 악(惡)은 그의 집안에만 있는 게 아니라 도처에 깔려 있었다. 그는 배가 고프면 무료급식소를 찾아가 밥을 먹었고 잠은 지하도에서 노숙자들과 어울려 잤다.

어쩌다 공원에 가 어슬렁거리다 보면 눈물겨운 광경이 포착됐다. 가족과 함께 산책 나온 또래의 청소년들이었다. 그들은 당당하고 자신감이 넘쳤다. 항상 부모에게 무언가를 요구했고 부모는 자녀에게 아낌없이 모든 것을 내주었다. 그 주고받는 관계가 그는 너무도 부러웠다. 그는 세상에 태어나 한 번도 그런 관계를 가져보지 못했다.

그 어느 누구에게도 무엇이든 요구한 적이 없었다. 따라서 받아본 적도 없었다. 뼈아픈 사실이 가슴에 전해오자 그는 문득 외로움을 느꼈다. 그는 수돗가로 달려가 찬물을 마구 퍼마셨다. 마음속에 분노가 새록새록 돋아났다. 세상이 미웠다. 자신의 존재가 한없이 미웠다.

난 왜 태어났을까. 왜 태어나 이렇게 살아가는 걸까.

그는 길거리를 오가는 사람들을 보며 비탄에 잠겼다. 배가 너무 고픈 날은 공원이나 길거리에 아무렇게나 쓰러져 잠을 잤다. 누구 하나 거들떠보는 사람도 없었다. 또래의 비행 청소년들에게 끌려가 뭇매를 맞은 적도 있었다. 때리고 나면 그들은 햄버거나 먹을 것을 던져 주었다. 가끔씩 옷도 얻어 입었다.

인생 막장을 걸어가면서 그는 의지를 상실했다. 인간에 대한 끝없는 적개심과 분노만이 의식에 가득했다. 항거할 수 없는 분노는 점점 표면화되기 시작했다. 장맛비가 대지를 훑어 내리던 여름날이었다. 지하도에 쓰러져 자고 있는 그에게 검은 그림자가 다가왔다. 야수의 눈빛을 띤 그들은 다짜고짜로 자고 있는 그를 들쳐 업었다. 그리고는 긴 터널을 지나 그들의 아지트에 도착했다.

그는 나이가 어리다는 이유로 조직의 운반책이 되었다. 외국에서 건너온 마약 밀매책이었다. 비닐봉지에 담긴 흰 가루를 수도 없이 운반했다. 그들은 그것을 또 다른 판매책에 옮겼고 거기에서 막대한 차익을 챙겼다. 정보가 새 나가는 날에는 모두가 총기를 꺼내들고는 지하 계단으로 내려갔다. 거기에 또 다른 출구가 있었다.

그에겐 거기 남아 있으라고 했다. 경찰을 따돌리기 위해 시간을 벌기 위한 고육책이었다. 그러나 그들이 떠나고 나서도 경찰은 들이닥치지 않았다. 갈 곳이 없는 그는 그곳에 머물다 밖으로 나왔다. 중국집에 들어가 자장면으로 끼니를 해결하고는 정처 없이 걸어 다녔다. 왁자지껄한 소리가 나서 가보았는데 거기는 의외로 학교였다.

또래의 청소년들이 다니는 고등학교였다. 그것도 남녀공학이었다. 생기발랄한 남녀학생들이 장난을 치다가 문득 그를 바라보았다.

신기하다는 듯 그들 눈빛은 하나같이 그에게 집중하고 있었다. 그는 문득 자신을 내려다보았다. 구멍 난 청바지에 검정색 점퍼를 아무렇게나 둘러 입고 있었다. 그것도 한 여름에. 영락없는 거지 형상이었다.

눈물이 나왔다. 아이들의 입가에서 와! 하는 함성이 터졌다. 손가락으로 그를 가리키며 청소년들은 야유와 함께 폭소를 터뜨리고 있었다. 부끄러움이 전신을 타고 흘렀다. 자신도 모르게 정신없이 뛰기 시작했다. 얼마나 뛰었는지 모른다. 그는 혼자서 철길을 걷고 있었다. 용산 철도 길 길목이었다. 철길 주변에 판잣집이 빨랫줄처럼 연이어 다닥다닥 붙어 있었다.

햇볕이 철로를 녹일 듯이 맹렬한 기세로 퍼붓고 있었다. 가만히 있어도 땀이 줄줄 흘렀다. 그는 검정색 점퍼를 벗어 손에 들었다. 그때였다. 빠앙! 하고 기적소리가 울리면서 전동차가 달려왔다. 눈 깜짝할 사이였다.

그는 본능적으로 뒤로 물러나 죽을힘을 다해 뛰었다. 하마터면 전동차에 치일 뻔한 순간이었다. 한참을 뛰다 보니 길가에 버드나무가 보였다.

더위에 축 늘어진 버드나무는 그의 지친 심경과도 같았다. 버드나무 길옆으로 구멍가게 세탁소 공장 여관 골목이 보였다. 그 길을 지나자 한강이 나타났다. 시퍼런 강물이 조그만 그의 몸뚱어리를 당장이라도 삼킬 듯이 다가왔다. 한강 다리 위로 수많은 차량이 보였다. 멀리 십자가 탑이 보였다. 교회 종소리가 바람결에 은은히 들려왔다.

그는 주변 풍경을 바라보며 처음으로 자연이 아름답다는 사실을 깨달았다. 푸른 강물과 자동차, 그곳을 오가는 수많은 사람들. 강변 주위에 조성된 아파트 군락들. 물 위에 떠가는 물오리도 보았다. 어미 오리를 따라 수영을 하는 새끼 물오리는 고개를 물속에 처박고는 고갯짓을 하며 웃었다.

살아야 한다. 어떡하든 살아야 한다. 언젠가는 보란 듯이 살아야 한다.

그는 자신도 모르게 뇌까렸다. 텅 비고 가난한 가슴에 처음으로 삶의 의지가 넘실거렸다. 어미 오리를 따라 헤엄치는 새끼 오리가 그 순간 너무도 부러웠다. 한갓 미물도 어미의 보호를 받는다. 어미를 따라 먹이를 얻고 삶의 방법을 터득한다.

소도 비빌 언덕이 있어야 한다. 그 흔한 말이 그에겐 가장 서러운 말이었다. 의지가지없는 천애고아. 몸 하나 뉘일 곳 없고 마음 한군데 붙일 수 없는……

들은 것 없고 본 데 없는 막다른 인생. 그는 혼자라는 사실이 너무도 서러웠다. 갑자기 이복형이 생각났다. 비정한 누이들에 비해 그래도 연민의 정이 남아 있었는지 형은 먹을 것을 몰래 숨겨 두었다가 그에게 갖다 주곤 했었다. 어쩌다 흉한 형상으로 태어나 사람들의 관심에서 제외되어야 했던, 가족들은 그와 함께 이복형도 수치심의 대상으로 여겼었다.

그래도 같은 핏줄이라고 굶기거나 밖으로 내쫓진 않았다. 이복형은 지금쯤 어디서 어떻게 지내고 있을까. 다른 사람의 도움이 아니고서는 살아가기도 힘들 텐데. 어디서 생명을 부지하고 살아가고 있을까. 그는 한때나마 자신에게 인정을 베풀어주었던 이복형을 그리워하고 있었다. 생모와 생부의 생각은 하기도 싫었다. 핏줄의 의미조차 새기고 싶지 않았다.

그들은 인간의 탈을 쓴 악마였다. 자기 분신을 세상에 떨어뜨려 놓고 끝내 외면한 파렴치범들이었다. 그는 언젠가 길을 가다가 우연히 본 TV 프로그램을 생각했다. 올빼미에 관한 다큐멘터리였다. 올빼미는 사람처럼 부부 공동생활을 한다. 종족보존을 위해 알을 까 부화하고 새끼를 먹여 살리고 독립할 때까지 최선을 다한다.

어미 올빼미가 알을 낳고 잠시 한눈을 파는 사이 원앙새 부부가 다녀갔다. 자기 알을 올빼미 둥지 안에 떨어뜨리고 도망간 것이다. 원앙새는 다소 혐오스런 올빼미에 비해 색깔도 곱고 새 짐승 치고 모양새가 아름다웠다. 올빼미 둥지에 알을 떨어뜨리고는 사방을 휘둘러보며 망까지 보았다.

올빼미는 갑자기 알이 많아진 이유를 아는지 모르는지 부드러운 깃털로 알을 품기 시작한다. 그때 깃털의 온도는 40도를 상회한다. 그동안 수놈 올빼미는 먹이를 사냥해 바치며 새끼가 무사히 태어나기만을 기다린다. 그러면서 혹시 발생할지 모르는 침입자를 경계하느라 긴장을 늦추지 않는다.

암놈 올빼미는 거의 목숨을 걸고 알을 품는다. 40일 동안 한 자리에서 꼼짝도 않고 알을 품는데 태어나는 시각은 약간씩 차이가 난다. 일부러 시간을 조정해 알이 깨어나게 하는데 거기엔 오묘한 섭리가 있다. 좀 더 새끼를 잘 키우기 위해서다. 새끼가 태어나면 어느 정도 자랄 때까지 어미가 보호한다. 그동안에도 아빠 올빼미는 부지런히 사냥해 먹이를 물어다 준다.

올빼미의 시력과 청각은 최첨단 과학적 기능을 나타낸다. 올빼미의 청각은 안테나가 되어 쉽사리 먹이를 포착하고 날카로운 앞 발톱으로 먹이를 단번에 죽인다. 새끼들이 가장 잘 먹는 먹잇감은 들쥐다. 그것을 발톱으로 물어 죽인 다음 새끼들이 먹기 좋게 손질하여 입속으로 넣어준다. 그동안에도 외부의 침입자를 경계하느라 수놈은 여전히 긴장을 늦추지 못한다.

새끼들은 엄마 아빠의 끔찍한 보호와 배려 속에 서서히 올빼미로서의 모습을 갖춰 간다. 드디어 부화한 지, 한 달째 되는 날 새끼들은 둥지를 빠져 나와 바깥세상을 구경한다. 그리고 한 마리씩 날기 시작한다. 날갯짓을 시작한 새끼 올빼미는 높은 산으로 날아간다. 어디까지나 본능에 의해서다.

한번 날아간 새끼는 다시는 둥지로 돌아오지 않는다. 부부 올빼미는 집 나간 새끼를 향해 울음소리로 신호를 보내며 계속 먹이를 물어다 준다. 새끼 올빼미들은 아직 사냥 기술이 없기 때문이다. 그러다 한 달쯤 되는 날 새끼들은 본능적으로 사냥 기술을 터득하기에 이른다. 천부적으로 주어진 안테나 기능을 활용하여 먹잇감을 포착하고 입으로 가져가는데 성공한다. 그때는 어미로부터 완전 독립해 각자의 삶을 살아간다.

드디어 올빼미 부부는 안심하고 새로운 잉태를 꿈꾼다.

경철은 거리를 걷다 말고 뒤를 휙 돌아보았다.

올빼미만도 못한 인간 말종들.

치켜뜬 눈에서 불이 뿜어져 나왔다. 그는 공연히 거리의 화단에서 꽃을 비틀어 꺾었다. 이미 시들어 버린 국화꽃이었다. 겨울바람에 말라비틀어져 색깔마저 흉물스럽게 변해 있었다.

길을 지나던 여자가 어마! 놀라라 하는 표정으로 그를 바라보았다.

"뭘 봐? 썅!"

그는 구둣발로 바닥을 팍 차고 나서 주머니에서 담배를 꺼내 불을 붙였다. 담배를 깊게 빨아올려 연기를 하늘로 훅 날려 보내며 말했다.

"젠장할."

담배를 바닥에 비벼 끄고 나서 그는 빠른 걸음으로 차도에 뛰어들었다. 그의 행동은 항상 돌발적이었고 즉흥적이었다.

"택시."

택시가 멈춰 서자 그는 거친 발걸음으로 뒷자리에 올라탔다. 구둣발을 의자 뒤로 걸치더니 쇳소리 나는 목소리로 명령조로 말했다.

"에이 썅! 압구정동 갑시다."

운전사는 백미러로 그의 인상을 살피더니 미간을 찌푸렸다. 이거 재수 없게 걸렸군, 지난번처럼 요금 못 받는 거 아냐? 일전에도 저런 승객을 만나 곤욕을 치른 적이 있었다. 묻는 말에 대답을 안 했다고 차를 세우라고 명령하더니 다짜고짜로 욕설을 퍼붓는 것이었다. 그러더니 일순간 잭나이프를 얼굴에 들이댔다.

"신고해라, 썅. 집구석에 불 확 싸질러 퍼질 텡께."

그는 그때의 기억을 떠올리며 엑셀을 밟았다.

어째 일진이 사납다 했더니 이거 오늘 일당 다 날리는 거 아닌지 모르겠네, 무조건 신고부터 할 수도 없고.

경철은 운전기사의 표정을 읽으며 담배를 꺼내 물었다. 그는 일부러 라이터를 시트 가까이 대고 켜더니 담배 연기를 깊숙이 빨아올렸다. 그러더니 운전기사의 목덜미를 향해 연기를 훅 날려 보냈다. 신사동쯤에 이르자 합승승객이 몰려들었다. 이미 자정이 가까웠기 때문이다. 기사가 인도 가까이 차를 대더니 합승을 하려고 했다. 그에겐 말 한 마디 상의도 없이.

"그냥 가라, 어디서 허락도 없이 싸앙."

운전기사는 깜짝 올라 핸들을 급히 꺾었다.

"나 바쁘다고 했어 안 했어, 자알 하면 골로 가는 수가 있다아."

그는 일부러 위압감을 나타내느라 어깨를 고추 세우고 다리를 건들거렸다. 한손으로는 주머니 속에 있는 잭나이프를 움켜쥐고 있었다. 여차하면 칼로 찌르고 나를 판이었다. 운전기사가 핸드폰을 만지는 것 같았다. 그는 잭나이프를 기사의 목덜미에 갖다 댔다.

"내가 허튼 수작 말랬지? 사람 말이 말 같지 않아?"

나이프의 끝이 목 줄기를 살짝 내리그었다. 금방 핏방울이 맺혔다.

"차 세워 빨리."

끼익! 택시가 급히 핸들을 꺾어 갓길에 세웠다. 지나가던 차량이 모두 놀라 멈춰 섰다.

"뭘 봐? 썅것들아."

경철의 말에 운전자들은 모두 놀란 토끼눈을 했다. 경철은 차에서 내리더니 택시 기사가 앉아 있는 문을 향해 냅다 발길질을 했다. 그러더니 주머니에서 핸드폰을 꺼내 차번호를 찍는 것이었다. 만일 신고할 경우, 해코지하겠다는 뜻이었다. 경철은 핸드폰을 공중으로 휙 던지더니 가볍게 되받았다. 그러더니 찻길을 건너 상가 쪽으로 냅다 달리기 시작했다.

거리에 눈발이 날리고 있었다. 나뭇가지에 길가 들판에 상가 쪽 어두운 골목에도 눈은 골고루 내렸다. 한참을 걷다 보니 마을버스

정류장이 나왔다.

이곳으로부터는 경기도로 접어든다. 성남시다. 더 정확히 표현하자면 분당구다. 시내버스가 장지동을 지나 복정역을 향하고 있었다. 주변은 온통 황량한 들판이었다. 가까운 곳에 어둠을 뚫고 개천이 흐르고 있었다. 멀리 높은 건물 사이로, 차량이 빠른 속도로 달리고 있었다. 고속도로였다.

빈 들판에 눈이 소복이 쌓이고 있었다. 눈은 어느새 진눈깨비로 변해 어깨 위로 목덜미 사이로 달라붙었다. 가로등 위로도 눈이 빗방울처럼 흘러내리고 있었다. 그 밑을 노숙자로 보이는 남자가 어깨를 잔뜩 움츠린 채 걸어가고 있었다. 삶의 패잔병 같은 모습에 그는 자신도 모르게 한숨이 나왔다. 그에게서 동병상련을 느꼈던 걸까.

언젠가 이와 비슷한 거리를 걷던 기억이 난다. 그는 사십 평생, 수많은 길을 오갔지만 매번 생면부지의 난관에 부닥쳤다. 어딜 가나 모르는 사람들뿐이었다. 그에겐 인간관계가 성립되지 않았다. 모두가 그를 기피하고 외면했기 때문이었다. 연고지가 없고 지인(知人)이 없었기에 그는 더 삶이 고달팠다. 거기에는 험악한 인상도 한몫했다.

사람들은 그의 얼굴을 범죄형, 흉악범이라 표현했다. 거무죽죽한 낯 색에 살기 도는 눈빛, 매부리코에 툭 튀어나온 광대뼈, 음흉한 웃음, 팔뚝에는 사선으로 내리그은 칼자국도 있었다. 사람들, 특히 여자들은 그를 보기만 해도 기겁을 했다. 심지어 비명을 지르는 여자도 있었다. 겉으로는 무서워 벌벌 떨어도 내심은 똑같았다.

똥이 무서워 피하냐, 더러워 피하지.

그도 사람들이 자기를 싫어하는 걸 잘 알고 있었다. 아무도 그를 사람 취급해주지 않았다. 그럴수록 그의 성격은 더 광폭해져 갔고 외로움은 극대화되었다. 외로움은 분노를 부채질했고 그때마다 주변 사람들을 상대로 수많은 해코지를 했다. 처음에는 자기보다 약한 상대를 향해 주먹을 휘둘렀다. 그들은 해코지를 두려워했기 때문에 신고하는 일 따위는 없었기 때문이다.

그러다 차츰 대담해져 아이 어른 할 것 없이 난투극을 벌이며 악마노릇을 했다. 이유는 다양했다. 외상을 거절했다고, 기분 나쁜 표정을 지었다고, 무시하는 말을 했다는 것이었다. 그러나 원인을 따지고 보면 한가지였다. 자기를 받아주지 않고 거부했다는 것이었다.

분노는 살인을 이룬다. 누가 말했던가. 급기야 그는 난투극 끝에 살인을 저지르고 말았다. 손에 묻은 피와 축 늘어진 시체를 보았을 때 그는 비로소 사태를 알 수 있었다. 어느 사이엔가 수갑에 차여진 두 손을 보며 그는 미친 듯이 울부짖었다. 어쩌다 상황이 그 지경까지 갔는지 자초지종이 도무지 떠오르지 않았다. 사람들은 그런 그를 향해 '악마를 처단하라'고 외쳤다.

재판 과정에서 그는 착한 사람을 만났다. 세상에 태어나 처음으로 만난 좋은 사람이었다. 그는 경철의 말을 하나도 빼놓지 않고 다 들어 주었다. 정당방위였다고 주장하는 그의 말에도 수긍을 해주었다. 아무도 그에게 증인이 되어 주려 하지 않았는데도 그는 끝까지 최선을 다해 그를 도와주었다. 바로 국선 변호인이었다.

변호인 덕분에 그는 다시는 같은 범과를 하지 않겠다는 다짐과 함께 최소의 형기를 마치고 출감할 수 있었다. 그러나 출감 후에도 같은 죄를 반복해 저질렀다. 참을 수 없는 분노가 내부에서 폭발적으로 끓어올랐기 때문이다. 더구나 범죄조직에 가담한 사실까지 드러나자 형기는 더 길어졌고 스스로 자포자기 상태에 빠지고 말았다.

그건 반복되는 사이클과 같았다. 아무리 다짐해도 자신의 힘으로는 어쩔 수 없는 관성(慣性)과도 같았다. 그는 매순간 낙담했고 죽기 위해 몸부림쳤다. 그러나 하늘이 도왔는지 꼭 죽음 직전에 살아났다. 게다가 세월 탓인지 몸에 병마까지 덮치고 말았다.

세월이 지나도 변하지 않는 게 있었다. 바로 분노였다. 심연(深淵) 밑바닥 밑에 잠수해 있다가 때만 되면 불쑥 화산처럼 폭발해버리는 게 바로 분노였다. 어릴 때부터 억울한 일을 당해도 그에겐 하소연할 데가 없었다. 그건 분노가 되어 그의 무의식 안에 잠수했다. 그럴수록 이기심은 극대화되었고 피해의식이 되어 수많은 오류와 죄악을 낳았다.

일단 피해의식 안에 갇히면 그는 주변 사람들에게 항상 선제공격을 퍼부었다. 옛날의 기억을 끄집어 내 상대에게 뒤집어 씌웠고 아무리 바른 설명을 해도 곧이듣지 않았다. 손해볼까 봐 두려움 때문에 더 극단적으로 나갔고 그때마다 분노가 내부에서 폭발적으로 일어났다.

어릴 때 생부모로부터 외면당한 설움과 끝없는 고난의 순환은 신(神)에 대한 분노로 이어져 그를 끝내 낙담케 했다. 만일 신이 존재했다면 왜 나를 그 상황 속에 방치했을까. 의문은 거세졌고 결국 그 의문 끝에 그는 신의 존재를 인정하기에 이르렀다. 그러나 그건 어디까지나 불공평한 신의 처사에 대한 엄청난 분노에 불과했다.

그는 심심하면 동네 언덕에 있는 개척교회에 찾아가 행패를 부렸다. 왜 있지도 않은 신을 빙자해 신자들의 주머니를 터냐는 것이었다. 젊은 목사는 혈기를 참지 못하고 그에게 대거리를 했다. 이제

막 신학교를 졸업하고 목사 안수를 받은 그는 목사 초년병이었다. 얼굴이 앳되고 미소년처럼 잘 생긴 그는 미모의 아내를 두고 있었다.

그는 고생 모르고 곱게 자라 부모덕으로 힘도 들이지 않고 교회를 개척하고 있었다. 미국에서 박사까지 땄다는 그는 미모의 아내와 함께 채 스무 명도 안 되는 교인들을 지극정성으로 섬기고 있었다. 그런데 난데없이 불청객이 나타난 것이다.

"야! 이 사기꾼아, 사기를 치려면 곱게 쳐, 왜 있지도 않은 하나님을 들먹거리며 교인들 호주머니를 터는 거냐?"

그는 예배를 마치고 교인들과 인사를 나누는 목사에게 다가가 다짜고짜로 말했다. 그것은 마치 짜놓은 각본 같았다. 이미 여러 번 당한 일이었지만 목사는 이번에도 당황해 어쩔 줄 몰랐다.

"뭐 뭐요?"

"그러니까 내 말은……."

그는 말하다 말고 목사 옆에 서 있는 젊은 여자를 보았다. 날씬한 몸매에 천사처럼 아름다운 여자는 바로 목사의 아내였다. 그녀가 목사의 손을 꼬집으며 귀엣말을 했다. 그러자 갑자기 목사의 표정이 싸악 바뀌었다.

"감사합니다. 이렇게 좋은 날 저희 교회를 찾아주셔서, 들어가셔서 커피라도 한잔 하시죠."

그는 돌변한 목사의 태도를 보면서 당황했다. 이상하다. 이게 아닌데.

"자, 안으로 들어가시죠."

목사의 아내가 그를 사택 안으로 인도했다. 그녀에게서 은은한 향기가 났다. 그는 순간 목사가 부러웠다. 복도 많지 저렇게 아름다운 아내를 만나다니. 목사는 그를 소파에 앉게 하더니 아내에게 커피와 과일을 내오라고 했다. 잠시 후 꽃 쟁반에 커피와 과일 다과가 나왔다. 목사는 그에게 다과를 건네더니 TV를 켰다.

CTS 기독교 방송이었다. 머리가 새하얀 목사가 나와서 두 손을 번쩍 들어 올리며 열변을 토하고 있었다. 거실에는 십자가와 성화(聖畵)가 여러 점 보였다. 안온하고 평안한 분위기였다. 그건 그가 세상에 태어나 처음으로 느끼는 것이었다. 은은한 향기의 커피가 목안을 타고 넘어갈 때였다.

TV에서 흘러나오는 목사의 설교가 갑자기 그의 마음판 중심에 화살처럼 와 박혔다. 이상하게 가슴이 먹먹해지면서 눈물이 쏟아지려고 했다. 알 수 없는 감동이 그의 마음을 한바탕 휘젓고 있었다.

"여러분, 마음의 짐으로 괴로우십니까. 소외되고 상처받은 기억 때문에 울분이 있나요? 아내에게 남편에게 상처받고 핍박당하고 있나요. 누구도 나에게 관심 가져 주지 않고 오히려 수치와 분노만 안겨주고 있다고 생각하고 있나요? 자살하고 싶을 만큼 마음이 외로우신가요?"

목사는 자기 가슴을 주먹으로 탁 치고 나서 말했다.

"저도 그랬습니다. 가족에게 멸시받고 내쫓기고 사람들로부터 수치와 모욕당하고……. 아무도 나를 돌아보지 않을 그때 주님은 말씀하셨습니다. 아들아, 내가 너를 사랑한다."

목사는 울먹거리는 목소리로 말했다.

"사람들이 너를 싫어 버릴지라도 나만은 너를 끝까지 사랑하겠다. 사람들은 다 너를 비난하고 조롱할지라도 나는 너를 보배롭고 존귀하게 여길 것이다."

그때였다. 잠자코 듣고 있던 경철이 자리를 박차고 일어났다.

"저런 거짓말쟁이 봤나, 야! 거짓말을 치려면 확실하게 쳐, 어디서 순 노가리나 까고 있어."

목사는 놀라 어쩔 줄 몰라 했다. 순간의 방심이 부른 화근이었다. 그는 재빨리 머리 회전을 했지만 떠오르는 건 아무것도 없었다.

"마음의 상처가 많으시군요. 하나님은 형제님의 모든 상처를 다 아시고 치유해 주실 겁니다."

"어떻게 다 알아? 순 사기 치고 있네. 나도 모르는 상처를 눈에 보이지도 않는 니가 믿는 예수가 어떻게 알고 치료해?"

"그래도 하나님은 형제님을 사랑하십니다. 마음 문을 열고 주님을 모셔 들이십시오."

"노가리 까고 있네, 나보고 지금 그 말을 믿으라고 이거 순 날강도 사기꾼 아냐?"

그는 소파를 발로 걷어차더니 현관문을 열고 밖으로 나갔다.

"썅! 거 집 하나 되게 좋구먼!"

누군 팔자 좋게 태어나 예쁜 계집 꿰어 차고 살고, 부모 잘 만난 것들이 다 그렇지 뭐. 그는 혼잣말을 지껄이며 동네 언덕길을 내려왔다. 이상하게 화가 누그러져 있었다. 문득 배가 고팠다. 생각해 보니 하루 종일 굶었다. 젠장 이럴 줄 알았더면 그 과일이랑 과자랑 실컷 먹고 나오는 건데, 그는 때늦은 후회를 하면서 조금 전에 들었던 목사의 말을 떠올렸다.

"사람들은 너를 싫어 버릴지라도 나만은 너를 끝까지 사랑하겠다, 사람들은 다 너를 비난하고 조롱할지라도 나는 너를 보배롭고 존귀하게 여길 것이다."

그런데 그 젊은 목사는 어떻게 내 마음을 알고 상처 운운하는 걸까. 참 별일도 다 있네. 그러면서 또다시 영상설교의 장면을 떠올렸다.

"저도 그랬습니다. 가족에게 멸시받고 내쫓기고 사람들로부터 수치와 모욕당하고…… 그때 주님은 말씀하셨습니다. 아들아 내가 너를 사랑한다."

그렇다면 그 목사도 나처럼 집에서 내쫓기고 구박 당하고 괴롭힘 당하며 산 걸까? 아! 그러고 보니 세상에는 나와 비슷한 사람도 많은 모양이구나. 나만 그런 줄 알았는데. 그는 세상에 태어나 처음으로 동질의식을 느꼈다. 그 사실을 깨닫자 이상하게 안도감이 들었다. 그는 자신의 거처로 돌아오자마자 이상한 상념에 사로잡혔다.

그때까지 그는 모든 사람을 동일시하며 살아왔다. 그의 눈에 비친 사람은 모두가 생부의 본처와 누이들 같았다. 하나도 예외가 없었다. 모두가 그를 배척했고 터부시했고 잉여 인간 취급했다. 남들은 모두 호의호식하는데 자기 혼자만 짐승 취급당하며 사는 것 같았다. 그런데 자신과 똑같이 처지의 사람도 있었다니, 아! 세상에는 나 말고도 또 예외가 있었구나.

그런데 그 목사는 어떻게 그 상처를 딛고서 목사가 될 수 있었을까. 궁금증이 일었다. 그러나 잠시뿐이었다. 몸이 병들자 그는 세상만사가 다 귀찮았다. 우선 배부르고 몸 하나 누일 수 있는 따스한 방 한 칸이 더 시급했다. 그래서 장지동 근처에 작은 셋방을 얻었다.

끼니는 무료급식소로 가 간신히 허기를 메웠다. 저녁이면 방안에 누워 빈둥거렸다. 이젠 힘도 달리고 몸에 병까지 들어 돈을 벌 수 있는 방법이 전무했다. 몸이 아프니까 외로움과 함께 도움의 손길이 그리워졌다. 혼자 벽을 바라보고 통증에 몸부림칠 때면 지난날에 대한 후회가 밀물같이 몰려들었다.

좀 더 젊었을 때 돈을 벌어 가정을 꾸렸더라면. 자식을 낳아 품에 안아 봤더라면, 이렇게 외롭지는 않을 것을. 이렇게 몸이 아플 때 옆에서 돌봐 줄 여자 하나라도 있었다면. 그는 후회의 눈물과 함께 지난날을 원망했다. 바로 자기 자신을 향해.

배가 고픈 그는 집안 곳곳을 뒤져 겨우 라면 하나를 찾아냈다. 그것을 가스 불에 끓여 먹는데 자꾸만 속에서 눈물이 솟았다. 에이! 참 팔자 더럽게 태어나선, 화가 날 때마다 내뱉던 푸념이 자신도 모르게 튀어 나왔다. 다 끓인 라면을 김치도 없이 맨 입에 먹었다.

누군 좋겠다. 잘난 여편네 꿰어 차고 살고.

그는 목사의 처지를 시샘하며 말했다. 나는 언제나 다른 사람들처럼 대접받으며 살 수 있을까. 이 가슴속에 끓어오르는 분노를 잠시라도 잠재울 수 있을까. 가슴이 터질 것만 같았다. 어릴 때부터 주변 사람들로부터 수없이 괴롭힘 당한 기억이 떠올랐다. 그 기억은 그의 뇌리에서 잠시도 떠난 적이 없었다. 그 기막힌 이야기를 어느 누구에게도 이야기해 본 적도 없었다.

그건 가장 큰 슬픔이자 절망이었다. 그가 자라면서 가장 이해되지 않는 건 정(情)이나 사랑이니 하는 단어였다. 머리가 자라 성인이 된 다음에는 섬김이니 배려니 하는 단어를 이해할 수 없었다. 도대체 그런 단어들은 누가 만들어 낸 것일까. 감정이니 이성(理性)이니 하는 단어도 이해 안 되기는 마찬가지였다.

중학교를 졸업한 그였지만 도무지 단어의 뜻조차 이해할 수 없었다. 한 가지 이해가 안 되는 것은 가족들이 그를 중학교에 보내준 것이었다. 수시로 밥을 굶기고 내쫓고 했으면서.

툭하면 원수 놈의 씨앗이라고 어린 그에게 매질을 한 가족들이었다. 누이들은 돌아가면서 그를 괴롭혔다. 잠시도 가만두는 법이 없었다.

영화 속에 나오는 악녀도 그보단 나을 것이었다. 그들은 경철만 괴롭힌 게 아니라 자기들끼리도 서로서로 괴롭혔다. 속에서 천불이 난다고 했다. 불길 같은 게 끓어올라 잠시도 가만히 있지 못 하겠다 했다. 그래서 그들은 툭하면 밖으로 나가 사방천지를 돌아다녔다.

모두들 속에서 불길이 치밀어 오른다는 말을 자주 했다. 가족은 모두 분노의 화신이었던 것이다. 그리고 말끝마다 신을 원망하는 것이었다. 하나님도 무심하시지, 하나님, 너무하시는 것 아냐? 이제와 생각해 보니 그들은 모두 피해자였다. 조금이라도 서로에게 관심이 있었더라면 사랑의 표시가 있었더라면 그렇게까지 미워하지는 않았을 것이다.

가족들은 모두 외면하기 바빴다. 서로의 고통과 외로움, 분노에 대해 알려고도 하지 않았다. 악다구니치는 현실 앞에서 도망치기에 바빴다. 죽음도 그들에겐 슬픔거리도 되지 않았다. 모두 마음이 병들어 악만 가득했기 때문이었다. 사람들은 툭하면 말한다.

하도 험한 일만 겪다 보니 악만 남더라.

그들 가족이 그랬다. 고통이 가중되니 의지를 상실했고 원망과 분노만 쌓였던 것이다. 또 그것이 지속되다 보니 저주의식과 함께 악으로만 치달았던 것이다. 경철은 침잠 속에 겨우 그 사실 하나를 떠올렸다. 피폐하고 얼음장 같은 가슴속에 이따금씩 그리움이 생겨났다.

안온하고 평강으로 가득한 따스한 기운이었다. 힘들고 지쳐 기력이 마지막 숨을 토할 때 그는 그 기운을 찾아 집을 나섰다. 목사 부부는 떨떠름한 표정이었으나 나중에는 모르는 척 외면했다. 그도 처음에는 혹시나 하는 기대로 찾아갔지만 나중에는 아예 아무런 기대도 않고 집회 분위기에만 몰입했다.

그건 절대자가 주는 이상한 마력과 같았다. 사람은 결코 줄 수 없는 강한 힘과 안정된 느낌이었다. 그리고 결코 변함이 없는 믿음이었다. 그 믿음에 의지가 결속되던 날부터 그의 마음속에서 분노는 점점 힘을 잃어가고 있었다. 그리고 몸을 묶고 있던 악한 기운도 슬며시 기운을 놓았다.

어느 날 그는 길거리를 지나다 뇌성마비 장애인을 만났다. 장애인은 온몸이 뒤틀어진 채로 여러 사람들의 도움을 받으며 걸어가고 있었다. 무어라 잘 알아들을 수는 없었지만 몹시 흥분된 듯 기뻐하며 냅다 소리를 질렀다.

좋기도 하겠다.

그는 속으로 빈정대며 그들 곁을 지나갔다. 어디선가 팝콘 튀기는 냄새가 전해왔다. 라일락 향기도 그의 얼굴을 스쳐 지나갔다. 거! 꽃향기 죽여주는구먼. 그는 유행가 가락을 떠올리며 문득 쇼 윈도우에 비친 제 모습을 보았다.

선한 인상의 남자가 웃고 있었다. 전혀 딴 사람을 보는 듯 어색했지만 그는 난생 처음으로 뿌듯함을 느꼈다. 불그죽죽한 낯 색이 어느덧 환해지고 살기 도는 눈빛도 평범하게 변해 있었다. 처음으로 세상에 태어나 처음으로 자신감이 생겼다.

그는 한강이 보이는 사거리 쪽으로 전속력을 다해 뛰어갔다. 한참을 뛰어가다 불현듯 유턴해 뒤돌아 뛰기 시작했다.

뭔가 급하게 생각난 게 있었다. 좀 전에 보았던 뇌성마비 장애인이었다. 가슴이 뭉클하며 눈물이 쏟아지고 있었다. 왜 진즉 눈치 채지 못했을까. 가슴에 들려오는 울림을 들었어야 하는데. 그는 조급증으로 마음이 타는 듯했다. 죽을힘을 다해 뛰어 갔는데 장애인 일행은 사라지고 없었다. 그는 텅 빈 거리에 서서 손으로 마이크 모양을 하고서 힘껏 소리쳤다.

"형! 형 나야, 형."

따듯한 정감(情感)이 가슴에서 머리로 전달되고 있었다.

(2009년 한국작가)

이미지

나는 지금 명동 거리를 걷고 있다.

7월의 뙤약볕이 목을 휘감으며 발걸음을 한정 없이 느리게 한다. 공짜라고 써 붙인 핸드폰 기기점이 음악과 함께 행인들의 마음을 붙잡고 있다. 옛날 제화점으로 유명했던 거리를 지나 명동 성당을 앞을 지난다. 충무할매 김밥과 오징어 섞어찌개 간판 앞에 발걸음이 머문다.

내가 한창 때 자주 왔던 곳이다. 거리는 음악과 럭셔리한 분위기로 일대 혼잡을 이루고 있다. 30년 역사를 자랑하며 저가의 의류를 판매하던 명동의류는 사라진 지 오래다. 맞은편에 자리하던 피트니스 헬스센터도 없어졌다.

사보이 호텔과 안동 통닭 전문점이 아직 명맥을 유지하고서 사라진 시간을 일깨우고 있다. 대표적인 패스트 푸드점인 KFC와 롯데리아도 어디로 사라졌는지 보이지 않는다. 대신 리어카엔 값싼 중국제품이 홍수를 이루면서 노점상을 장악하고 있다. 홍합과 소라를 커다란 다라니에 쌓아놓고 파는 노상 음식점과 나무젓가락에 끼워 얼음 위에 놓고 파는 수박과 파인애플이 정체된 시간을 알려주고 있다.

30년 전, 코스모스백화점은 일용 잡화점으로 변해 있다. 개인이 입점하여 운영되던 코스모스 백화점은 강매한다는 소문이 퍼지면서 어느 날 문을 닫아버렸다. 맞은편에 있던 미도파 백화점도 리모델링을 몇 번인가 하더니 아예 상호와 기능을 달리하고 말았다.

유명한 여자 탤런트가 그 백화점 왕의 후처로 갔다는 소문을 방송 매체를 통해 들은 기억이 난다. 거리는 럭셔리하다. 여자들은 각종 장신구를 매단 채 옷가지를 고르다가 마음에 안 든다고 투덜거리면서 발걸음을 다른 곳으로 옮긴다. 경제난국 시대에 이곳은 전혀 불황이 아니다.

롯데백화점 뒤로 난 조선호텔에 잠시 눈길이 머문다. 70년 대 초, 최고의 부의 상징처럼 느껴지던 소공동을 지나 시청 앞 도로에 이른다. 한 노동단체에서 내건 플래카드 옆에서 '투쟁'이라고 써진 머리띠를 맨 남자들이 험악한 표정으로 담배를 피우고 있다. 100만 청년 백수가 넘쳐나는 시대에 저들은 또 무엇이라 외칠 것인가.

도심은 광기로 들끓고 있다.

얼마 전, 이념의 갈등으로 인한 광기가 온 매체를 장식하더니 온 세상이 빨강과 파랑으로 뒤범벅되었다. 그런가하면 반대편 공간엔 텅 빈 공동화된 거리에 살갗 바람만 스치고 있다.

아스팔트 위를 걷다가 문득 한적한 시골길을 생각한다. 초록의 함성으로 가득한 들판과 강물이 넘실대는 풍경 속에 마음을 던져주고 싶은…….

도시는 내게 정체성을 묻고 시골길은 내게 정감을 묻고 있다.

자유는 빵보다 소중하다.

육신보다 정신이 우선이다.

배부른 돼지보다 배고픈 소크라테스가 낫다.

나는 생각 속에 출몰하는 수많은 단어를 점검한다. 그 단상 속에 나의 과거와 미래를 집어넣기도 하고 단문과 장문으로 완성하여 스토리를 구상하기에 바쁘다. 그러나 한 번도 글로 표현해 완성한 적은 없다. 거리는 연극무대처럼 대사가 난무하고 사람들은 모두 연극배우가 되어 연기에 심취해 있다. 많은 젊은이들이 과장된 몸짓으로 자기 의사를 표현하며 길을 걸어가고 있다.

예나 지금이나 명동은 젊은이들의 고향이다. 젊음이 아니고서는 이 거리를 지나기가 겁날 정도다. 젊었던 20대 시절, 명동에 내 아지트가 있었다. 우리는 그곳을 우리만의 언어로 클럽이라 불렀다. 대부분 빈 강의 시간이나 토요일 오후 우리는 그곳에서 만남을 가졌었다. 지금의 명동역 뒤에 있는 당시 엘파소 다실이었다. 그곳에는 여장남자, 그러니까 게이가 레지 노릇을 하고 있었다. 체격은 남자인데 목소리와 얼굴 모습은 완전 여자였다.

그는 여자보다는 남자를 더 좋아했다. 그것도 꼭 젊은 남자 대학생이었다. 잘생긴 남학생이 들어오면 콧소리를 내며 얼른 다가가 팔짱을 꼈다. 그리고 옆자리에 꼭 붙어 앉아서 자기 자기를 연발하며 애교를 떨었다. 화장을 짙게 하고 끊어질 듯 가느다란 뾰족구두에다 귀걸이와 팔찌를 주렁주렁 달고서…….

"자기야, 내가 이번에 E여대 애들이랑 미팅 주선할 테니까 꼭 나와야 돼, 킹카로만 골랐어."

그는 남학생의 팔짱을 다정하게 끼며 말하다가 어깨에 얼굴을 살짝 파묻는 것이었다. 그러다 잠시 주변을 살피는 듯싶더니 화장실에 갔다. 우린 몰래 그의 뒤를 따라가 보았다.

그는 남자 화장실 앞에서 멈칫거리더니 여자 화장실로 쏙 들어갔다. 그것을 보고는 얼마나 허리를 잡고 웃었는지 모른다. 그곳에서는 그와 비슷한 일이 많이 벌어졌는데 우리는 그게 재미있어 수시로 그곳을 들락거렸다.

그러다 발걸음을 PJ로 옮겼다. PJ는 아래층은 고급 레스토랑이고 위층은 디스코텍이었다. 사람들은 아래층에서 맥주로 목을 축인 다음 위층 디스코텍으로 올라가 춤을 추었다. 당시 '패션'이란 팝송이 대 유행이었다. 그 곡에 맞춰 몸을 푼 다음 밤 10시가 넘어 명동거리를 나서면 술기운으로 하늘이 빙빙 돌았다.

당시만 해도 통행금지가 있던 시절이었다. 축제 때면 아예 술에 절어 살다시피 했다.

고향 읍내에서 면장을 하는 아버지가 보내주는 돈을 유흥비로 탕진하면서 나는 전혀 아까운 줄도 몰랐다. 겨우 턱걸이로 들어간 대학이었다. 재수는 안 된다는 말에 할 수 없이 택한 대학이었다. 전공이 마음에 안 들어 공부는 하는 둥 마는 둥 세월만 까먹고 있었다. 운동권 측에서 끊임없이 손짓을 했지만 들은 척도 안 했다.

나는 원래 정치 쪽하고는 거리가 멀었다. 이념이니 민주화니 하면서 데모에 열 올리는 친구들과는 아예 상종도 안 했다. 머리 아프고 신경 쓰이는 건 딱 질색이었다. 젊음을 젊음답게 아름답게 추억이나 만들면서 보내자는 게 내 주장이었다.

친구들은 졸업 후 진로를 생각하느라 골머리를 앓았지만 나는 관심 밖이었다.

군대 간 애인을 기다리느냐, 취직을 해 돈을 버느냐, 아님 집안에서 추천하는 남자와 선을 보느냐, 그도 아니면 대학원을 가거나 유학을 가느냐, 모두들 고심하는 눈치였지만 난 일체 무신경이었다. 그때 가서 결정하면 될 걸 가지고 뭘 사서 미리 고민하느냐며 열심히 캠퍼스와 명동을 오가며 놀았다.

나는 원래 사고방식이 그랬다. 긴장하는 걸 죽어라 싫어하고 뭐든지 즉흥적인 걸 좋아했다. 철이 없어도 보통 없는 게 아니었다. 그렇게 어영부영하다가 대학을 졸업했다. 고향에서는 당장 내려와 신부수업을 하라고 했다. 하지만 갈 수가 없었다. 여태껏 자유스럽게 놀았는데 어떻게 좁은 읍내에 처박혀 지내겠는가.

그렇다고 취직을 하거나 따로 진로가 결정된 것도 아니었다. 백수가 되어 빈둥거리고 있는데 군대 간 남자친구한테 연락이 왔다. 그는 동부전선 철책에서 근무하는 학사장교였다. 집안이 가난해 학사장교로 군대 간 그는 잘생긴 외모 말고는 볼 게 없는 남자였다. 과도 시원찮았다. 이름도 생소한 고고학이었다. 그는 제대해 봐야 취직이 안 될 게 뻔해 군대에 말뚝 박을 작정을 하고 있었다. 그러면서 나에게 자기와 인생을 함께 하자는 것이었다. 나는 그의 조건이 썩 내키지는 않았지만 잘생긴 외모가 마음에 들어 일단 사귀어 보기로 했다. 당시 나로선 금값 추세였다. 비록 미모는 아니더라도 지방 유지의 딸에다 나이 어리지, 집안 좋지, 그만하면 별로 떨어질 게 없는 조건이었다.

마담뚜가 추천하는 맞선 목록을 들고 고를 수도 있었지만 썩 내키지가 않았다. 맞선이라는 게 집안 대 집안의 조건을 내건 흥정 같아서였다. 그렇다고 그를 목숨 걸고 사랑하느냐 하면 그것도 아니었다. 어쨌든 나는 남자친구를 따라 동부전선 철책 선으로 면회를 갔다. 눈보라 휘몰아치는 2월 중순이었다.

강원도 산길 빙판을 버스가 엉금엉금 기다시피 해 도착한 ○○ 읍은 우리 고향 읍내보다 더 작고 을씨년스러웠다. 온통 국방색 군인들로 가득한 그곳은 내가 지금까지 지내온 환경과는 또 다른 별천지였다. 읍내에는 크고 작은 관공서 건물만 몇 보일 뿐, 슬레이트 지붕과 시멘트로 덮인 도로에 지나가는 시외버스가 전부였다.

그 흔한 극장 하나 보이지 않았고 레스토랑 비슷한 것도 없었다. 썰렁한 음식점과 여관 하숙집이 나그네들을 맞이하기 위해 불을 밝히고 있었다. 시외버스 정류장 맞은편으로 난 지하 다방으로 들어서자 그가 나타났다. 계단을 육중한 워커발로 쿵쿵 지르며, 그가 어깨에 단 중위 계급장을 내게 보이며 자신감에 찬 표정으로 말했다.

"자고 갈 거지?"

"뭐? 뭐라고?"

"왜 그렇게 놀래? 여기까지 오면서 그만한 생각도 안 했다면 이거 섭하지."

나는 하도 기가 막혀서 쓰러질 뻔했다. 그동안 놀긴 꽤 놀았어도 남자와 사고친(?) 적은 없었다. 그런데 그의 말투를 들어보니 나를 순 노는 여자애 취급하는 게 아닌가. 나는 당장 자리에서 발딱 일어났다.

"왜 그래?"

"나 당장 돌아갈 거야."

"왜? 화났어."

그가 능글맞은 웃음을 지으며 말했다. 나는 갑자기 참담한 기분을 느꼈다. 서울에서 볼 때와 확연히 달랐다. 그때는 그냥 잘생긴 남학생 정도로만 알았는데 막상 천 리 밖, 외진 곳에서 그를 대하니까 영 분위기가 달랐다. 뭔가 생소하면서도 남자로 느껴지면서 겁이 더럭 났다. 영화에서 보던 나쁜 장면들이 떠오르면서 불안해지기 시작했다.

"왜 그래? 너답지 않게."

"나다운 게 뭔데."

"여기까지 왔으면 다 짐작하고 각오한 게 있었을 게 아냐."

그 의미를 모르는 바가 아니었다. 그러나 그가 노골적으로 말하자 실망과 더불어 눈물이 나왔다.

"지금 보니까 전혀 딴 사람 같아."

"딴 사람?"

그제야 내 말뜻을 알아차린 그가 파안대소하며 말했다.

"알았어, 내가 뭐 널 어떻게 할까봐 그러는 모양인데 걱정 붙들어 놓으셔, 얌전히 모셨다가 내일 아침 첫차로 돌려보낼 테니까."

"내가 니 속셈 모를까봐, 너 날 물로 보고 먹겠다는 심보 아냐?"

"뭐? 물? 이게 정말."

"뭐? 이거? 야! 이규철 너 진짜."

"야! 양정아. 너 정말 이럴 거야? 이게 사람을 막 치한 취급하고 있어."

"그럼 아냐? 어떻게 나를 그렇게 쉽게 생각할 수가 있어?"

"야! 그러니까 내 말은 말이지, 그러니까 너를 그대로 돌려보내기 싫어서."

"그러니까 나를 그냥 가지고 놀고 싶다고."

"내가 미쳤냐? 그게 아니고 너한테 확실히 도장 찍어 놓고 싶다 그거지."

그가 웃더니 슬며시 내 손을 잡았다. 그때 내 눈에는 우리 학교에서 가장 잘생긴 킹카의 웃는 모습이 보였다.

"야! 너 내가 얼마나 인기 짱인지 알아, 내가 나섰다 하면 여자들이……."

"나 그만 갈께."

내가 자리에서 일어나자 그가 약속이라도 한 것처럼 붙잡았다. 그런데 그게 아니었다.

"내가 바라다 줄게."

순간 섭섭함이 가슴에 물결처럼 물려들었다. 괜히 퉁겼나, 후회했지만 이미 때는 늦었다. 그렇다고 자고 가겠다고 할 수도 없는 노릇 아닌가. 그날 그는 시외버스터미널에서 서울행 마지막 표를 끊어주면서 말했다.

"다음번에 면회 올 때는 미리 연락하고 꼭 부모님 대동하시길."

"뭐? 부모님은 왜?"

"그건 알 것 없고 알았지? 그럼 잘 가시고 도착하자마자 연락해."

"알았어."

그날 서울행 시외버스 안에서 나는 내내 생각했다. 그의 본심에 대해 연구하고 분석한 결과는 오리무중이었다. 그의 말에는 진심과 농담이 반반이며 미래에 대한 약속도 불확실했다. 그를 계속 만나자니 당장 결혼하자고 할 것 같아 부담스러웠고 놓치자니 그의 잘생긴 외모가 남 주기 아까웠다.

그와 면회를 하고 온 다음부터 나는 심각한 고민에 빠졌다. 이른바 양다리 걸치기가 시작되었다. 집안의 성화로 장래가 유망한 남자들과 맞선을 수없이 보았다. 하지만 딱히 마음에 드는 사람이 없었다. 조건이 좋으면 인물이 떨어지고 인물이 좀 낫다 싶으면 학력과 능력이 별로였다.

그럴 때면 나는 남몰래 시외버스를 탔고 전방에 가 그를 만나고 돌아왔다. 그 사이 2-3년의 세월이 흘러갔고 나는 드디어 그의 부탁대로 부모님을 모시고 그를 면회 가기에 이른 것이다.

우리 일행이 서부 전선에 도착하자 그의 부모님도 나와 있었다. 그때의 당황감이란……. 그쪽도 당황하긴 마찬가지였다. 설마 했는데 진짜로 나타날 줄 몰랐던 모양이다. 결국 그날 우린 때 아닌 상견례 겸 모든 행사를 치렀고 결혼날짜를 잡기에 이르렀다. 장교 부인으로 전혀 자격도 갖추지 않았는데 얼떨결에 그야말로 번개에 콩 볶아치듯.

그는 일반 군 장교가 그러듯 자주 전출을 다녔다. 일 년에 한번은 보통이고 근무지를 따라 두세 번도 옮긴 적도 있었다. 그 사이 아들과 딸이 교대로 태어났고 우리는 어느덧 중산층이 되어 강남 한복판에서 살게 되었다. 그는 군수품을 납품하는 회사의 간부가 되었고 나는 일류병 환자가 되어 날마다 남편과 자식을 들볶는 열혈 주부가 되었다.

나는 한 달에 한 번씩 대학 친구들 모임에 나간다. 역삼동에 있는 호텔 2층 커피숍에 갈 때마다 나의 차림은 럭셔리하게 변한다. 부의 상징을 나는 물론 친구들도 모두 나타내고 싶어 환장을 한다. 우리는 거기서 차를 마시고 2차로 반드시 명동을 간다. 대학 때 갔던 오징어 섞어찌개를 먹고 명동 일대를 한 바퀴 돈다.

엘파소 다실은 PC방으로 변한 지 오래 되었고 우리가 대학 졸업 때 사은회를 했던 세종호텔도 상호가 바뀌었다. 온 국민의 추앙과 존경을 한 몸에 받았던 김수환 추기경이 계셨던 명동성당도 많이 바뀌었다. 그 앞으로 난 가톨릭 평화방송과 영락교회 건물도 변신에 변신을 거듭했다.

우리는 명동 성당 앞에 있는 민들레 영토 음식점에 들어가 가끔씩 세상 돌아가는 이야기를 하며 웃는다. 30년 세월이 눈 깜빡하는 사이 지났다며 손사래를 치며 웃다가 남편 흉과 자식 자랑에 열을 올린다. 친구들은 40대 후반의 나이에도 몸매는 여전히 20대 같다. 피부도 30대 초반으로 보일 만큼 팽팽하다. 다만 나만 폭삭 늙은 느낌이다.

젊었을 때, 전방으로 돌아치면서 센 바람을 많이 맞아서인지 아직도 피부가 좋질 못하다. 강원도 동부전선과 철원 서부 전선, 동해 바닷가 근처를 주로 돌면서 남편은 장교생활을 했다. 나는 중년이 다 될 무렵에야 강남에 자리를 잡아 아이들 교육 시킨다고 치맛바람을 일으키고 다녔다. 다행히 아이들은 일류대학을 들어갔고 나는 뒤늦은 감이 있긴 하지만 가끔씩 여행을 떠난다.

남편은 지금도 어딜 가면 영화배우 소리를 듣는다. 젊었을 때는 따라붙는 여자가 많아 내가 불을 켜고 감시했었다. 여자와 바람 피다 들키면 너 죽고 나 죽는 거라며 주먹을 들이대고 협박했던 시절도 있었다. 결혼하고 자식이 태어나자 나도 별수 없이 속물근성이 되어 가고 있었다. 남편은 잘생긴 외모 때문에 어딜 가나 덕을 많이 봤다.

패션회사에서 모델 제의가 들어온 적도 있었다. 심지어 CF 광고회사에서 모델 제의를 해와 깜짝 놀란 적도 있다. 아이들도 제 아빠를 닮아 어딜 가나 모델 소리를 듣는다. 아들은 따라붙는 여자가 부지기수로 많아 교통정리 하기도 힘들다고 난리다. 딸내미는 따로 보디가드를 붙여야 할 정도로 인기가 높다.

남편은 그게 다 자기 외모를 닮은 탓이라며 입만 열면 자식 자랑이 쏟아진다.

"아빠, 난 아무래도 모델계통으로 진출할까 봐."

"우리 딸께서 갑자기 웬 모델 타령이실까, 왜 섭외라도 들어왔나?"

"오늘 명동에 나갔는데 사진 기자들이 따라 붙으면서 자꾸 모델하라잖아."

"어느 잡지 기자들인데."

"응, 청담동에 있는 패션지 회사래."

"거기면 꽤 괜찮다는 소문이던데."

"아빠, 나 이참에 모델로 나설까?"

"그럴까 우리 딸?"

"누구 맘대로 안 돼."

"엄마. 또 안 돼?"

"거기 가면 딴따라 되는 거야."

"뭐? 딴따라가 뭔데?"

"암튼 안 돼."

"당신 도대체 지금이 어떤 시댄데 그런 소릴 하는 거야? 지금은 1900년대도 아닌 2000년대라구. 남들은 못 시켜서 안달이구만."

"그건 공부 못하고 날라리 같은 애들이 하는 거야, 넌 얌전히 있다가 판사나 의사한테 시집 가, 알았어."

"난 모르겠는데."

"글쎄 엄마가 안 된다면 안 되는 줄 알아. 외할아버지가 엄마한테 그러셨어. 이담에라도 우리 애들일랑 절대로 딴따라 시키지 마라."

"엄마."

다음날 눈치가 이상했다. 남편과 딸이 내 눈치를 살피더니 아침을 먹자마자 어디론가 나가는 것이었다. 서로 귀엣말을 나누며 뽀뽀까지 해대면서 손가락을 걸어 맹세도 했다. 그러고 나가더니 다 늦은 저녁때에야 들어왔다.

모델 회사에 가 인터뷰 오디션까지 마쳤다는 것이었다. 기가 막혔다. 나이 팔십을 바라보는 친정아버지는 아직도 건강 체질에다 노익장을 과시하며 살아간다. 걸핏하면 시골 면장 했던 과거를 떠올리며 큰소리치는 걸 좋아한다. 원래 젊었을 때부터 자랑하는 걸 좋아했던 아버지는 다른 무엇보다도 자식 자랑하는 걸 즐겨했다. 그것은 자식들이 사회에서 차지하는 지위나 신분을 의미했다.

내가 어렸을 때 자주 듣던 말이 있었다. 이른 바 양반 가문 족보 타령이었다.

윗 조상대의 벼슬한 이력을 일일이 들추면서 사회적 신분가치를 나타내는 직업에 있어서는 더 한층 보수적인 기질을 나타냈다. 학자나 고급 관료를 상위로 쳤고 예능 계통을 아주 무시했다. 특히 연예인들을 딴따라라 표현하면서 자기자식들만큼은 절대 그 계통으로 내보지 않겠다고 거듭거듭 강조해 말했다.

"그러니께 거 뭣이냐, 가수니 코메디니 혀는 것들은 딴따라라 그것이다. 너거들은 아예 헐 생각을 말아라, 알겄제?"

심심하면 자식들의 귓가에 대고 말했다.

"나는 그림이나 음악도 별로다 이것이여, 자고로 옛날부터 양반은 글을 읽고 학문을 했으면 했지 그런 예자가 붙은 계통에는 나가지 않았다 그 말이다. 무슨 말인지 알겠냐?"

"아이구, 나가고 싶어도 재주가 없어서 못 나갑니다요."

나는 장난치며 아버지의 어깨에 매달렸다. 아버지의 바람을 자식들은 다 충족시켜 주었다. 큰 남동생은 일류대학을 나와 유학을 국비 장학생으로 다녀온 다음 모교의 교수가 되었다. 그건 아버지의 평생 자랑이 되어 따라 다녔다. 여동생은 고향 근처의 여고에서 교사로 아직도 근무 중이다.

막내 남동생은 행정고시에 패스해 군청 과장으로 근무하고 있다. 다만 장녀인 나는 공부에 취미가 없어 평범한 주부가 되어 부모님은 얼마나 아쉬워하는지 모른다. 지금도 고향에 가면 아버지는 동네 사람들 모아 놓고 자식 자랑하느라 여념이 없다.

"농사 중에서도 자식 농사가 으뜸이라 이거여, 왜냐하면 그건 가문의 영광인께 그렇제, 우리 아들로 말할 것 같으면 일류대학을 나와서 대학 중에서도 최고 명문인 S대의 교수가 되었다 이것이여."

아버지는 유독 S에 힘을 주어 강조해 말했다. 명문 S대. 최고 명문 S대.

"아무리 시상이 변혔어도 명문은 안 변하는 것이여, 장남은 명문대학의 교수가 되었고 막내아들은 그 어렵다는 행정고시에 패스혀서 지금 군청 과장으로 있고, 딸내미는 지금 고등핵교에서 선생을 혀는데 곧 교감이 될 것이여."

그러면 사람들은 물었다.

"큰딸은 무엇하고 사남유?"

"아! 그러니께 우리 사위는 큰 군수회사 상무라 이거여, 우리 딸이 조께 시집을 일찍 가서 출세는 못 혔어도, 그려도 서울서 대학은 나왔구먼."

"무신 대학인가유?"

"아! 대학은 나왔다니께, 그것도 서울서, 지가 안 혈려구 혀서 대학원은 못 마쳤지만."

시집을 일찍 가다니 당시 27세면 일찍 간 것도 아니었다. 그리고 대학원은 무슨 대학원? 대학도 간신히 낙제 면하고 졸업했건만 그것을 둘러쳐서 아버지는 변명하고 있었다. 형제들 중 유독 내 머리만 좋지 않았다. 그렇다고 그다지 나쁜 편도 아니어서 흉잡힐 정도는 아니었다. 다만 공부에 취미가 없을 뿐이었다.

"아무리 세월이 흘렀다 혀도 딴따라는 딴따라인 것이여, 학문이 최고제, 예능은 딴따라라 그것이제."

세상이 변해도 한참 변했건만 아버지는 여전히 딴따라 운운하면서 양반 타령과 더불어 자신의 의지를 손자들에게까지 전수하기 위해 안간힘을 썼다. 80이 가까운 나이에도 손자들 교육에 일일이 잔소리를 했고 자신의 뜻과 의지를 관철시키려 했다.

그런데…….

우리 집안에 이변이 생긴 것이다. 큰 남동생의 장남인 혁민이가 대학을 실용음악 쪽으로 간 것이다. 실용음악이라는 생소한 단어 앞에 아버지는 당황하는 눈치였다.

"그것이 도대체 뭣하는 과래냐?"

"그러니까 일종의 대중음악이란 뜻예요. 텔레비전에 나오는 가수들 있잖아요."

"그러니께 지금 우리 장손이 그 기타 치고 꽹과리 치는 그걸 허겠다 그 말이냐."

"예, 어쩌겠습니까. 지가 하고 싶은 거 하게 해야지요."

"뭣이여?"

아버지는 당장 쓰러질 태세였다.

"그러니께 우리 집안에 그것도 장손이 딴따라를 혀도록 허가를 해주었다 그 말이냐, 누구 맘대로."

"지금은 세상이 옛날과 같지 않아요, 많이 달라졌다구요."

"달라지긴 뭐가 달라져? 우리 장손을 왜 내 의견도 묻지 않고 그런 델 보낸 겨?"

"아! 반대하실 게 뻔하니까 그렇죠."

"허이구 세상에, 우리 집안은 대대로 학자에다 관료 출신이었구먼 어쩌다가……. 딴따라가 다 뭣이여."

"아! 글쎄 아버지 지금 세상은 안 그렇다니까."

"내가 그동안 동네 사람들헌티 교수 아들 군청 과장 막내아들 막내딸 사위 자랑하면서 살았는디, 사람들이 장손 무슨 대학 무슨 과를 갔냐고 물으면 워떡키 대답한단 말이냐 남사스러워서."

아버지는 사람들에게 자랑거리가 없어진 거 같아 아쉬운 모양이었다. 평생 자식 자랑하며 살았는데 이제 손자 자랑까지 곁들이면 금상첨화일 텐데 그게 마음대로 안 되니까 역정이 난 것이다. 그러자 손자 손녀들이 달려들어 비위 맞추고 달래고 애교 떨어 간신히 일단락되었다.

"할아버지, 내가 사법고시에 패스해서 가문의 영광을 드러내면 되잖아."

이제 초등학교 육학년인 막내손자 민수의 일성 앞에 아버지는 회

심의 미소를 지었다

"아암, 그려야지. 그려야 하고말고."

"할아버지 난 대통령 될 거야, 그래서 할아버지 업고 다닐 거야."

그렇게 말한 건 실용음악과를 들어간 민수의 남동생 민철이었다. 그러자 아버지의 입이 다시 벌어졌다.

"아암, 그려야지. 대통령도 나오고 국회의원도 나오고 판검사도 나와야제."

딸 경현이가 모델로 데뷔해 승승장구하던 어느 날이었다. TV를 보는데 경현이가 CF 광고 모델이 되어 떡 나타나는 게 아닌가. 그것도 거의 반라의 모습이었다. 외할아버지가 가장 경멸하는 속옷 광고에 아예 벗다시피 나온 것이다. 나는 눈앞이 캄캄했다. 외손녀의 그런 모습을 보면 동네 망신살 뻗쳤다고 당장 자리에 드러눕고 말 아버지였다.

때마침 남동생에게서 전화가 왔다. 경현이가 언제 모델이 되었으며 그것도 속옷 광고 모델이라니 만일 고향에 있는 동네사람들과 일가친척들이 보면 어쩌냐며 난리가 났다. 마치 초상집 분위기였다.

"누나, 만약 아버지 아시는 날에는 쓰러지실 텐데 어쩔 작정이유?"

그때였다. 내 핸드폰이 요란하게 울어댄 것은.

"아이구, 정아야. 난 텔레비전 보다가 남사스러워 죽는 줄 알았다. 경현이가 홀라당 벗고서 그 뭣이냐 속옷 선전하던데 너도 봤냐?"

어머니였다. 어머니는 아버지 못지않게 보수적인 편이었다. 요즘 세상에도 걸핏하면 여자의 부덕을 거론할 정도로 케케묵은 노인네였다.

"엄마, 글쎄 나 모르게 경현 애비가 딸을 데리고 나가더니 모델 시켰지 뭐야, 내가 못살아."

"글씨 동네 사람들이 못 알아봐서 그렇지 시상에 이런 망신이 다 어디 있다냐, 느이 아부지가 알믄 큰일날 틴디 어쩐다냐."

"텔레비를 못 보게 할 수도 없고 차암 난감하네."

경현이가 출연한 속옷 광고는 내가 봐도 눈살이 찌푸려졌다. 일부러 섹시함을 강조하느라 그랬는지 속살을 훤히 보이게 하고 문제는 표정이었다.

완전 백년 묵은 구미호에다 윙크하는 폼이 에로배우가 따로 없었다. 남편도 보기가 민망했던지 채널을 따로 돌릴 정도였다.

"왜 채널을 돌리셔, 그냥 보지 않구선."

"저 정도로까지 찍진 않겠다고 했는데."

그러고 보니 남편이 딸의 매니저 역할까지 한 모양이다. 그 아빠에 그 딸이었다.

"그나저나 아버지가 아시면 난리가 날 텐데 어쩌면 좋아."

"장인어른께서?"

"그래, 당신 우리 아버지 성격 잘 알잖아. 만일 저 장면을 보고 나면 창피하다고 쓰러질 게 뻔한데 어떡하면 좋대?"

"하긴 옛날 노인네라 그럴 만도 해."

남편은 남의 이야기하듯 했다.

나는 당장 경현이에게 핸폰을 넣었다.

"경현아, 만약 말이다. 할아버지가 너 속옷 광고 하는 것 텔리비전에 나온 것 갖고 뭐라 하시면 말이지."

"그러시면 뭐?"

"너 아니라고 딱 잡아 떼, 알았지."

"나 아니라구?"

옆에서 듣고 있던 남편 눈이 동그래졌다.

"그래서?"

"그래서는 뭐가 그래서야, 너는 아니구 너랑 비슷하게 생긴 애라구 둘러대 알았지? 너랑은 아무 상관없는 것처럼."

나는 경현이와 말을 맞추고는 아들과 남편과도 입을 맞추는데 성공했다. 그리고 어머니와 동생들에게도 전화로 신신당부했다. 이젠 아버지가 광고를 본다 해도 아무 걱정 없을 것 같았다. 그렇게 생각해서 그런지 모델 광고가 경현이하고 조금 달라 보이는 것이었다. 짙은 화장 탓이리라.

다음날 나는 역삼동에 있는 호텔 커피숍에 나갔다, 친구들이 럭셔리한 차림으로 앉아 있다 나를 보더니 깜짝 놀라며 자리에서 일어났다.

"얘, 양정아. 너희 딸 정말 대단하더라. 아빠를 닮아선지 어릴 때부터 인물이 빼어나다 싶더니 기어코 모델 쪽으로 나가는구나, 그 란제리 광고말야, 정말 섹시하게 잘 찍었더라. 여성잡지에서 보았는데 그야말로 판타스틱하지 뭐니?"

"뭐? 여성잡지?"

"얘는 왜 그렇게 놀라고 그러니? 너 몰랐어?"

여성잡지는 금시초문이었다. 언제 나 모르는 사이에 잡지까지 진출했을까. 하긴 광고 모델이란 게 어느 매체를 가리겠는가.

그런데 어떻게 그렇게 빠른 시간에 잡지와 TV 광고까지 섭렵한단 말인가. 아무리 내 딸이지만 신기했다.

그나저나 이런 식으로 퍼져 나간다면 아버지의 눈과 귀에 들어가는 건 시간문제다. 일이 터지고 나서 아무리 아니라고 발뺌을 해도 소용없는 일이다.

장차 이 일을 어떻게 처리한단 말인가.

"우리 친정아버지 말야. 보수 중에서도 극보수인 거 너희도 알지?"

"그래서?"

"외손녀가 란제리 광고모델 나간 거 아시면 동네 망신살 뻗쳤다고 야단하실 게 뻔해서 걱정이야."

"요즘 세상에도 그런 노인네가 있나?"

"우리 아버지 딴따라라고 난리 날 게 뻔해, 손녀가 홀라당 벗고 남자들 눈요깃감이 되었다고……."

"하긴 우리가 봐도 야하긴 야하더라."

"그래도 이왕 나온 거 어떡하겠니, 니가 아버님을 잘 설득시켜야지."

"너희 조카도 실용음악과 갔다며? 그럼 너희 딸도 괜찮은 거 아냐? 더구나 외손녀인데."

"그거하곤 달라, 앤 홀라당 벗고 나왔잖아, 글쎄 우리 남편이 자기 딸 데리고 가서."

"남편이?"

"그래, 자기네 들이서 속닥속닥하더니만 나한테는 한마디 상의도 없이 일을 저질러 버렸잖아."

"얘, 넌 그래도 얼짱몸짱 딸내미 둬서 좋겠다. 우리 딸은 성형 수술시켜 달라고 난리지 뭐니."

그 말에 나는 갑자기 슬며시 웃음이 나왔다. 잘나고 똑똑한 딸 자랑하는 것 같아 면구스러웠다. 나는 그날 내가 찻값을 몽땅 지불하고 말았다. 우린 자리에서 일어나 예전처럼 명동 쇼핑에 나섰다. 명동 거리는 하루가 다르게 변모하는 것 같았다.

엘파소 다실이 PC 방으로 바뀌더니 어느덧 노래방으로 상호가 바뀌어져 있었다.

우리는 이층 노래방으로 올라가 소리를 고래고래 질러가며 지난 추억과 함께 노래를 불렀다. 그것도 7080 노래를.

"나 어떡해, 나 어떡해에에."

경자는 허리를 비튼 채 마이크를 쥐고 방방 뛰며 노래를 불렀다.

"야! 아무리 나이를 먹어도 마음은 이팔청춘이라 이거야."

"누가 뭐랬나, 자기 혼자 흥분하고 난리셔."

여진이는 대학시절을 떠올리며 코를 훌쩍이며 울었다.

"그때 우리 아버지가 바람만 안 피웠더라면 지금쯤 나는 대학교수가 됐을지도 몰라."

"재는 술만 취하면 저 소리야. 그렇게 억울하면 지금이라도 대학원 가. 가면 되잖아."

"여진이 재는 공주과 왕비과라 저래, 공연히 잘난 척하고 싶으니까 저래."

"얘, 우리 불암산에 가볼래? 우리 대학 다닐 때 배밭에 가서 배 먹으면서 육사생이랑 미팅했었잖아."

"그래 맞아. 근데 그날 애프터 받은 사람이 한 사람도 없었잖아, 그쪽은 모두 킹카인데 우린 후지카가 더 많았어 그치?"

"난 그날 창피해서 죽는 줄 알았지 뭐니. 구두 굽이 부러져서 걸음을 걸을 수가 없어 뒤뚱거리다 어휴, 그때 망신당한 생각을 하면 창피해서."

"맞아, 그날 너 때문에 우리 모두 허리를 잡고 웃었잖아. 남들은 다 불암산 올라가는데 너 혼자 버스 타고 집에 갔잖아."

"그날 우리 오빠가 나보고 너 미팅 퇴짜 맞았지? 하고 놀려서 한바탕 싸운 생각이 난다."

"우리 여기 노래방 나가서 오랜만에 불암산 자락도 구경하고 갈비 뜯자."

"그럴까? 난 애들 아빠 일찍 온다고 했는데."

"그럼 넌 빠져, 우리끼리만 갈께."

"아냐, 아냐, 나도 갈래."

의기투합한 우리는 밖으로 몰려나왔다. 그런데 노래방 건너편 있는 대형 브로마이드가 눈을 딱 가로막는 게 아닌가. 대형 속옷 매장에서 내건 것이었다. 경현이가 삼각팬티에다 브라를 간신히 걸친 채 행인들을 향해 웃고 있는 것이었다. 더구나 기막힌 건 고등학생으로 보이는 남자애들이 경현이의 가슴 쪽을 가리키며 웃고 있는 게 아닌가.

세상에…….

나는 너무도 부끄러워 두 손으로 얼굴을 가리고 싶은 심정이었다. 언제 보았는지 경자와 여진이가 브로마이드 앞으로 다가가며 입을 하 벌리며 웃고 있었다. 나는 불암산이고 뭐고 당장 집으로 돌아가고 싶었다. 그러나 이럴 때일수록 침착해야 한다.

"얘, 우리 버스 타고 불암산 갈래, 아님 택시 타고 갈래?"

그러자 의견이 갈리었다. 대학시절처럼 버스를 타고 가느냐 택시를 부르느냐 옥신각신했다. 결국 우리는 택시 두 대를 나누어 타고 불암산에 도착했다. 신선한 바람이 산자락을 타고 내려왔다. 우리는 모두 환호성을 질러댔다.

도랑물을 끼고 군부대와 수녀원을 지났다. 그 많던 배밭들이 많이 사라지고 대신 대형 음식점들이 그 자리를 차지했다. 짙은 풀 향기가 바람결에 스쳐왔다. 우리는 점점 숲 사이로 접어들었다. 그러는 사이 여기저기서 핸드폰 터지는 소리가 요란하게 들렸다.

"글쎄 알았다니까, 지금 엄마 친구들이랑 노는 중이야."

"마누라 바람이라도 났을까 봐 전화로 감시하는 거야? 아! 글쎄 지금은 안 된다니까."

"엄마 바쁘다고 했지, 니가 알아서 해, 엄마 자금 친구들이랑 불암산에 와 있어,"

"뭐라구? 엄마가 어떻게 됐다구? 아버지는 뭐하구? 내 그럴 줄 알았어. 그럴 줄 알았다구."

그렇게 말하는 사람은 여진이였다. 여진이는 핸폰을 끊자마자 말했다.

"내 팔자에 무슨……. 애들아, 난 그냥 가봐야겠다, 집에 사고가 난 모양이야."

그러자 모두 바쁜 듯 오던 길을 되돌아 걷기 시작했다. 날이 차츰 어두워지기 시작했다, 군부대에서 함성이 들려왔다. 군용 트럭이 부대 안으로 들어가는 모습이 보였다.

문득 젊었을 때 남편과 연애하던 생각이 났다. 동부전선 철책선을 두 번째 찾아가던 날, 살얼음이 끼어 버스 바퀴가 헛돌면서 대형 사고로 이어질 뻔했던……. 그때 내 눈에 공포로 다가온 건 수십 미터를 상회한다는 소양강의 끓는 호수였다. 소양강은 영하 20도를 오르내리는 날씨에도 결코 어는 법이 없었다. 수심이 워낙 깊었기 때문이다.

그 소양강 교각 위에서 버스가 백척간두에서 간당간당 매달려 있었다. 그날 그는 눈물을 글썽이며 말했다.

"다음부턴 면회 오지 마, 내가 서울로 갈께."

하긴 어디 동부전선뿐이겠는가. 서부전선도 해안가에 자리 잡은 군부대도 위험하긴 마찬가지였다. 가장 위험한 건 비무장 철책선에 근무할 때였다. 지뢰밭에 매설 작업을 하다 가끔씩 사고가 발생했기 때문이다.

동네에 멧돼지가 나타나 때 아닌 고기 잔치를 벌인 적도 있었고 얼음 강을 깨고 낚시로 물고기를 낚아 올려 회를 쳐 먹은 적도 있었다. 승진이 더딜 때면 빨리 전역하라고 남편을 들볶아 칠 때도 많았다. 아들딸이 경쟁에서 밀릴 때면 심장이 쿵쾅거려 빈사 직전까지 간 적도 있었다.

세월무상이라고 이젠 다 지나간 옛일이 되고 만 것이다. 이젠 아이들의 확고한 장래와 노후 걱정을 할 때가 이르렀다. 친구들은 불암산을 내려오자마자 각기 택시를 집어타고 집으로 돌아갔다. 막 아파트 입구에 들어서는데 사람들이 몰려 있는 모습이 보였다. 기자들이 모여 취재를 하는지 아님 방송국에서 드라마 촬영을 나왔는지 플래시가 터지고 사람들의 고함소리가 터져 나왔다. 그러고 보니 아파트 단지 내에 사는 아는 얼굴도 몇몇 보였다.

"무슨 영화 촬영을 나왔나……?"

나는 점점 가까이 가며 까치발로 자세히 들여다보았다. 그때였다.

누군가 내 뒷목을 움켜잡으며 말했다.

"얘, 정아야."

"응 누구?"

"애비다."

"응 아버지?"

언제 올라왔는지 부모님이 내 곁에 서 있는 게 아닌가. 그때였다. 갑자기 아버지 입에서 외마디 소리가 터진 것은.

"아, 아니! 저 우리 손녀딸 아냐?"

"예에?"

딸아이가 기자와 사람들에게 둘러싸여 한참 옥신각신하고 있었다. 나중에 알고 보니 스타의 밀집취재라는 것이었다.

막 떠오르는 모델계의 유망주, 이가영에 관한 기삿거리를 찾기 위해 집 앞까지 온 모양이었다. 가영이는 경현이의 예명이었다. 경현이는 제 아빠와 함께 의논해 가면서 일문일답식으로 대답하며 위기를 잘 넘기고 있었다.

"저, 저게 지금 뭐 허는 거이야? 왜 사람들이 우리 손주한테 몰려들어서."

"대체 무신 잘못을 혔길래 저런다냐?"

부모님은 TV 뉴스 시간에 나오는 불길한 사건을 떠올리는 모양이었다.

"잘못한 게 아니고 실은……."

참으로 난감한 순간이었다. 그때였다. 경현이가 이쪽을 가리키더니 소리쳤다.

"할아버지, 할머니!"

기자들이 카메라 기사들도 동시에 이쪽으로 시선을 돌렸다. 수많은 눈빛들이 우리들의 몸에 와 닿는 순간이었다. 그때였다. 경현이는 제 아빠의 손을 잡고 아파트 계단 위로 뛰어 올라갔다. 동시에 나도 부모님의 손을 잡고 엘리베이터 쪽으로 뛰기 시작했다.

"그러니까 잘못한 게 아니고, 우리 경현이가 워낙 유명하다 보니……."

"유명하다니? 우리 경현이가 뭘로다?"

"집에 들어가서 얘기할게요."

현관문을 열고 들어가자 아들이 TV 앞에서 몸을 흔들고 있었다. 댄스 가수의 몸짓에 따라 물구나무서기를 하더니 그대로 바닥에 내리 꽂히는 것이었다.

"저런저런! 위험혀다, 아가 그만 하그라."

외할아버지의 출현에 아들은 당황하면서 씩 웃었다. 모두들 소파에 앉는데 이번에는 여자 댄스 가수가 나와 격렬하게 몸을 흔들기 시작했다. 당장 눈살을 찌푸릴 줄 알았는데 아버지는 TV에 시선을 꽂은 채 움직일 줄 몰랐다.

남자는 그저 늙으나 젊으나 섹시한 데는 당할 재간이 없는 모양이다.

내가 과일 접시를 앞에 놓는 데도 아랑곳없이 가수의 몸짓에 정신이 팔려 있었다.

"잘하는구먼."

기가 막혀서…….

노래가 끝나자 여가수의 부모님과의 인터뷰 장면이 나왔다. 먼저 사회자격인 여자 아나운서가 마이크를 가수의 아버지에게 들이댔다.

"아버님께서도 따님께서 섹시하다고 생각하세요?"

거침없는 대답이 나왔다.

"아암, 물론이지."

"그렇다면 앞으로도 이런 모드로 계속 나가시길 원하시나요?"

"지금보다 더 섹시하게 파격적으로 댄스 가수의 이미지를 살려 일인자가 되어야지. 아암, 반드시 일인자가 되어야 하고말고."

아버지 입에서 전혀 예상치 못한 말이 튀어 나왔다.

"저 사람은 욕심이 너무 많구먼."

"그러게나 말여유. 딸이 그만큼 출세혀구 유명해졌음 됐지 뭐하러 저렇게 욕심을 부린대유."

어머니가 옆에서 거들기까지 했다.

"그러게나 말여. 딸이 저만큼 컸으면 그만 시집을 보내야 정상이지 사위 볼 생각은 않구 일인자가 되라니 저건 순 자기 욕심으로다 자식을 키우는 거여."

"자식 잘되라구 혀는 게 결국은 다 자기 좋으라고 혀는 게 아닌지 모르겠네유."

"아! 못 배운 사람일수록 자기 자식 공부 많이 가르칠려구 혀잖아. 그게 다 지가 못 배운 한을 자식을 통해서 받으려는 거이 아니구 뭐것어."

"내가 못 이룬 꿈을 자식이 대신 이루어주길 바라는 마음 아니것어유."

"그게 진짜루다 자식을 위하는 것은 아닐 텐데, 사람은 모름지기 다 지가 혀구 싶은 일은 혀구 살아야 되제, 그래야 뒤탈도 없구 후회도 없구, 안 그런감 사위?"

"예, 그러고 말구요. 장인어른."

"성경에도 나와 있다고 하지 않나, 사람이 자기 혀고 싶은 일을 혀고 살면서 보람을 느끼면 이보다 더 기쁜 일은 없다구 말여."

"아니, 장인어른께서 어떻게 성경 말씀을 다 아세요?"

"지난달에 동네 이장 따라 교회 나갔다가 배운 말씀이구먼."

"네에?"

"아니, 왜 그렇게 놀라남."

"그, 그게 아니고."

"그런디 아까 우리 경현이 놓고 기자들인가 그 사람들이 뭣하는 것이었는감?"

"그, 그러니까 우리 경현이가 모, 모델."

"뭐, 뭣이여 모델?"

"아니, 왜 그렇게 놀라십니까?"

"그, 그거이 딴따라 아닌가벼?"

"예, 딴따라요?"

"아님 뭔가?"

"그러니까 좀 전에 자식이 원하는 걸 시키는 게 좋다고 하시지 않았던가요?"

"그거야 딴 집 이야기고. 하이고 큰손주 녀석이 딴따라로 나서더니 이번엔 외손녀마저."

아버지는 여간 낙심이 되는 게 아닌 모양이었다. 고개를 푹 떨구더니 잠시 생각에 잠기는 눈치였다.

"뭘 혀든지 간에 일인자가 되거라. 얼겄냐?"

언제 나왔는지 아버지가 경현이를 향해 말했다.

그러자 아들이 야호! 소리를 지르며 말했다.

"와! 우리 할아버지 최고! 내 친구 할아버지 중에서 최고 세련되셨어."

"그럼, 넌 니 할애비가 구닥다리 늙은인 줄 알았냐?"

"할아버지가 딴따라 딴따라 하셔서 그런 줄 알았죠."

"뭘 혀든지 일인자가 되거라. 요즘 추세가 안 그러냐? 그런디 왜 갑자기 배가 아프냐, 경현아 화장실 어디냐?"

아버지는 말해 놓고 금방 후회되는 눈치였다.

"할아버지도 욕심 많긴, 방금 전 그 댄스 가수 아빠가 일인자가 되라니깐 욕심 많다고 해놓고선 나 보고 일인자가 되라는 건 뭐야?"

"원래 부모 마음은 다 그런 거야."

"그나저나 할아버지가 개화가 되긴 되신 모양이다. 펄쩍 뛸 줄 알았는데."

"어쩌겠어, 세상이 바뀐 걸."

"그래도 구닥다리 늙은이 소린 듣기 싫었나 보지. 생각이 바뀐 걸 보면."

"왜 아니겠어, 그래도 속이 쓰리긴 쓰릴 거야."

"맞아."

그때였다 화장실에서 나온 아버지가 손주들에게 말했다.

"얘, 아그들아, 아까 나온 그 댄스 가수 있잖아 어디서 나오나 또 틀어 봐라."

그 소리에 우린 모두 박장대소하고 웃었다.

"바로 그거였구나 그거였어."

TV에서 남녀 혼성 그룹 댄스 가수가 나와 요란하게 몸을 흔들며 춤을 추기 시작했다. 자세히 보니 아버지의 입가에 미소가 떠나지 않고 있었다. 곡이 끝나자 아쉬운 탄성마저 나왔다. 그러다 다음 장면이 나오자 눈에 생기가 돌기 시작했다.

9인조 댄스 가수 소녀시대가 화려한 율동과 함께 섹시한 몸짓을 눈웃음과 함께 선사하고 있었다. 아버지는 아예 넋이 나간 채 TV에 시선을 고정했다.

"아! 그만 보고 과일 좀 들어요, 저 양반은 그저 젊은 것들만 나오면 정신을 못 차린당게. 텔레비를 확 끄덩가 해야지."

어머니의 일성에 우리는 모두 허리를 잡고 웃었다. 그러자 기다렸다는 경현이가 제 오빠와 함께 춤을 추기 시작했다.

아버지는 손주들의 재롱에 만면에 미소를 띠며 말했다.

"잘 하는구먼, 내 새끼들. 사람은 무엇보다 이미지가 중요한 것이다. 그러니께 자기 자신만의 이미지를 살려서 워쨌든 일인자가 되어야 한다, 그것이다. 알겄냐?"

"예, 할바마마."

집안은 한동안 웃음 도가니가 되어 식을 줄 몰랐다. 밤이 하얗게 새어 가고 있었다.

새벽녘에 꿈을 꾸었다. 어느덧 20대로 변한 내가 명동의 디스코텍에서 남편과 함께 신나게 춤을 추고 있었다. 맥주에 진탕 취한 채 몸이 흐느적거리며 디스코와 블루스를 반복하고 있었다. 시골서 면장하면서 아버지가 보내주는 용돈을 유흥비로 날리면서……. 자세히 보니 그곳은 명동의 PJ였다.

정신없이 춤을 추고 밖으로 나오니 온갖 네온사인이 내 몸 위로

부서져 내리고 있었다.

어디선가 광풍과 같은 음악이 들려왔다. 너무 곡이 빨라 가사를 잘 알아들을 수 없었다. 자세히 들어보니 댄스곡이었다. 나는 몸이 저절로 흔들렸다. 한참 신나게 춤을 추고 있는데 누군가 나를 부르는 소리가 들렸다.

"엄마, 빨리 일어나 밥해. 할아버지 배고프시대."

경현이가 내 어깨를 흔들며 다급한 목소리로 깨우고 있었다.

"냅둬라, 피곤한 갑다. 할머니가 아침 밥 할 테니 더 자게 냅둬라."

어머니의 목소리가 꿈결같이 들려왔다. 나는 마지못해 침대에서 일어나는 척하다 그 자리에 폭 쓰러지고 말았다. 잠이 또다시 무한정 쏟아졌다. 또다시 꿈이 출몰하고……. 가족들의 웃음소리가 잠결에 들려왔다.

(2011년 코스모스 문예)

리허설

TV 다큐멘터리에서 사라져가는 재래시장을 방영했다.

영등포 일대에서 40년 이상을 지켜온 재래시장은 상권의 퇴락과 대형마트에 밀려 완전 퇴출되고 있었다. 수십 년 낡은 상가는 퇴락한 옛 모습을 고스란히 남겨둔 채 퇴장을 눈물로 대신했다. 시장이 번영했을 때는 다닥다닥 붙은 상가만 200여 채가 넘었다고 한다. 상인들은 삶의 터전을 떠나며 끝내 정(情)을 아쉬워했다.

그들은 일평생을 시장에서 보내며 일할 수 있는 터전이 있었음에 감사를 연발하고 있었다. 언젠가 비슷한 프로를 본 적이 있다. 소래어시장에서 일하는 여자들의 이야기였다. 하루 종일 무거운 짐을 들고 나르며 악다구니 쳐가며 장사하는 그녀들은 집안의 가장이자 삶의 전사였다. 하나라도 더 팔기 위해 싸움판이 벌어지다가도 식사시간만 되면 서로 모여 웃으며 도타운 정을 나누었다.

휴식시간도 마다 않고 달려가는 그녀들은 인생 드라마 그 자체였다. 어떤 젊은 부부는 어머니가 하던 가게를 물려받아 힘든 중노동을 하면서도 연신 웃었다. 그들은 잘 나가던 직장생활을 그만 두고 뛰어든 케이스였다. 가게 앞에 파라솔을 펼쳐 놓고 장사하는 그들은 정작 자신의 힘든 처지보다 어머니를 더 걱정했다.

"옛날에는 이런 파라솔도 하나 없이 그냥 맨 바닥에서 장사하셨대요, 뜨거운 여름날은 물론이고 추운 겨울에도 칼바람 맞아가며 장사하셨으니 얼마나 고생이 심하셨겠어요. 그런 어머니에 비하면 우린 너무 편하게 장사하는 편이에요."

며느리는 한사코 시어머니의 노고에 무게를 더하고 있었다. 시어머니는 그런 아들 내외를 향해 눈물을 보이며 말했다.

"잘 나가던 직장도 그만 두고 어미가 하던 것 물려받겠다고 저 고생을 하고 있으니 눈물이 나요. 없는 집안에 시집와 고생하면서도 웃는 걸 보면 마음이 아파요."

힘든 내색 않고 서로를 아끼는 모습에 콧등이 찡해졌다. 만석꾼은 만 가지 걱정을 한다고 재물이 많다고 다 행복한 건 아니지 않는가. 따듯한 가족애가 우선이다. 사랑은 어떤 난관도 다 극복하고 남으니까. 다큐멘터리 속에 등장하는 상인들은 삶에 대해 진지하고도 엄숙한 의미를 달고 있었다.

정직하게 꾸준하게 한눈팔지 않고 오로지 한 길을 걸어가다가 세태에 밀려 난 것이다. 노인들이 심심파적으로 하던 구멍가게는 편의점에 밀려나고 잡화상은 대형마트에 밀리고 하다못해 길거리 포장마차 떡볶이도 프랜차이즈 바람에 밀려 짐 보따리를 쌌다. 시대의 바람은 아무도 막지 못한다.

모든 게 인터넷으로 통하는 디지털 시대에 옛 정취나 향수 따위는 도무지 먹히지 않는 시대가 되었다. 문화 쾌락주의에 중독된 사람들은 모든 걸 편의 위주로 생각하다 보니 남에 대한 배려 따위는 아예 깡그리 잊고 산다. 약육강식의 생존원리를 따라 시장에서 퇴출당한 상인들은 새로운 일자리를 향해 나갈 것이다.

문 닫는 가게마다 새로 이전할 장소를 유리창에 붙여 놓고 여전히 미련을 떨쳐 버리지 못한다. 재래시장이 점점 사라져 가는 세상이다. 한 푼이라도 더 싸게 사겠다고 대형마트로 몰리다 보니 골목 상권마저 대기업이 접수해 버리고 만 것이다. 옛날, 아날로그 시대에는 성실과 인내가 인격의 관건이었다.

하지만 세상은 미덕보다 성과를 인정(人情)보다 이익을 우선시했다. 그에 따라 이합집산과 합종연대는 기본이었다.

TV를 끄면서 나는 뭉클한 감동에 사로잡혔다. 생전의 어머니 모습이 떠올랐다. 자식들을 위해 물불을 안 가리면서 헌신했던 어머니, 평생 호의호식은커녕 가난과 질고와 싸워야 했던, 어쩌면 그런 어머니의 모습은 내게 희생이란 단어를 터부시하게 만들었던 원인이기도 했다.

누가 그랬던가. 딸은 어머니의 운명을 닮는다고. 나는 그 말을 거역하기 위해 오직 내 중심 내 만족 위주로 살아왔는지 모른다. 내가 택한 건 사랑이 아닌 내 이기심이었다. 집을 나선 순간부터 나는 수많은 상상력에 휘말렸다. 가상현실은 상상력이 만들어낸 기발한 아이디어와 함께 시간을 앞서 갔다.

공덕역을 출발한 전동차가 디지털시티 역을 지나 증산역에 닿았다. 계단을 뛰어 올라 밖으로 나오니 녹색바람과 불광천이 한눈에 들어왔다. 배롱나무와 잡풀이 강줄기와 함께 초록의 향연을 펼치고 있었다. 맑은 물줄기를 바라보며 사람들은 망중한을 즐기고 있었다.

어디서 몰려왔는지 물오리 떼와 원앙새 한 쌍이 물가를 유영하고 있었다. 자세히 보니 송사리 떼와 주먹만 한 물고기가 물오리에 의해 먹잇감으로 포획되고 있었다. 색색가지 코스모스가 천변을 따라 걷는 산책객들의 마음을 한껏 힐링하고 있었다.

트라우마와 힐링은 이 시대 최고의 관심사가 되었다. 발걸음을 내딛을 때마다 발밑의 감촉이 좋았다. 사뿐한 보료 위를 걷듯 편안한 느낌으로 마음마저 안정시켰다. 한마디로 격세지감이었다. 오염된 폐수를 몰아내고 맑은 물로 바꾸는 세상이다.

오직 돈의 위력으로.

옛날에는 험악했던 인심도 공공기관부터 시작하여 친절모드로 변해 각종 편의시설과 함께 살기 좋은 세상으로 변했다. 돈과 과학의 힘으로 격세지감은 어딜 가나 체감도를 높이고 있다. 수풀과 강물은 병든 마음을 여전히 힐링하고 있다. 자연은 마음의 휴식을 주는 안정제와 같다. 그래서 등산가들은 목숨을 걸고 산에 오르는지 모른다.

자연은 순수와 겸손을 가르쳐 주는 교과서라며 사람들은 대자연의 웅장함과 신비 앞에 저절로 겸손해진다. 신적 권능과 인간의 나약함이 자연의 아름다움 앞에 복종하게 되기 때문이다.

교각을 건너자 상가가 도로를 중심으로 밀집된 모습이 보였다. 편의점과 고기 냄새 풍기는 음식점, 피자점 소형 마켓과 교회 등이 차도를 끼고 형성돼 있었다. 거리는 대선을 앞두고 어딜 가나 퍼레이드 경쟁을 펼치고 있었다. 매스컴은 물론이고 사람들의 입가에서도 선거의 열기는 대단했다.

사람들은 누구나 할 거 없이 침방울을 튕기며 열변을 토했다. 전직 대통령의 자살은 더욱 이념전쟁을 불러왔고 색깔 논쟁은 정의의 기준마저 흐릿하게 했다.

"누가 정권을 잡든 우리와 무슨 상관이래? 다 똑같은 놈들 아닌

감."

"선거 때만 되면 선심을 남발하다가 일단 되고 나면 안면 싹 바꾸고 나눠먹기 바쁘잖어."

"요즘 세상에 이념이 다 무슨 소용이래? 국민만 잘 살게 만들어주면 그만이제."

"젊은 애들이 취직이 안 돼서 난리라는구먼. 모든 일을 아이틴지 컴퓨터인지가 다 해버리는 바람에 사람이 할 일이 없어졌다지 아마. 요즘 사람들은 은행도 안 가고 집에서 다 컴퓨터로 일을 해결 하잖어."

"그러니 요즘 애들이 시집 장가도 안 가고 자식들도 안 낳는 거여. 지 앞가림도 못하는디 자식은 낳아 키울 엄두가 안 나는 것이제."

"이제 내 자식 대에 가서는 손자 손녀 안아 보기도 힘든 세상이 될 것 같어."

"왜 아니겠나."

"요즘은 펭귄족들이 늘어나 오히려 중년층의 취업이 늘어났다는구먼."

"다 늙은 부모가 장성한 자식들 부양하는 세상이여. 어떻게 세상이 거꾸로 가는 거 같어."

파라솔에 모여 앉아 술잔을 기울이는 중년들은 입을 모아 한탄했다. 그들이야 말로 베이비붐 세대가 아니던가. 삼겹살 굽는 냄새가 진동을 했다. 횡단보도 앞에 서 있는데 핸드폰에서 진동이 울렸다. 평론가 우재영이었다.

"지금 어디세요?"

"증산역에 내려서 지금 명지대 쪽으로 가고 있는 중이에요."

"그럼 지금 사거리쯤에 계신가요?"

"네 그래요."

"그럼 거기 그냥 서 계세요, 제가 모시러 갈게요."

3분도 안 돼 우재영이 나타났다. 언제 구입했는지 신형 '모닝'이 연하늘색 옷을 입고 우재영을 안고 있다. 그녀가 차창 문을 내리더니 타라고 손짓을 했다. '경기 좋구만, 맨날 돈 없다고 죽는 소리 할 때는 언제고.' 나는 순간 감정이 상했다. 이건 질투인가. 시기인가.

그녀는 엑셀을 깊게 밟더니 말한다.

"어디 가시고 싶은데 있으세요? 제가 모실게요."

"원고 쓰다 말고 나와서 빨리 가봐야 해요."

"그럼 여기 백련산으로 가실래요? 산 중턱에 전망 좋은 곳이 있어요."

"그러세요."

그녀는 비탈길을 내리달리더니 좁은 차도로 접어들었다. 거기서 핸들을 왼쪽으로 꺾더니 오르막길을 향해 힘겹게 엑셀을 밟았다. 얼마 안 가 산 중턱이 나타났다. 그녀가 차를 파킹하고 돌아서며 말했다.

"저 아래쪽을 내려다보세요. 서대문구가 한눈에 보여요. 마치 지도를 보는 것 같아요. 저기 저 쪽이 대학 본관 건물이고 저 오른쪽 끝에 보이는 다리가 강화도로 가는 입문이에요. 밤에 이곳에 올라오면 환상적인 분위기가 꼭 영화를 보는 거 같아요."

과연 주변 환경은 녹색 숲과 신선한 산 공기가 어우러져 마음마저 적이 안정되는 것 같았다. 왼쪽으로 웅장한 사찰과 등산로가 보였고 주차장과 소형 음식점도 보였다. 계단 끝으로 올라가 아래쪽을 내려다보니 주택가와 빌딩이 도심의 한 군락을 보는 것 같다. 학교 건물과 빌딩과 주택가가 어깨를 맞대고 인도와 차도를 끼고 서 있었다.

강화도어를 열고 들어서니 탁자와 의자가 원형과 사각형으로 보인다.

"뭐 드실래요?"

우재영은 마치 선심 쓰듯 묻는다. 저 여자가 무슨 꿍꿍이속으로 나를 만나자고 한 걸까. 나는 그녀의 의중을 탐색하기에 바쁘다.

"우선생 좋으실 대로."

"이 집이 산채정식을 잘해요, 그거 드실래요?"

"그러세요."

그녀는 가방에서 무언가를 꺼내더니 이내 싱글벙글한다. 뭔가 또 자랑거리가 생긴 모양이다. 하긴 그럴 일이 아니면 뭐하러 내게 만남을 신청하겠는가. 자랑이 주특기인 그녀는 자아도취증 환자다. 입만 열면 자기 자랑이 봇물 터지듯 쏟아진다.

"이번에 제가 모 시인의 시집을 평론했는데 그게 신문에 났지 뭐예요, 여기, 여기 좀 보세요. 평론가 우재영 물론 원고료도 톡톡히 받았고요, 그런데 이렇게 신문에까지 나게 될 줄은 몰랐어요."

"축하해요."

"저 그래서 말인데요. 제가 한 부탁 말씀 드려도 될까요?"

그러면 그렇지.

"선생님 작품집 내실 때 제가 평론하면 안 될까요? 무 물론 원고료는 안 받고 그냥, 그냥 해드릴게요."

나는 멍하니 그녀 얼굴을 바라보았다. 공짜로 ……? 니가……. 절대 그럴 리가 없지. 만일 그랬다간 여기저기 다니며 얼마나 생색내며 내 흉을 볼까.

"안 들은 걸로 할게요. 내 작품집은 평론 안 넣어도 잘 나가니까. 그러니까 다른 작가나 해주세요."

"왜요? 전 선생님 작품집에 제 평론 넣는 게 소원이에요."

"됐어요, 내가 왜 공짜로, 난 그런 것 원치 않아요. 우선생 형편 뻔히 아는데."

그 말에 우재영은 얼굴을 확 붉힌다.

"그렇다면 할 수 없죠. 저 사실 내년이면 시간 강사도 많이 힘들 것 같아요. 요즘은 유학파들이 대세라서 달리 알바 자리라도 구해야 할지 걱정이에요."

"차라리 능력 많은 남자 만나 결혼하세요."

"그거야 마음만 먹으면 할 수 있죠. 제가 뭐 빠지는 게 있어야 말이죠. 얼굴 되죠, 몸매 되죠, 학력 좋지, 마음만 먹으면 얼마든지 할 수 있지만 만일 남자가 중간에 마음이 변해서 절 사랑해주지 않으면 어쩌죠."

"그렇게 자신이 없어요?"

"제 얼굴과 몸매가 원래 국보급이긴 하지만 남자 마음이 어디 한결 같나요? 옛날에는 그저 여자 하나 마음에 들면 결혼이 성사됐지만 요즘은 인물보다 능력이 우선이잖아요."

알긴 잘 아네.

"사실 지난번에 엄마가 병원에 입원하셔서 병원비가 사백만 원이나 나왔지 뭐예요. 그동안 적금 붓던 것 다 해약하고 완전 거지 되는 줄 알았어요."

그러게 평소에 아껴 쓰지, 버는 족족 옷에다 구두에다 화장품까지 최고급으로 써대니 그럴 만도 하지. 나는 속으로 실소를 금치 못했다.

"선생님 저 부탁이 하나 있는데요."

음식이 나오자 그녀는 수저를 들면서 본론을 말할 참인가 보다. 애교스런 표정으로 말했다.

"수원에 있는 S여대 김홍식 교수님 잘 아시죠?"

"그런데요?"

"그 S여대에서 이번에 전임강사 뽑는데 저 좀 추천해 주시면 안 돼요?"

그러면 그렇지, 나는 밥을 비비다 말고 수저를 내려놓았다.

"그것 때문에 만나자고 한 건가요?"

"선생님 부탁이에요. 이번만 도와주시면 그 은혜 평생 안 잊을 게요."

"그건 내 권한 밖이에요. 내게 무슨 그런 힘이 있다고 부탁하는 거예요? 내가 부탁한다고 해결될 문제도 아니고요.'

"선생님 남편 분 계시잖아요. 두 분 사이가 절친이라는 소문 있던데요. 저 이번에 그 자리 놓치면 평생 시간강사 못 면해요. 그러니까 남편 분께 꼭 말씀 드려서……."

속에서 욕지기가 났다. 지금껏 시간 강사라도 할 수 있게 도와 준 게 누군데 이제 와서 또. 우재영은 자기가 필요할 때는 수단 방법 가리지 않고 접근한 뒤 목적이 관철되고 나면 뒤통수치기로 유명하다. 나도 그들 중의 하나였다. 그녀는 이미 작정하고 나온 듯 전혀 뒤로 물러설 기세가 아니다. 가만 있다간 또 당할지 모른다.

나는 수저를 놓고 일어섰다.

"왜 그러세요?"

내가 우선생을 위해서 왜 그래야 하죠? 말이 목구멍까지 올라왔다 사라졌다. 언제나 나는 이 정도에서 그치고 마는 소심증 환자이다. 남에게 싫은 소리는 죽어도 못하는 이런 내 약점을 우재영은 이용하고 또 이용했다.

"왜 그러세요?"

그녀의 얼굴은 실망한 기색이 역력했다. 거부당하리라곤 상상도 못한 눈치다. 나는 카운터로 가 재빨리 계산을 끝마치고는 밖으로 나왔다. 벌써 어둠이 산 전체를 덮어버렸다. 우재영은 승용차 모닝을 몰고 나타나서는 또다시 친절모드로 변한다.

"선생님 타세요. 제가 댁까지 모셔다 드릴게요."

"됐어요, 택시 타고 가면 되요."

"여기 택시 없어요. 마을버스뿐인데 언제 올지 몰라요."

누가 니 속을 모를 줄 알고. 우리 집까지 태워다 주고 나면 차 한 잔 마시겠다고 할 테고, 그러다 보면 남편 올 때까지 기다렸다가 기어코 니 목적을 관철시키고야 말 걸. 내가 어디 너한테 한두 번 당하냐. 나는 이미 그녀의 속내를 훤히 꿰뚫고 있다.

"중간에 출판사에 들러서 표지 디자인하던 것 마저 끝내야 하고 교정 보던 것도 마쳐야 해요."

"저도 가면 안 될까요? 저도 디자인 잘 보는데."

"됐어요, 나중에 또 만나요."

"선생님, 그러면 아까 말씀 드린 것 꼭 좀 부탁드릴게요. 그럼 제가 출판사까지만 모셔다 드릴게요."

"고마워요. 힘은 없지만 우선생 부탁 노력해 볼게요."

"어머! 선생님 너무 고마워요. 그럼 될 줄 알고 기다릴게요."

그녀는 일이 성사라도 된 듯 미리 김칫국부터 마신다. 그녀의 수법에 속아 여러 번 도와주었다가 실컷 이용만 당한 내가 아니었던가. 그런데 이번에도 또다시 그녀의 말에 얽매이고 만다. 그녀에게는 어떤 미움이나 분노도 녹이는 신비한 힘이 있는 것 같다. 이번만큼은 당하지 말아야지 했다가도 끝내 당하고 마는 것은 그녀의 끈질김 때문이다.

간이라도 빼줄 것처럼 살랑대며 착 달라붙을 때는 징그러우면서도 어쩔 수 없이 상대하게 된다. 처음에 몇 번 통사정하는 바람에 도와주었다가 낭패 본 적이 있었다. 자기가 속한 단체에 내 이름을 팔고 다니면서 마치 자기와 내가 떼려야 뗄 수 없는 관계처럼 부풀려 이야기했기 때문이다. 한번 도와주고 나니까 걸핏하면 찾아와 도움을 요청했다.

얼마나 당당한지 마치 빚쟁이 조르듯 했다. 그런데 더 황당한 건 도와주고 났을 때의 일이다. 내 등 뒤에다 대고 온갖 험담을 하고 다니는 것이었다. 물에 빠진 사람 건져주고 나면 보따리 내놓으라고 한다고 꼭 그 짝이었다. 그녀에게 당한 사람이 어찌 나 한 사람뿐이겠는가. 인간 본성이 악이라는 사실을 그녀 말고도 여러 번 체험한 나였지만 문제는 어리석은 내 두뇌였다.

어느 날 나는 그녀의 정신에 심각한 문제가 있음을 발견했다. 상담 심리학을 공부하기 시작한 지 얼마 안 됐을 때였다. 집을 나서 마악 출판사에 도착할 즈음이었다. 그녀에게서 핸드폰이 걸려 왔다.

"선생님, 전 아무래도 연예계로 나서야 할 것 같아요. 어제 옛날 제 제자들을 만났는데 저보고 더 예뻐졌다면서 늦었지만 영화배우를 해보라는 거예요. 전에도 그런 소릴 많이 듣긴 했지만 이번에야 말로 결단할 시기가 왔단 생각이 들었어요."

"우선생, 지금 나이가 사십이 넘지 않았나요?"

"그래도 사람들은 저를 삼십 안팎으로 보는 걸요. 또 제 몸매가 원래 섹스어필 그 자체잖아요. 백날 시간 강사 해봐야 그렇고 이참에 연예계로 진출해 볼까 생각중이에요."

완전히 미쳤군. 입만 열면 제 미모 자랑하느라 제 정신 아니더니 이번에야 말로 완전히 미쳤군.

"선생님 제 인기는 나이를 먹어도 식지를 않네요. 어딜 가나 남자들이 어찌나 따라붙는지 귀찮아 죽을 지경이에요. 이럴 바엔 차라리 연예계로 진출하는 게 낫지 싶어요. 선생님 의견은 어떠세요?"

"다른 사람들한테도 이야기해 보았나요?"

"아뇨? 제가 왜요? 저는 선생님밖에 이야기할 상대가 없는 걸요."

그 말에 공연히 마음이 짠했다. 누가 그녀의 말을 제정신 가지고 들어주겠는가. 이야기해 봤자 정신병자 취급당하기 알맞으리라.

"혹시 혹시 말이에요. 우선생 어릴 때 사랑을 충분히 못 받았거나 상처 받은 경험 있나요?"

그녀는 잠시 말이 없었다. 나는 공연히 상담심리 내용을 꺼내들었다가 그녀의 기분만 상한 건 아닌지 금세 후회가 되었다.

"제 엄마는 계모 밑에서 구박만 받고 자라셨대요. 그래서인지 자식인 저한테도 사랑을 줄줄 몰라요."

어쩐지! 우재영은 심각한 정서불안에 시달리고 있는 게 틀림없었다. 인간의 심리구조는 3세를 전후로 결정된다. 유아 시절 어머니의 충분한 사랑을 받음으로 애착관계가 형성되고 나면 심리적 안정기에 접어들면서 원만한 성격으로 자라가게 된다. 그런데 유아시절 애착관계가 형성되지 않으면 그는 정서적 불안과 더불어 성격장애자로 자라나기 쉽다.

자아도취적 성격장애도 그 중의 하나이다. 어머니로부터 애착관계에 실패한 사람은 심각한 두려움과 직면하게 된다. 상대방이 자기를 무시하게 될까 봐에서 오는 심각한 두려움이다. 그럴 때 그는 좌절하며 자신을 초라하게 느낀다. 모태로부터 받지 못한 사랑을 메우기 위해 갖가지 시도를 하는 것도 그 때문이다.

첫 번째가 가면의 탈을 쓰는 것이다. 남들에게 인정받고 사랑받기 위해 자신의 약점을 최대한 감추고 수없는 위선의 탈을 쓴다. 이중인격이 그의 본심이고 그에게 무엇이 진실인지 자신조차도 의심스럽다. 언젠가 우재영이 한 말이 생각난다.

"저는 누구한테나 인정받고 높임 받고 싶어요. 잠시라도 사람들의 관심에서 멀어지면 괴로워서 미칠 것 같아요."

그녀의 애정결핍증은 아예 병적이었다. 그런데 어느 날 뜻밖의 말을 했다.

"선생님, 사실 저는 낮은 자존감 때문에 얼마나 울고 지내는지 몰라요."

처음에는 그 말이 이해가 되지 않았다. 입만 열면 자랑거리부터 쏟아내던 그녀였으니까.

"자존감이 낮다니? 전혀 그렇지 않은 것 같은데, 오히려 그 반대 아닌가요?"

"아니에요. 오히려 그걸 숨기기 위해 반대로 행동하는 거예요. 한 번도 사랑을 받지 못하고 자란 저희 엄마는 아버지와도 사이가 안 좋았는데 그건 사랑하는 방법을 몰라서 더 그랬던 것 같아요. 흔한 말로 사랑받아 본 사람이 남을 사랑한다잖아요. 반대로 시집살이 해 본 시어머니가 더 며느리 시집살이 시킨다고 저도 사실 그 영향을 많이 받은 것 같아요. 사랑받기 위해 몸부림치면서도 정작 남을 사랑할 줄 몰라요."

동병상련이었다. 나 역시 어릴 때부터 감정 기복이 심하고 걸핏하면 불안 증세에 시달렸다. 남들은 항상 기가 세고 당당한데 나는 소심하게 뒤로 물러나고 스스로 자괴감에 빠질 때가 많았다.

"선생님, 저는 가끔 제 인생을 후회할 때가 많아요. 너무 겁이 많아서 제대로 된 사랑을 경험해 본 적이 없어요. 상처받더라도 진정한 사랑을 해봤어야 하는데 이제 제 나이 내일 모레면 사십 중반이에요. 나름대로 열심히 달려왔는데 이 나이에 집도 없이 연로한 엄마 모시고 살려니."

우재영은 그녀답지 않게 신세타령을 한다. 늘 자랑거리를 끊이지 않던 입에서.

"그래도 원하던 학부 다 마치고 나름대로 목표도 이루었잖아요."

"그러면 뭘 하나요? 제 손은 이렇게 가난한 걸요. 인생에는 리허설이 없다더니 참 많이 후회가 돼요."

리허설……….. 언젠가 남편이 내게 하던 말이 생각났다.

"실패할 때마다 난 자신에게 말했지. 이건 리허설이다. 실제가 아닌 리허설. 그러다 어느 날 깨달았지. 내가 자신한테 거짓말을 하고 있다는 사실을."

심약한 남편은 교수 사회에서도 약진하는 방법을 몰라 여간 애를 태우지 않았다. 논문의 거의 절반을 내가 써주던 때도 있었다. 사람을 믿지 못해 늘 내게 조언을 구하며 안으로만 돌았다. 연구논문을 쓰기 위해 서재에 처박히고 강의 준비를 위해 거의 하루 종일 서재에 살다시피 했다.

젊은 시절, 남편은 알코올 중독에 빠져 살던 때도 있었다. 그때는 심약한 남편의 성격이 도무지 성이 안 차 이혼까지 결심할 정도였다. 그런데 한술 더 떠 알코올 중독이라니, 상담심리 공부를 하고 나서야 알았다. 남편에게는 고통을 견디는 힘이 약했다. 그래서 그 고통을 빨리 해결하고자 중독이라는 증상에 의존한 것이다.

고통을 견디는 힘이 약한 건 나도 마찬가지였다. 그러나 나는 남편처럼 술에 의존하지는 않았다. 대신 절대자에게 나의 마음과 의지를 맡겼다. 고통은 무엇인가. 살아 있다는 증거다. 심리학 측면에서 보면 고통은 현재 처해 있는 상황과는 반대이기를 열정적으로 소원하는 마음상태를 말한다. 또 다른 측면에서 말하면 고통은 내가 원치 않는 것을 경험하는 상태를 의미한다.

사람들은 모두 고통을 두려워한다. 가능하면 고통을 피하고 싶어 한다. 그러나 고통은 부지불식간에 찾아와 사람을 괴롭히는 악마 노릇을 하는 것이다. 이때 새로운 악마가 나타나는데 그것이 바로 중독이다. 중독은 견디는 힘이 약하고 고통을 빨리 해결하고자 하는 데에서 시작된다.

중독에는 크게 일중독, 사람과의 관계에서 오는 중독과 놀이에서 오는 중독이 있다. 불행히도 중독은 고통을 해결해 주지 않는다. 오히려 더 큰 폐해를 나타낼 뿐이다. 그렇다면 고통에서 벗어나는 길은 무엇인가. 그것은 무엇보다 고통의 원인을 찾아내 문제를 해결하는 것이다. 중독은 고통을 잠시 잊게 해주는 마약과 같은 효과가 있을 뿐이다.

헤어날 수 없는 고통을 해결하는 또 다른 방법이 있다. 그건 고통 가운데 신의 은총을 끌어들이는 것이다. 중독보다 더 큰 힘인 신의 권능은 가장 선한 의지이며 효력 또한 가장 안전하다.

남편에게 우재영 이야기를 할까 말까 망설이다 한 달이 지나갔다. 그동안 우재영은 전화통에 불이 나게 전화를 해댔다. 나는 남편이 힘쓰고는 있는데 가능성이 불투명하다는 말로 얼버무리고 말았다. 우재영은 나날이 초조한 빛을 띠더니 어느 날 기가 막힌 말을 했다.

"전 선생님께서 제가 부탁드린 일 꼭 해주실 줄로 알고 지난번에 백화점에 가서 할부로 옷과 구두를 샀지 뭐예요? 대신 선생님께서 돈 좀 빌려 주실래요?"

이런 뻔뻔한 년. 나는 하마터면 욕이 터져 나올 뻔했다. 적반하장도 유분수지 나를 무슨 봉으로 아나? 앞으론 어떤 일이 있어도 도와주지 말아야지. 마음에 다짐을 하는데 우재영이 또다시 말했다.

"선생님, 제가 평론할 시인들 좀 소개시켜 주세요. 요즘 영 용돈이 딸려서요."

이건 또 무슨 황당한 부탁이란 말인가. 우재영은 나를 아예 제 종 취급하고 있다.

"내가 왜 그래야 하죠? 내가 우선생한테 무슨 신세 지거나 빚진 일 있나요?"

나는 드디어 부아가 솟구쳐 올라와 할 말을 하고 말았다.

"선생님은 원래 제게 멘토 같은 분이시잖아요."

멘토? 나는 잠시 멘토라는 단어에 집중했다. 전혀 생소한 단어가 그녀 입에서 나오다니.

"나는 우선생의 멘토라고 생각해 본 적 없어요, 그리고 멘토면 그렇게 모든 부탁을 다 들어주어야 하나요?"

들을수록 역겨웠다. 생전 싫은 소리 한마디 않다가 직격탄을 날리니 그녀는 당황한 모양이다.

"어머! 오늘 기분이 영 안 아닌가 보다. 기분 나빴다면 사과드릴게요, 그 대신……."

그녀는 또다시 조건을 붙여 뭔가를 요구할 작정인 것 같았다. 정말이지 얼마나 뻔뻔한지 치가 떨릴 정도였다. 도대체 내가 우재영에게 어떻게 대했기에 저토록 당당하고 뻔뻔스럽단 말인가. 속에서 자책이 일었다. 나는 순간 핸드폰 뚜껑을 그대로 닫아버렸다.

곧 다시 연락이 올 거라고 생각했는데 이상하게 잠잠했다. 이튿날도 그 이튿날도 연락이 없었다. 성격으로 보아 가만 있을 그녀가 아니었다. 어떤 식으로든 다시 연락을 취해 무언가를 반드시 얻어내야만 직성이 풀리는 그녀이다. 그렇게 한 달쯤 되던 어느 날이었다. 평소에 잘 알고 지내는 평론가에게서 연락이 왔다.

"우재영이가 그러는데 자기가 이번에 S여대 전임강사 못 된 건 순전히 선생님 농간이라고 하던데 사실이에요?"

"뭐라구요?"

나는 하도 기가 막혀 쓰러질 뻔했다.

"우재영이가 그런 소릴 해요?"

"그럼, 아닌가요?"

상대는 아예 우재영의 말을 사실로 믿고 있는 눈치였다.

"우재영이가 하도 신신당부하고 매달리기에 그냥 참고 들어주었더니 제 딴에 된 걸로 알고 있다가 안 되니까 그러는 거예요. 세상에 내가 농간을 부리다니 그런 억지를."

"우재영이 수법이 원래 그렇잖아요. 제 부탁 안 들어주면 온갖 협잡을 다 하고 뒤통수 치고 다니는데 선수잖아요. 선생님은 한두 번 당한 것도 아닐 텐데 어떡하다가 그런……."

망할 년, 어디서 해코지할 사람이 없어서 나한테 내가 저를 도와준 게 어디 한두 번인가. 심장이 방망이질을 하고 열이 솟구쳐 뒤로 쓰러질 것 같았다.

"지금 우재영이가 남자 평론가들 불러내서 선생님에 대한 온갖 악소문을 다 퍼뜨리고 다녀요. 제 딴엔 될 줄로 알고 백화점에 가서 카드 긁어서 고가 제품도 많이 구입했다지 뭐예요. 아마 선생님을 철썩같이 믿었나 봐요."

인간 말종 같은 년. 은혜를 원수로 갚는 년. 천하에 몹쓸 년. 속에서 별별 욕이 다 생각났다. 머리가 뜨거워지더니 속이 부글부글 끓었다. 그런데 더 기가 막힌 소리가 귓가에 들려왔다.

"선생님, 그보다도 남편 단속 잘 하셔야겠어요. 우재영이 그게 몸매 하나는 환상이잖아요. 무슨 짓을 할지 모르니 교수님 단속 철저히 하세요. 우재영이가 마음만 먹으면 무슨 짓을 할지 모르잖아요."

그 말에 나는 정신이 한동안 왔다 갔다 하는 것 같았다. 너무나 충격적인 말이었다. 그 말을 듣는 순간 나는 우재영과 남편의 관계를 현재진행형으로 받아들이고 말았다. 원래부터 심리추리 소설이 전공인 나는 의심병 환자였다. 조그만 빌미만 보여도 온갖 상상력을 동원해 소설과 드라마를 써 댔다.

일단 의심이라는 그물에 걸리면 제일 먼저 나타나는 현상이 정서불안이었다. 현실과 상상은 엄청난 차이가 있음에도 나는 상상을 현실로 착각해 일을 그르치는 경우가 많았다. 과거의 나쁜 기억에다 현실에서 만들어낸 상상을 덧붙여 착각과 오해를 남발했었다.

"글쎄 그건 당신이 꾸며낸 소설이야. 아니 어떻게 소설과 현실을 동일시하는 거야? 당신 소설은 컴퓨터 앞에서만 쓰라구! 아무 때나 소설 갖다 붙이지 말고."

그렇게 남편이 말할 때마다 쥐구멍이라도 찾아 들어가고 싶었다. 왜냐하면 내가 꾸며낸 상상은 전혀 사실과 달랐기 때문이다. 하나밖에 없는 아들도 유학 떠나기 전까지 내 소설의 희생양이었다. 아들은 내 욕구를 따라 움직이는 아이가 아니었다. 철저하게 현실적이었고 사리분별이 분명했다.

그래서 내가 상상으로 꾸며댄 말에 결코 반응하지 않았다. 한마디로 의심은 내 상상력이서 빚어지는 폐해이자 직업병이었다. 나는 전화를 끊고 나서 남편의 서재로 가 서랍과 컴퓨터를 뒤지기 시작했다. 한번 발병된 의심병은 결코 수그러들지 않았다. 서재를 뒤지던 중 책상 뒤쪽에서 술병을 발견했다.

한동안 술을 끊고 잠잠한 줄 알았는데 언제 또 술을 입에 대기 시작했을까. 술병 옆에 성경책도 보였다. 먼지가 켜켜이 쌓인 채로. 나는 곧바로 상상력을 갖다 붙였다. 심약한 남편이 우재영의 유혹을 뿌리치기 힘들어 술에게 자기 마음을 하소연했을 것이다. 남편의 여자 취향은 언제나 글래머 스타일이었다.

언젠가 인터넷에서 야동을 보다 내게 들킨 적이 있었다. 유방이 수박 만한 여자가 권투 시합을 하는 장면이었다. 한동안 몰입하다

아내에게 들켜버린 그는 얼굴이 사색이 되었다. 나는 당장 컴퓨터를 끄면서 이놈의 컴퓨터를 당장 부숴버리겠다고 하면서 남편의 등짝을 후려쳤다.

사람의 죄악은 보는 데서 출발한다. 그것이 내 지론이었다. 다시 한 번 야동을 보았다간 남편 이름과 함께 인터넷에 공개해버리겠다고 협박한 뒤 일단락하고 말았다. 그러고 난 뒤 나는 한동안 남편과 야동에 나오는 여자가 섹스 하는 꿈을 꾸었다. 그때마다 남편은 내게 온갖 악담을 들어야 했다.

나는 컴퓨터에 들어가 사이트 검색을 실시했다. 이메일도 들어가 보았다. 남편은 아이디는 평소에 저장해 두었다가 사용하는 버릇이 있어서 비밀번호만 알아내면 되었다. 핸드폰 번호를 눌렀지만 열리지 않았다. 생일을 비밀번호로 했는데 역시 열리지 않았다. 다음에는 대학 입학년도를 눌렀는데 마찬가지였다.

혹시나 싶어 내 생일을 눌렀는데 의외로 열렸다. 이메일을 점검하는 동안 나는 남편이 글래머 스타일인 우재영과의 사이를 불륜으로까지 확대해 놓고 별별 시나리오를 다 썼다. 잘 하면 추리소설 한 권쯤 건지고도 남을 내용이 머릿속에 차곡차곡 쌓여가는 것이었다. 그런데 이메일을 차근차근 찾아 가던 중 눈에 띄는 게 있었다.

이메일 제목이 '교수님 사랑해요'였다. 눈이 당장 뒤집어지는 것 같았다. 클릭을 하는데 저절로 손가락이 떨렸다. 틀림없이 우재영일 것이다. 내용을 들여다보는데 심장이 탁! 멈추는 것 같았다.

역시…….

그런데 글을 읽어 내려가는데 내용이 이상했다. 나의 상상과는 거리가 먼 내용이었다. 처음에는 상투적인 인사말이더니 갈수록 사무적인 내용이었다. 그동안 우재영은 남편에게 전임강사 채용 문제를 놓고 나름대로 끈질기게 공세를 펼치고 있었던 것 같다. 나한테 부탁하는 것도 모자라 어떻게 알았는지 남편의 이메일 주소를 알아내 읍소를 거듭했던 것이다.

나중에는 남편이 아예 열어 보지도 않자 자극적인 문구를 사용함으로 시도한 것이었다. 보낸 편지함을 열어 보았는데 깨끗했다.

컴퓨터를 끄고 막 일어서려는데 밖에서 인기척이 났다. 남편이 돌아온 것이다. 나는 도둑질하다 들킨 심정으로 얼굴이 확확 달아올랐다. 밖에서 문 따는 소리가 들렸다. 나는 태연을 가장한 채 남편에게 물었다.

"나야, 그런데 왜 이렇게 일찍 온 건데?"

"아침에 나가면서 말했잖아. 오늘 세미나 있어서 일찍 들어온다고. 그런데 당신 또 내 이메일 검색한 거야?"

"또라니? 내가 언제?"

"내가 당신 속셈 모를 줄 알아? 심심하면 내 이메일 검색하잖아, 나 잠든 사이 내 핸드폰도 뒤지고 내가 모를 줄 알았지?"

나는 너무 놀란 나머지 뒤로 넘어가는 줄 알았다. 남편이 눈치 채리라곤 상상도 못했었다. 이게 바로 내 상상력의 한계인가?

"이번엔 또 무슨 건수가 있어서 내 이메일을 뒤졌을까?"

"내가 그럴 줄 알고 중요한 건 미리 다 삭제해버린 거 아냐?"

"어어! 왜 또 이러시나? 또 소설 쓰고 있네?"

"요즘도 야동 보고 그러는 것 아니지? 또다시 봤다간!"

나는 손톱으로 얼굴을 확 긋는 시늉을 했다.

"대한민국 남자치고 야동 안 보는 남자 있음 나와 보라 그래."

"뭐야? 그럼 아직도 본다 그거야?"

"야! 그런데 지난번에 우리 학교에 우재영이가 왔는데, 우와 몸매 죽이더만. 완전 섹시 그 자체더라구."

그 말에 나는 정신이 확 달아나는 줄 알았다. 그때 혹시 둘이서?

"그래서 그때부터 둘이서 이메일 주소 주고받았던 거야?"

"아니?"

"아니라니? 그게 무슨 말이야?"

"이메일 주소야 그 이전부터 알았지. 우재영이가 여간 애교 있는 게 아니잖아. 하도 살랑대면서 매달리기에 가르쳐 주었더니 어찌나 많이 보내던지, 나중에는 아예 열어 보지도 않으니까 '교수님 사랑해요'란 제목으로 이메일을 보냈지 뭐야. 지금은 스팸처리 해버렸어. 근데 당신 그것 놓고 소설 쓴 거 아냐? 그럼 아까 그때?"

"아냐, 아니라니까."

얼굴이 확확 달아오르자 나는 그 자리를 피해 버렸다. 한참 후 마음속에서 모닥불이 꺼지는 소리가 들렸다. 겨울방학이 끝나가던 어느 날이었다. 이제 겨우 현실과 상상의 혼돈 속에 마음이 가라앉는가 싶은데 우재영에게서 문자가 왔다. 지방에 있는 모 전문대학 전임강사로 가게 되었다며 남편에게 감사의 표시를 전해 달라고 했다.

감사의 표시라니? 이건 또 무슨 시추에이션인가.

또다시 상상의 의혹이 독버섯처럼 뇌리에서 돋아나기 시작했다. 나는 당장 남편에게 전화를 걸어 따지고 싶었지만 참았다. 지방에서 세미나를 마치고 고속도로를 달리는 중이라고 조금 전에 연락이 왔기 때문이다. 그런데 우재영은 무슨 심사로 내게 이런 문자를 보냈을까. 니가 도와주지 않아도 내 목적을 성취했다는 일종의 시위인

가. 아님 그 일에 남편이 깊숙이 관여라도 한 걸까?

그렇다면 우재영은 무슨 의도로 내게 그런 문자를 보낸 걸까. 상상에 의심의 불길이 타오려는 순간 나는 우재영에게 문자를 날리고 있었다.

"니가 직접 전해라."

그러자 곧바로 문자가 왔다.

"교수님이 제 문자를 안 받으시니까 그렇죠."

이건 무슨 시추에이션?

잠시 아연해 있는데 남편에게서 문자가 왔다.

"여보, 나 곧 서울에 도착 예정이야. 날씨가 너무 춥네. 우리 오늘 밖에서 따끈한 오뎅이나 먹을까 옛날 생각하면서."

외출 준비를 하는데 우재영에게서 또다시 문자가 왔다.

"선생님 생각나세요? 선생님께서 제게 그러셨잖아요. 인생은 리허설이 아니라고. 그래서 저도 이제부턴 리허설이 아닌 진짜 인생을 살려고요. 그동안 고마웠습니다. 우재영."

나는 그녀의 문자를 받고 나서 한참 생각했다.

내가 언제 그녀에게 인생은 리허설이 아니라고 말한 적이 있었던가? 그 말은 남편이 내게 한 말 같은데. 이상하다. 이상하다. 생각 끝에 나는 상담학 이론을 꺼내 들었다. 그건 다름 아닌 피해망상이었다. 누가 무슨 말을 했던 그게 무에 그리 중요한가. 다만 인생은 리허설이 아니라는 사실이 중요할 뿐이지.

길거리를 걷는데 언젠가 우재영이 한 말이 생각났다.

"제가 어렸을 때 어머니는 시장 바닥에 앉아 노점을 하셨대요. 생선 한 쾌 갖다 놓고 그 흔한 파라솔도 하나 없이 뜨거운 땡볕과 비바람 다 맞아 가면서. 단 하나뿐인 딸자식을 위해서 어쩌면 그게 자식을 사랑하는 유일한 방법이었는지 몰라요. 엄마는 지금 저를 너무도 자랑스러워하세요. 어릴 때 잘 먹이지도 입히지도 못했는데 지금은 딸이 대학교 교수가 되었다면서 입만 열면 자랑하세요."

남편을 만나기 위해 걸어가는데 길거리마다 노점상들이 가득했다. 겨울 한 철을 맞아 어묵장사도 곳곳에 진을 치고 있었다. 남편은 힘들었던 어린 시절을 생각할 때마다 어묵 먹는 걸 좋아했다. 벌써 포장마차 안에 들어가 한 꼬치를 들고 먹고 있었다.

"어서 와 춥지? 당신도 어서 하나 먹어 봐."

무엇이 그리 즐거운지 남편은 얼굴에 화색이 가득했다.

"좀 전에 우재영에게서 문자가 왔었어요. 지방 대학에 전임으로 가게 되었다고."

"그곳 주임교수와 잘 아는 사이라는구먼. 무슨 꿍꿍이 속인지."

"그런데 당신 우재영한테 인생은 리허설이 아니라고 그런 말 한 적 있어요?"

"리허설이라니? 그게 무슨 말이야?"

"아 아님 됐고요."

"그런데 당신 왜 갑자기 존댓말을 하고 그래. 살다 별일을 다 보겠네."

"내가 그랬나."

나는 지금도 소설을 쓰고 있는 건 아닌가 자신을 의심했다. 남편과 포장마차를 나와 천변을 걷는데 유행가 가락이 흘러나왔다.

'얼굴은 V라인 몸매는 S라인 아주 그냥 죽여줘요.'

문득 우재영이 생각났다. 입만 열면 몸매 자랑에 외모자랑 하던.

언젠가 TV 다큐멘터리에서 방영하던 사라져가는 재래시장도 떠올랐다. 평생을 호의호식은커녕 죽을 고생만 하단 간 내 어머니의 모습도 떠올랐다. 천변을 걷던 남편이 문득 말했다.

"이젠 우재영도 정신 차리고 살아야 할 텐데. 인생은 리허설이 아니니까 말야."

"이젠 전임도 되고 했으니까 정신 차리겠지."

남편이 개울가에 앉아 있는 원앙새 부부를 가리키며 말했다.

"저기 저 원앙새 좀 봐. 색깔이 아주 곱네. 아무리 새지만 참 사이가 좋아 보여. 안 그래?"

"정말 그러네. 그런데 겁도 없지 사람들이 지켜보는 데도 태평해."

"그러니까 새지."

남편의 말에 지나가던 행인들이 웃으며 말했다.

"저 원앙새 좀 봐, 머리를 물속에 처박고 먹이를 찾나 봐."

머리를 물속에 처박은 원앙새는 이윽고 물고기 한 마리를 잡아 올렸다. 빠른 솜씨였다. 곧 눈이 오려는지 하늘이 칙칙했다. 찬바람이 목을 타고 들어왔다.

"어이, 춥다 빨리 집에 가자."

남편이 팔을 잡아채며 말하는데 원앙새 부부가 공중을 향해 힘차게 부양하는 모습이 보였다. 어느 사이엔가 천변에 눈발이 흩날리기 시작했다.

(2014년 동방문학)

역지사지易地思之

학식 높고 인품 좋은 K대학의 최 학장은 누구에게나 존경받는 신뢰의 대상이었다. 그는 남의 인격을 존중하는 것은 물론 말실수 한 번 하는 법이 없었다. 아무리 마음이 얼음장 같은 사람도 그의 온화한 미소만 대하면 금방 마음이 녹아내리는 것 같다며 그의 인품을 칭찬했다.

그에게는 이제 오십을 갓 넘긴 10년이나 어린 아내와 두 아들이 있었다. 그는 애처가로 소문날 만큼 늘 아내 자랑을 입에 달고 다녔다.

그의 아내는 그 못지않게 교양과 미모가 뛰어난 여자였다. 물론 두 아들도 부모를 닮아 지모(智謀)가 출중하여 일찍부터 세인의 집중을 받았다.

그런데 어느 날인가부터 그의 아내인 백 여사가 중병을 앓고 있다는 소문이 나돌기 시작했다. 그래서 소문의 진실을 파악할 겸 친구인 민 교수가 그를 찾아갔다.

"그래, 자네 부인이 와병 중이라는 소문이 있던데 사실인가?"

"그렇다네……."

말과는 달리 그의 얼굴빛은 너무도 초연했다. 마치 당연하다는 표정이었다.

"그래, 전혀 가능성은 없다는 건가?"

민 교수는 탐색하는 듯한 언어로 말했다.

"이왕 벌어진 일 할 수 없지 않나, 산 사람이나 살아야지……. 안 그런가?"

민 교수는 어이없다는 듯 창 쪽으로 고개를 돌리더니 허허 웃었다.

"벌써 마음의 준비를 했네 그려……. 그래 자넨 상처하고 나면 어떻게 살 작정인가?"

그때 최 학장의 얼굴에서 엷은 미소가 피어올랐다.

"난 젊고 예쁜 여자도 원치 않아, 꽃은 피면 시들기 마련 아닌가? 내가 뭐 여자를 모르는 것도 아니고, 소원이 있다면 돈 많은 과부를 만나 돈이나 실컷 쓰다 죽었으면 싶네."

저런 도둑놈 같으니라구……. 민 교수는 하도 기가 막혀 하마터면 욕설이 튀어나올 뻔했다. 아직 죽지도 않은 아내를 두고 재혼이라니……. 저런 날강도 같으니라구…….

민 교수는 순간, 그동안 최 학장의 그 고매한 인품에 속아온 자신의 어리석음을 탓했다. 병마와 싸우는 아내에게 걱정은커녕 돈 많은 여자와 재혼을 꿈꾸다니……. 그의 상식으론 도저히 납득할 수 없었다.

집에 돌아온 민 교수는 아내를 붙잡고 최 학장의 이야기를 했다. 그러자 그의 아내 역시 기가 막히다는 듯 분한 표정으로 말했다.

"아내가 죽으면 남자는 화장실에 가서 웃는다더니 그 말이 하나도 틀리지 않네요. 세상에 어쩜 다른 사람도 아닌 최 학장이……."

"죽기나 했으면 내 말도 안 해. 그러면서 평소엔 얼마나 고고한 척 위선을 떨었는지……."

"그게 남자들의 본심인가 보죠?"

그러면서 아내는 민 교수에게 눈을 흘기는 것이었다. 민 교수는 최 학장과 자신을 동일범으로 취급하는 아내를 보고는 공연히 말했다고 뒤늦은 후회를 했다.

평상시에도 최 학장은 좀처럼 화를 낸다거나 경우에 어긋난 행동은 안 하기로 유명했었다. 아무리 화날 일이 있어도 그는 결코 감정을 앞세우지 않았다. 그래서 차가운 두뇌와 뜨거운 가슴이 그의 별호였다.

아무리 혈기왕성한 젊은이들일지라도 그 앞에선 함부로 발설하지 않고 행동을 자제했었다. 그런데 말 한마디로 인해 그의 인격이 완전히 허위로— 땅바닥으로 곤두박질치는 것이었다.

아직 숨이 끊어지지도 않았는데 돈 많은 과부와 재혼이라니…….

그동안 최 학장에 비해 출세 길이 늦어 있던 민 교수는 아내와 함께 최 학장의 인격을 마구 짓밟았다. 그러다 민 교수는 미국에 교환교수로 가게 되었다. 그는 미국 생활에 적응하느라 최 학장에 대한 생각은 까맣게 잊고 있었다.

그의 체류 기간이 거의 끝나갈 무렵이었다. 어느 날 민 교수는 우연히 최 학장의 부음 소식을 들었다. 병든 아내를 두고 젊은 여자와 놀아나던 최 학장이 음주 교통사고로 사망했다는 것이었다.

그의 죽음은 국내 일간지는 물론 미국에 있는 교포 신문에까지 크게 기사화되었다. 양의 탈을 쓴 늑대, 고매한 인격 뒤에 감춰진 복잡한 여자관계를 밝히다. 철저하게 베일에 감춰졌던 이중인격자의 말로, 지고지순했던 최 학장의 감춰진 인생 현장을 취재하다 등. 소제목 하에 그의 치부와 화려한 여성 편력이 낱낱이 까발려져 있었다.

그와 동시에 청렴결백, 사도의 표징으로까지 여겨졌던 그는 재산 형성 과정에서도 움직일 수 없는 증거와 함께 엄청난 비리가 포착되었다.

각종 인터넷 사이트에서도 그의 죽음과 행적을 두고 갖가지 공방이 벌어졌다. 희대의 색마, 지킬박사와 하이드의 대표적 인물, 그 인간의 낮과 밤의 사생활을 밝히다. 인면수심 등등. 거기에다 한술 더 떠 확인된 바 없는 소문들이 봇물 터지듯 사방에서 터져 나왔다.

특히 여자 관계는 필설로는 설명할 수 없을 정도로 난잡한 것이었다. 사창가의 여인으로부터 고급 룸살롱의 호스티스, 이름만 대면 다 알만한 유명 연예인도 끼어 있었고 심지어는 그가 대학에서 가르친 여자 제자도 끼어 있었다. 한편에서는 그가 동성연애자라는 기막힌 소문도 퍼져 있었다. 그는 죽음과 함께 명예도 마구 곤두박질하고 있었다.

그 소식을 들은 민 교수의 아내는 웃음을 참지 못하고 말했다.

"하늘도 무심치 않지."

"어쨌든 귀국하면 미망인에게 가 인사나 합시다."

얼마 후 민 교수는 아내와 함께 귀국길에 올랐다. 그는 공항에 도착하자마자 최 학장이 살던 논현동으로 차를 몰았다. 막 벨을 누르자 젊은 가정부가 나와 그들을 거실로 안내했다.

"사모님 건강은 좀 어떠신지요?"

아내가 인사말로 묻자 가정부는 당연하다는 표정으로 말했다.

"오래 전에 쾌차하셔서 지금은 얼마나 건강하신데요. 아! 저기 내려오시는군요."

최 학장의 아내인 백 여사는 이전보다 더 우아하고 품위 있게 변해 있었다. 그가 계단을 한발 한발 내려오는데 한 마리의 학이 걸어오는 듯했다. 그리고 그녀의 뒤를 따라 내려오는 젊고 건장한 사내는 그녀를 에스코트하느라 사뭇 긴장된 표정이었다.

못 보던 사람인데 누구?

민 교수와 그의 아내는 사내에게 시선을 집중하며 의문을 던졌다. 사내가 백 여사의 옆자리로 와 앉았다. 그런데 아무래도 사내의 얼굴이 어디선가 많이 본 듯한 인상이었다. 그가 아슴한 기억을 떠올리는데, 백 여사가 여유로운 목소리로 말했다.

"놀라실 것 없어요, 제 남편이에요."

민 교수와 아내는 동시에 입을 딱 벌리고 말았다. 남편으로 보기엔 사내가 너무 젊었기 때문이다.

"그럼 재혼하신 겁니까?"

"왜요, 전 재혼하면 안 되나요?"

백 여사는 이상하다는 듯 되묻고는 새 남편과 함께 은밀한 웃음을 교환했다.

백 여사의 새 남편을 바라보며 기억을 떠올리던 민 교수는 갑자기 소스라치게 놀랐다. 그는 최 학장의 제자로 몇 년 전 아내와 사별한 민 교수도 잘 아는 사람이었다.

그는 죽은 최 학장이 죽기 전부터 그 집을 자주 드나들곤 했었는데 민 교수가 방문했을 때 몇 번인가 본 기억이 났다. 죽은 아내를 못 잊어하며 청승맞은 꼴로 눈물을 짓곤 하는 그에게 열부 났군 열부 났어 하며 비아냥거리던 최 학장 생각이 났다.

그런데 오늘 이런 자리에서 다시 마주치다니, 참으로 사람의 일이란 알다가도 모를 일이었다. 외모가 출중하여 여자들에게 인기도 높으리라 생각했는데, 어떻게 백 여사와 재혼했는지 민 교수는 나름대로 추측해 보았다.

그는 최 학장에게서 전임강사 자리를 따내기 위해 그 집을 뻔질나게 드나들기 시작한 어느 날인가부터 백 여사와 눈이 맞지 않았을까. 그러던 차에 그녀가 자리에 몸져 눕자 최 학장은 드러내 놓고 바람을 피우기 시작했고 그 틈을 이용해 그는 백 여사의 마음을 완전히 사로잡았으리라. 또 최 학장이 남겨 놓은 막대한 유산도 탐이 났을지도 모른다. 그들의 모습을 보면서 민 교수는 속으로 혀를 끌끌 찼다.

어쨌든 백 여사는 전 남편인 최 학장을 밑천으로 자신보다 10살이나 어린 남자와 재혼해 제2의 인생을 살고 있었다. 그들의 모습을 보면서 민 교수 부부는 역지사지라는 단어를 떠올리고 있었다.

(1998년 안경계)

〈한국크리스천 문학〉

이 계절의 우수상 심사평

정 신 재(문학평론가)

이 계절의 우수상으로 신외숙의 〈반전〉을 선정하였다. 그동안 신외숙의 소설은 출발이 의욕적이지만 마무리가 산뜻하지 못한 경우가 없지 않았는데 이번 작품에서는 많이 개선된 것 같다.

이 소설에서 무엇보다 완성도가 높은 것은 작중 인물의 성격이 살아 있고 구성이 탄탄하다는 점이다. 서술자인 나는 콩가루 집안의 가족과 불의한 이웃 이야기를 암팡스레 잘 표현하였다.

사창가를 전전하다 에이즈에 걸린 오빠, 조선 팔도에 숨겨 논 씨앗이 스무 명도 넘는 아버지, 남편과 이혼하기 전부터 알고 지내던 남자와 결혼했다가 버림받은 언니. 친척들 돈을 떼어 먹고 캐나다로 도망갔다가 예수꾼이 되어 돌아온 삼촌.

나의 돈을 밥 먹듯 떼어 먹고도 잘 사는 친구(송희) 등의 이야기는 세상의 악랄한 인간 군상이 망라되어 있다. 이러란 가운데서도 서술자는 기존의 선의의 주인공과는 다르게 분열증적인 증세를 보이다가도 야무진 데가 있다. 이 서술자가 작품의 후반부에서 세상을 보는 시선을 바꾸는 데서 반전의 효과가 톡톡하게 살아난다.

이는 기존의 기독교 소설이 착한 인간군상을 종교적으로 드러내는데 주안점을 둔 것에 비하면 매우 신선한 발상이며, 죄악에서 벗어나 구원으로 나아가는 구성 또한 탄탄하다. 이렇게 볼 때 이 작품은 죄악으로 만연한 세상에서 누구나 구원받을 수 있는 가능성을 열어둔 기독교 이념을 아이러니를 통하여 제대로 형상화한 수작(秀作)이다.

오랜만에 소설 분야에서 우수작이 나오게 됨을 축하한다.

작가의 말

언젠가부터 홍대 앞 거리는 젊은이들의 명소가 되었다.

압구정동의 로데오 거리와 동숭동 마로니에를 제치고 홍대가 젊은이들의 명소가 된 것은 명문미대의 영향도 적지 않으리라 생각된다.

젊음이 운집한 홍대 앞 거리는 내 소설 속에서도 자주 등장한다. 사시사철 낭만이 흐르고 환상의 도가니를 이루는 거리는 항상 음악이 흐르고 어딜 가나 영화의 한 세트장 같다. 거리에서 공연하는 젊은 싱어들과 그림을 그려주고 돈을 받는 화가가 그곳에선 모두 약속처럼 여겨진다.

해가 숨고 달빛이 비칠 때면 거리의 상가들은 강한 비트 음악과 함께 행인들의 마음과 발걸음을 잡아챈다. 음악과 쾌락은 곧바로 젊음을 유혹한다. 저절로 몸과 마음이 흔들린다. 젊음이라는 무한대의 자유와 끼가 바로 눈앞에서 출렁인다.

그러나 그건 어디까지나 상업적 스킬이다.

홍대 앞거리를 찾은 건 3년 전 근처에서 알바를 할 때였다.

매스컴이나 인터넷에서 자주 떠오르는 그 거리를 꼭 찾아가고 싶었다.

알바가 끝나고 나서 그 거리를 걷는데 제일 먼저 느낀 건 광풍과 같은 음악과 역동성 있는 젊은 기분이었다. 갑자기 정신이 30년 전으로 후퇴하면서 대학 시절이 떠올랐다. 그러나 다음 순간 정신이 번쩍 들었다.

아! 내가 어느새 중년이 되었구나!

마음은 저들처럼 꽃띠인 줄 알았는데.

환상이 흐르는 거리를 걸으며 소설을 구상했다. 옛사랑을 떠올리며 시나리오 구상도 저절로 떠올랐다. 거리는 마치 하나의 거대한 영화의 세트장 같았다.

감정에도 색깔이 있다.

심리에도 천차만별이 있듯이.

의지에도 종류가 있다. 삶과 고통을 견디는 의지 외에 예술가에겐 또 다른 의지가 있다. 자기의 한계를 극복하고 뽑어 올리는 예술혼에 대한 의지. 나는 어릴 때부터 낯선 거리 걷는 것을 좋아했다. 낯선 곳에는 내가 알지 못하는 새로움과 흥밋거리가 무진장 숨어 있을 것 같았다. 낯선 거리를 걸으며 낯선 감정과 부딪치고 잃어버린 기억 하나 건져 올려 소설 구상을 했다.

사람들과 부딪치면서 희로애락과 함께 다양한 심리 경험을 했다.

집착과 끈기, 도전정신, 꿈, 희망, 현실도피.

여행을 통해서도 많은 감정의 변화를 경험했다. 그러나 가장 중요한 건 힐링의 효과였다.

내 소설의 근간은 힐링을 염두에 두고 있다. 힐링은 독자들을 향한 나의 목적이자 바람이기도 하다. 등단한 지 벌써 17년이 지났다. 그동안 수많은 작품 발표를 했지만 항상 부족함을 느낀다. 하지만 내 글을 읽어주는 독자로 인해 나의 습작은 멈추지 않고 있다.

이번에 내는 창작집 〈리허설〉은 내 14번째 저서이다. 〈옛꿈〉 외에 10편의 단편이 실려 있다. 내적치유를 바탕으로 주변 사람들의 이야기를 허구로 꾸며 보았다. 진정한 힐링은 신적 의지와 연관돼 있다. 마음을 창조하신 이는 절대자이기에.

출간에 앞서 독자와의 공감대를 다시 한 번 기대하며 먼저 살아계신 하나님께 감사를 드린다. 그리고 어려운 출판 환경에도 또다시 책을 내주신 도서출판 한글의 아동문학가 심혁창님께도 감사의 절을 올린다.

무더운 날씨에 독자들의 건강과 행복을 기원하며.

작가 신외숙 배상

리허설

2014년 9월 15일 1판 1쇄 인쇄
2014년 9월 20일 1판 1쇄 발행

지 은 이 신 외 숙
펴 낸 이 심 혁 창
편집위원 원 응 순
디 자 인 홍 영 민
마 케 팅 정 기 영

펴낸곳 **한글**
서울특별시 서대문구 신촌로 27길 4호
☎ 02) 363-0301 / FAX 02) 362-8635
E-mail : simsazang@hanmail.net
등록 1980. 2. 20 제312-1980-000009

GOD BLESS YOU

정가 **12,000원**

*

ISBN 97889-7073-490-3-03810